Komplott

Dieses Dokument wird die endgültige Form des Romans sein, der zu unbekanntem Termin irgendwann so gegen 1985 in einem Jahreskalender begonnen wurde und am 25.5.1990, als er immer noch mitten in der Handlung auf Seite 400-irgendwas steckte, zum erstenmal auf einem Atari ST "datenverarbeitet" wurde.
Endgültig fertiggestellt um 1996, vom Atari auf den PC überführt um 2000, für den Druck fertiggestellt 2007

Vielen Dank an Arne für seine unermüdlichen Vorschläge und an May-Britt, ohne deren konstruktive Vorschläge das Ende dieses Buches ganz anders (und wie ich inzwischen finde, schlechter) ausgesehen hätte.

Uwe Seidler

Komplott

Bibliografische Information der Deutschen Nationalbibliothek:
Die Deutsche Nationalbibliothek verzeichnet diese Publikation in der
Deutschen Nationalbibliografie; detaillierte bibliografische Daten sind
im Internet über http://dnb.d-nb.de abrufbar.

© 2007 Uwe Seidler
Herstellung und Verlag: Books on Demand GmbH, Norderstedt
ISBN 9783833494741

"Guten Morgen", flötete eine Stimme in mein Ohr, "es ist Zeit."
Oh, wie ich diese zuckersüß flötenden Hauscomputer hasse.
Leider gibt es kein anderes Modell.
Wie jeden Morgen überlegte ich mir, ob ich nicht eine Firma gründen sollte, die brummende Hauscomputer herstellt. Und wie jeden Morgen verwarf ich den Gedanken wieder. Und wie jeden Morgen dachte ich, immer der gleiche Trott, pfeif drauf. Zur Abwechslung warf ich meinen Hausschuh durchs Zimmer, traf eine Vase und durfte aufräumen.
In der Küche nahm ich mir mein Frühstück, das der Hauscomputer wie befohlen zubereitet hatte, aus dem Fach, würgte es hinunter, schlüpfte in meine Jacke und hetzte zum Aufzug.
Und wie jeden Morgen fuhr er mir vor der Nase weg. Trotzig nahm ich die Treppe. 200 Stufen später torkelte ich aus der Türe zur Tiefgarage, man soll keine 18 Stockwerke über eine Wendeltreppe zurücklegen.
200 Meter von der Tür entfernt wartete meine Magnetbahn auf mich. Eine geniale Einrichtung. Man mußte nur das Fahrtziel und die Ankunftszeit eingeben und schon wurde man fast geräuschlos zum Ziel gefahren. Je nach Entfernung und Geschwindigkeit wurden die Fahrttarife berechnet und direkt abgebucht. Die Innenausstattung der Magnetbahn entsprach dem persönlichen Geschmack des Besitzers (und vor allem dem Geldbeutel). Meine Magnetbahn hatte zumindest einen Computer der mit meinem Büro verbunden war. Ich ließ mir meine heutigen geschäftlichen Aktivitäten ausgeben. Der Bildschirm blieb leer.
Mit Schreck dachte ich an mein Bankkonto, das ebenfalls Ebbe aufwies. Ich griff zu meinem Portemonnaie. Nur ein 50-Einheiten-Schein. Totale Ebbe. Ich würde Wal anpumpen müssen.
Wal war mein Freund und Geschäftspartner.
Mit einem Piepton meldete die Magnetbahn, daß das Fahrtziel erreicht war. Mit dem Aufzug gelangte ich in den 21. Stock, in dem sich unser Büro befand. Ich las das Schild auf der Tür:

Clifford Stanton & Dr. Walter Buchanan
Detektei und Auskunftei - Aufträge: aller Art
quer durchs Universum

Der Spruch war von mir, ich war nicht wenig stolz darauf. Wal war nicht etwa Arzt, sondern Physiker. Sein zweiter Spitzname war Doc. Vor Jahren hatte er in einer depressiven Phase alles hingeschmissen und war auf meinen Vorschlag eingegangen, sich so schlecht und recht, aber ungebunden, als Detektiv durchzuschlagen.

Ich kam in den Vorraum, in dem sich ein Schreibtisch und die Garderobe befand. Auf dem Schreibtisch stand ein Schild: Vorübergehend nicht besetzt, bitte klopfen. Das Schild stand schon seit drei Jahren da. So sehr ich auch für eine Sekretärin plädiert hätte, wir hätten sie nicht bezahlen können.

Ich trat in das Büro. Wal war schon da.

"Zwei Minuten zu spät", sagte er.

Ich hob eine Augenbraue und zuckte die Schultern.

"So humorlos heute?", grinste Wal.

"Bei mir ist Ebbe."

Wal nickte.

"Bei mir auch."

"Und das sagst du so einfach", rief ich erregt," wer bezahlt die Unterhaltungskosten für den Strato?"

Der Strato war der firmeneigene Raumgleiter, ein Modell der alten konventionellen Bauart, das heißt er konnte die Lichtgeschwindigkeit nicht erreichen, war aber mit 94 % c ein ziemlich flinkes Gerät. Moderner und effektiver wäre natürlich ein Gleiter mit Simons-Wolfe-Antrieb gewesen, diese Gleiter boten der Vorteil, daß man sich völlig frei im Universum bewegen konnte und nicht auf die Sprungfähren angewiesen war. Leisten konnten wir uns auch das nicht.

"Keine Panik", Wal grinste immer noch und reichte mir einen Zettel, eines unserer Standard-Auftragsformulare, "gerade telefonisch hier angekommen."

Ich las den Namen.

"Delonay, Gräfin Delonay?". Ich war überrascht. Wal nickte.

"Ein schlechter Witz, Wal", fauchte ich, "und das am frühen Morgen."

"Kein Witz", erwiderte Wal, tippte auf dem Computer und drehte den

Monitor zu mir herüber, "unser Geschäftskonto, lies!"
Ich schluckte. Zum erstenmal seit langer Zeit begann der Kontostand nicht mit einem Minuszeichen.
"40.000 Einheiten!", rief ich aus.
"Als erste Anzahlung, hat sie gesagt."
Ich nahm alles zurück.
"Die Gräfin bat um äußerste Diskretion. Alles Top secret."
Ich las weiter.
"Auftrag: Suche nach Armin Battaglia, 32 Jahre alt, 1.85 m groß, schwarze Haare, schwarze Augen." Ich sah hoch. "Wie alt ist die Gräfin?"
"So was um fünfzig."
"Ts, ts, ts, so was kommt in den besten Kreisen vor."
"Was?", fragte Wal, er war auf diesem Gebiet schon immer etwas naiv gewesen.
"Was glaubst du wer Battaglia ist, der Klempner der Gräfin?"
"Ach so."
"Hast du noch ein Foto?", fragte ich.
"Nur einen Computerprint, du weißt doch, unser Fax ist kaputt." Wal reichte mir einen weiteren Zettel. Erkennen konnte man nicht viel.
"Der Fax wird sofort repariert. Ist das alles, was wir wissen?"
"Fast alles, die Gräfin sagte noch, sie hätte ihn zum letzten Mal vor 6 Wochen auf Cypres 6 gesehen."
"Das ist nicht viel."
"Dafür ist die Bezahlung um so besser."
"Das ist wahr, wann fangen wir an?"
Wal sah auf die Uhr.
"Der Strato ist in einer Stunde startklar."
"Was?", schrie ich," ich habe mich heute abend mit Gabi verabredet."
Dieses Rendezvous hatte mich sechs Wochen härteste Überredungskunst, mehrere Blumensträuße und viel Zeit gekostet. Wal zuckte nur die Schultern.
"Der Job ruft", sagte er lakonisch.
Ich war stinksauer. Zähneknirschend sagte ich Gabi ab und Wal schob mich aus dem Büro. An die Tür hängte er ein Schild 'Geschlossen'. Von diesem Auftrag würden eine Weile leben können. Mich wunderte sowieso, wie wir über die Runden kamen. Das Geld war Wals Sache,

von geschäftlichen Dingen verstand er mehr als ich. Meine Aufgabe bestand im Fliegen des Strato und dem Erledigen der Laufarbeit.

Als wir dem Flughafen näherkamen und ich den Strato erblickte, schlug mein Herz höher. Trotz der zu Hauf um ihn herumstehenden Simons-Wolfe-Gleitern liebte ich meinen Vogel. Als wir mit dem Zubringer ans Schiff kamen, sah ich schon zwei Mechaniker herumwerkeln.

"Kommen sie mit?", fragte ich Wal, mit einem Kopfnicken in Richtung Schiff.

"Ja, sie haben Ferien und so gefährlich wird's ja wohl nicht werden."

"Auch gut, dann wird's wenigstens lustig."

Wir kletterten aus dem Transporter und die beiden jungen Burschen kamen auf uns zu und grinsten uns an.

"Hallo Doc, Hallo, Cliff", sagten sie unisono.

"Hallo Fans", sagte ich. Die beiden grinsten.

Patrick und Timothy O'Connors waren beide 21, 1.90 m groß und blond, kein Wunder, denn sie waren Zwillinge. Ihre Eltern, beide gute Freunde von Wal und mir, verloren vor ein paar Jahren bei einem Raumunglück ihr Leben. Wal hatte die Vormundschaft für die Waisen übernommen und sich um die Ausbildung der Zwillinge gekümmert. Die beiden machten eine Ausbildung zum Raumschiffmechaniker, die fast abgeschlossen war. Natürlich bekam unser Strato eine Sonderbehandlung, ein Glücksgriff für unsere chronisch leere Kasse.

"Der Vogel ist startklar", sagte Pat.

Wal unterrichtete die Zwillinge kurz und wir gingen an Bord.

Ich zwängte mich ins Cockpit, führte den Routinecheck durch, alles grün, ich griff mir das Mikrofon.

"Tower, SK0047 erbittet Startfreigabe"

"Ich brauche noch den Startgrund und Zielflughafen." Ich starrte auf das Mikrofon, als hätte es mich gebissen. Ich kannte die Stimme. Gerald McMahon, der Platzkommandant, den keiner so richtig leiden konnte.

"Hör mal Mac, wenn du mich vereimern willst, dann ..."

"Das ist kein Witz, Stanton, hier ist heute morgen das Militär aufgetaucht, und kontrolliert jede Flugbewegung."

"Die haben mir noch gefehlt."

"Mir auch, und jetzt Startgrund und Ziel."

Ich gab nach.

"Ich muß geschäftlich nach Cypres 6."

"Ok, verschwinde schnell, gleich kommt schon wieder 'ne Militärmaschine."
Ich drückte den Schubregler nach vorne und hob ab. Plötzlich huschte ein Schatten über mich hinweg und aus unten wurde oben. Der Strato wurde durcheinander gewirbelt. Hinten schepperte es. Mit letzter Kraft fing ich den Gleiter wieder ab. Aus dem Augenwinkel hatte ich das andere Schiff als riesigen Militärmannschaftsgleiter erkannt.
"He, Tower, was ist den das?", brüllte ich ins Mikro.
"Die hatten's eilig."
"Ist das alles, was dir einfällt."
"Kannst dich ja beschweren."
"Sauladen." Ich schaltete ab.
"Fliegst du immer so eckig", stöhnte Tim, der aus den Trümmern des Lebenserhaltungssystemcomputers hervorkroch.
"Bist du verletzt?", rief ich nach hinten.
"Nein, es geht schon."
Der Strato erreichte die Erdumlaufbahn. Ich schaltete auf Autopilot und drehte mich um. Tim hatte sich gerade den Computerschrott aus den Haaren gezupft, Wal und Pat kamen kreidebleich aus den Wohnschlafräumen.
"Was war los?", stöhnte Wal, der sich die Stirn mit einem Lappen kühlte.
"Kleines Kollisionsintermezzo."
"Das Lebenserhaltungssystem können wir ab sofort von Hand regeln", stellte Pat fest, "das wird teuer."
"Warum warst du eigentlich nicht angeschnallt?", fragte ich Wal.
"Vergessen."
Ich lachte, auch ein bißchen aus Erleichterung, das niemandem etwas passiert war.
"Wir fliegen weiter.", entschied ich.
Wir steuerten die Fährstation des Solsystems an, sie lag etwas näher bei der Erde als beim Mars, beim einzigen verwertbaren Simons-Wolfe-Punkt des Sonnensystems. Ein Flug von etwa drei Stunden. Auf diesen Fährstationen wurden konventionelle Schiffe, wie unser Strato in riesige Sprungfähren verladen, mit denen dann der Simons-Wolfe-Sprung durchgeführt werden konnte. Der Simons-Wolfe-Antrieb wurde nach den beiden Mathematikern Simons und Wolfe benannt, die mit dem

Antrieb an sich gar nichts zu tun hatten, aber die theoretischen Grundlagen gelegt hatten. Ihnen war es als erstes gelungen, zu beweisen, daß es Punkte geben mußte, durch die man, bei entsprechendem Energieaufwand, wie durch ein Tor in eine andere Raumkoordinate springen konnte. In der Praxis hatte sich jedoch gezeigt, daß nur jeder tausendste Punkt auch wirklich in ein anderes Raumgebiet führte, bei den andren passierte nichts oder der Energieaufwand war viel zu hoch. Und man wußte vorher nicht, in welcher Raumkoordinate man herauskam. Die Erforschung der Simons-Wolfe-Punkte übernahmen Pionierkommandos des Militärs, die Leute dort waren die bestbezahltesten, aber auch die drogensüchtigsten Menschen des bekannten Universums. Hin und wieder kamen die Kommandos nicht zurück, trotzdem übte der Beruf auf viele Menschen eine faszinierende Anziehung aus. Die Anmeldelisten waren lang, die Auswahlverfahren hart.

Über achtzig bewohnbare Planeten waren bis jetzt entdeckt und besiedelt worden und es schien, als ob der Mensch die einzige intelligente Lebensform in diesem Spiralarm sei. Die Pionierkommandos waren jedoch auch heute, etwa 130 Jahre nach dem ersten Raumsprung pausenlos im Einsatz, auf der Suche nach neuen Welten.

Nach Cypres 6 gab es von der Erde aus keine direkte Verbindung, wir mußten an Alpha Centauri umsteigen.

Auf Cypres 6 gab es nur eine Stadt, die unter einer grandiosen Glaskuppel lag, denn Cypres 6 war eine Methanhölle. Er war jedoch trotzdem einer der wichtigsten Planeten, denn er barg die einzigen nennenswerten Reserven an seltenen Erden, die für den Bau der Simons-Wolfe-Triebwerke nötig waren. Erst nach der Entdeckung der Erze auf Cypres 6 war Raumfahrt mit SW-Antrieben in großem Rahmen möglich geworden.

Wir erhielten die Landeerlaubnis, am Zenit der Glaskuppel öffnete sich eine Schleuse und der Strato schwebte in den Raumhafen, der in der Spitze der Kuppel lag.

-- Kapitel Zwei ---

Die Menschen, die auf Cypres 6 lebten und arbeiteten, waren wie ihr

Planet, rauh und wild. Wenn man jemand für eine illegale Aktion benötigte, dann fand man ihn hier. Den rauhen Ton bekamen wir gleich zu spüren:

"Komm endlich runter und verschwinde vom Landefeld, 'bist nicht allein hier", schnauzte Cypres Tower.

Vom Raumhafen aus erreichte man die Stadt mit kleinen ferngesteuerten Gleitern, die einen regelmäßigen Pendeldienst ausführten. Auf dem Flug konnte man die Architektur gut beobachten. Die Stadt war in zwei Ebenen aufgeteilt. Die Gleiter landeten auf einem Bahnhof im Zentrum. Von dort aus führten breite Straßen strahlenförmig nach außen. Je weiter man sich vom Zentrum entfernte, desto ' schlechter' wurde die Gegend. Während das Zentrum hell beleuchtet war und hauptsächlich aus Spielcasinos, Kneipen, Bars und Nobelappartements bestand, bestanden die Außenbezirke mehr aus Spelunken, Puffs und billigen Absteigen. Ich konnte mir gut vorstellen, das Battaglia mit der Gräfin hier ein lustiges Leben geführt hatten, und das in völliger Anonymität, denn hier fragte niemand etwas nach dem anderen. Langsam steig der Gleiter ab, Werbetafeln schwebten an uns vorbei und versprachen uns Spiel und Spaß. Wieviele hatten schon auf Cypres 6 ihr letztes Hemd verspielt hatten, stand auf keinem Plakat.

Unten angekommen sagte ich zu Wal:

"Gib' mir mal Battaglias Foto."

"Was für'n Foto?"

"Na, den Computerausdruck, ist besser als nichts."

Wal überlegte.

"Der liegt Zuhause auf dem Schreibtisch."

Ich machte kehrt und lief Richtung Bahnhof.

"He", rief Wal hinter mir her, "wo willst du hin?"

"Nach Hause."

"Mann", brüllte Wal, setzte mir hinterher und packte mich am Arm. Ein Passant schrie ihm zu:

"Los, hau ihm in die Fresse."

Wal schaute ihn erstaunt an, wendete sich dann an mich.

"Mach' keinen Mist, Cliff. Wir brauchen das Geld. Und viel hat man auf dem Ausdruck sowieso nicht gesehen."

"Das ist doch kein Auftrag", sagte ich wütend, weniger auf Wal, als auf die mageren Angaben der Gräfin," da können wir doch gleich nach ... ".

Mir fiel kein passender Vergleich ein, also ließ ich mich von Wal abschleppen.

So begannen wir in zwei Gruppen durch die Bars und Spielhallen zu touren. Die zweite Gruppe hatte dabei die Aufgabe, eine eventuelle Reaktion der Befragten zu beobachten. In einer weit über Cypres 6 hinaus bekannten Räuberhöhle an der Grenze zwischen dem Licht- und dem Zwielichtbezirk fingen wir an.

"Sagen Sie, ich suche einen Typen, der mir eine Menge Geld schuldet, er wurde bei ihnen zuletzt gesehen", quatschte ich den Barmixer an. Der schaute nur mißtrauisch zurück.

"Er heißt Armin Battaglia ", schaltete sich Wal ein. Ich legte einen 20-Einheiten-Schein auf die Theke.

"Fragen Sie im Desert Light", brummte der Barkeeper und drehte sich um.

"Danke", sagte ich und ging hinaus, Wal im Schlepptau. Wir stellten uns in eine dunkle Seitengasse. Zwei Minuten später kamen Pat und Tim aus dem Lokal. Ich stieß einen Pfiff aus und die beiden kamen herüber.

"Na, was gesehen?"

"Die Sache stinkt", antwortete Tim, "sieht so aus, als hätten sie euch erwartet. Als ihr draußen wart, rannte der Barkeeper förmlich zum Visiophon, wählte eine siebenstellige Nummer und sprach etwa dreißig Sekunden. Ich mußte es an seinen Lippen ablesen, aber er sagte etwas von 'Zwei Schnüfflern', ' einsacken ' und einen Namen mit ' Desert ' oder ähnlich."

"Gute Arbeit", lobte ich.

"Wir sollen eingesackt werden", konstatierte Wal.

"So sieht es aus. Pat und Tim, es ist besser, wenn ihr euch ein Schiff nehmt und verschwindet, das wird doch gefährlich."

"Aber... ", versuchte Pat zu protestieren.

"Kein Aber, ihr fahrt Hier habt ihr Geld."

"Und was ist mit euch?"

"Das ist unser Beruf, das ist was anderes."

"Ach ja", spottete Tim.

"Verschwindet jetzt", sagte ich, etwas milder. Die beiden waren zwar enttäuscht, aber wenn es brenzlig wurde, hatten die beiden nichts dabei zu suchen. Sie würden es verstehen

Die Zwillinge zogen ab.

"Weißt du, wo das Desert Light ist?", fragte ich Wal, der einen Plan dabei hatte. Der studierte ihn eifrig.
"Wir müssen links Richtung Rand und über die Ringstraße in den anderen Arm. Hast du deine Kanone?"
Ich nickte und zog die kleine, leichte Waffe, die Explosivkugeln verschoß, heraus. Zum Betäuben von Gegnern waren die Explosivkugeln ideal, ihre Druckwelle setzte jeden für Sekunden außer Gefecht. Ich überprüfte die Waffe und steckte sie wieder zurück.
"Dann los."
Wir traten aus dem Schatten auf die Hauptstraße zurück. Sie wirkte merkwürdig verlassen, nur vereinzelt bewegten sich noch Leute, die es aber eilig zu haben schienen.
"Polizeistunde"; witzelte Wal.
"Mir ist nicht nach Lachen zumute". Auf meinem Rücken kribbelte es.
"Killerkommando", sagte ich und zeigte die Straße Richtung Zentrum. Dort liefen sechs Männer, die nicht so aussahen, als würden sie eine Kneipe suchen. Ich drehte mich um, unser Seitengäßchen war natürlich eine Sackgasse. Sehr clever.
"150 m schräg links ist eine Gasse, lauf um dein Leben", sagte Wal.
Wir rannten los, so schnell wie nie zuvor. Die Angst machte uns Beine. Die Angst war berechtigt, denn plötzlich hörten wir Schreie und als wir um Ecke in die Gasse gerannt waren, spritzten die Ziegel aus der Wand.
"Lauf", keuchte ich. Wir spurteten die Gasse entlang.

-- Kapitel Drei ---

"Wohin?", fragte Wal gehetzt. Viel Zeit blieb nicht.
"In den Laden da."
Wir stürzten durch die Tür in einen urgemütlichen Tabakladen, mit einem urgemütlichen Mann hinter der Theke.
' Das geht schief ', dachte ich. Unser Auftreten verbreitete Hektik.
"Schnell, verstecken sie uns, bitte!", flehte Wal.
"Sieh da, die beiden Schnüffler", sagte der Mann.
Wal glotzte. Ich glotzte.
"Los, da rein, zack, zack", sagte der Mann und wies auf eine Tür hinter der Theke. Wir sprangen über die Theke und verschwanden durch die Tür.

"Und keinen Laut", rief der Mann nach hinten.

"Jeder scheint hier zu wissen, wer wir sind", wisperte ich. Wal mußte wohl genickt haben, denn sehen konnte ich in der dunklen Kammer nichts.

"Und wenn er uns verpfeift?" fragte Wal plötzlich. Ich zischte bloß, zog meine Waffe und horchte an der Tür. Nein, kampflos würden sie uns nicht kriegen. Draußen ging der Türgong, der mir beim Eintreten nicht aufgefallen war.

"He, Alter", dröhnte eine befehlsgewohnte Stimme, "wo sind die Schnüffler."

Würde er jetzt sagen, die sind hinter mir in der Kammer, sie brauchen sie bloß zu holen.

Meine Phantasie trieb ihre Blüten. Ich packte meine Kanone fester.

"Welche Schnüffler", die Stimme des Mannes klang plötzlich alt, "ach, die Schnüffler, was ist mit denen?"

Ich atmete auf.

"Wo sind sie?", fragte die Stimme.

"Hier jedenfalls nicht."

"Ach, laß den Alten, der ist nicht ganz da", rief eine andere Stimme.

Wieder ging der Türgong, Schritte trappelten, dann wurde es ruhig. Es klopfte an der Tür.

"Kommen Sie heraus."

Wir krabbelten aus der Kammer, beide mit weichen Knien.

"Wir können wir Ihnen danken?", sagte ich. Der Alte öffnete die Hand.

"Ich wüßte da etwas."

Ich grinste und drückte ihm 200 Einheiten in die Hand. Ich hörte Wal aufstöhnen.

"Wenn Sie verdoppeln, bringe ich Sie zu jemand, der Ihnen hier heraus helfen kann."

Ich zahlte und Wal stöhnte. Der Mann, er schien fast Siebzig, schloß die Ladentüre ab und sagte:

"Folgen Sie mir." Er ging nach hinten durch den Laden. Erst jetzt wurde mir das würzige Aroma bewußt, das in meine Nase drang. Alle Sorten von Pfeifentabak, Zigarren und Zigarillos waren über die Wände verteilt. Ich sah mich ein bißchen um. Der Alte streckte seinen Kopf durch die Tür.

"Kommen Sie."

Wir folgten in den hinteren Teil des Ladens. Noch mehr Tabak. Durch die Hintertür traten wir in einen Gang. Über Treppen, Flure und Aufzüge bewegten wir uns durch den riesigen Komplex. Wal und ich hatten völlig die Orientierung verloren. Hätte uns der Alte hier sitzengelassen, wir hätten nicht einmal mehr herausgefunden. Schließlich klopfte der Alte in einem bestimmten Rhythmus an eine Tür und rief gedämpft.
"Ich bin's, Snörre."
Die Tür ging einen Spalt auf.
"Ja."
"Ich habe zwei Kunden für dich."
"Ok."
Die Tür ging ganz auf und in der Tür stand ein Mann, der Snörre zum Verwechseln ähnlich sah, auch wenn er etwas jünger war. Er strahlte uns an.
"Kommen Sie herein."
Wal knurrte durch die Zähne
"Das wird noch teurer."
Snörre verschwand gleich wieder und Wal und ich betraten ein Wohnzimmer, das so auch irgendwo auf der Erde hätte sein können. Einfache Möbel, ein paar Fotos, zwei Bilder und das unvermeidliche Zentralterminal. In dem Wohnzimmer stand der zweite Mann und wies mit einer Handbewegung auf ein Sofa unter einem Bild, das wohl von der Erde stammte.
"Setzen Sie sich, mein Sohn holt Ihnen was zu trinken. Lee, hol drei Gläser und die Flasche."
Bei dem Wort Sohn zuckte Wal zusammen.
"Pat und Tim, Vera... "
Er erzählte dem Mann von Pat und Tim.
"Ich kann sie holen lassen, wenn Sie möchten.", sagte der Mann
"Ja, das wäre mir lieber, Herr... äh!"
"Watts, Andrew Watts. Einen Moment, bitte!"
Er stand auf und setzte sich ans Terminal. Er wandte sich nach hinten.
"Sie haben gerade eine Erdpassage gebucht. Ich lasse sie von einem Freund herbringen."
"Ja. bitte." Wal wandte sich an mich. "Weißt du, ich glaube es ist jetzt besser, wenn sie bei uns sind."

Ich nickte. Watts kam wieder herüber.

"Sie haben großes Glück gehabt. In der ganzen Stadt ist seit Stunden euer Steckbrief draußen. Armin Battaglia ist hier ein Reizthema, er kam vor 5 Wochen hier auf Cypres 6 an. Er war auf der Flucht. Er hatte meine Adresse von einem Freund. Seltsamerweise waren es dieselben Leute, die Battaglia wollten, die jetzt hinter euch her waren. "

Ich stand auf und ging ans Fenster. Man hatte von hier einen guten Blick auf die Straße, die uns beinahe zum Verhängnis geworden wäre. Ich war überrascht, daß wir so weit im Gebäude gelaufen waren. Auf der Straße tummelten sich wieder viele Menschen. Ich erschauerte. Ein einfaches und tödliches System. Auf ein Zeichen verschwanden alle Eingeweihten - und gewöhnlich verkehrten in dieser Gegend nur solche - von der Straße und das Killerkommando hatte freie Schußbahn. Wenn alles vorbei war, tat jeder so als wäre nichts geschehen. Und auf Cypres 6 käme auch keiner auf die Idee, eine Frage zu stellen.

Jetzt erst drang zu mir durch, was Watts gesagt hatte. Seit Stunden, d. h. die Killer auf Cypres 6 waren zur gleichen Zeit informiert worden, wie wir unseren Auftrag erhalten hatten. In der Umgebung der Gräfin mußte uns jemand verpfiffen haben.

"Wer sind die?", fragte ich Watts.

"Dazu komme ich gleich. Ich war natürlich neugierig gewesen, weswegen man Battaglia suchte. Er muß wohl Industriegeheimnisse geklaut haben, denn die Spur führte zu Albula Trust.

"Wohin?", fragte Wal erstaunt, "zu Albula Trust. Der Konzern gehört den doch den Delonays."

"Stimmt", sagte Watts, "die Mittelsmänner, die Albula eingeschaltet hatte, boten 500.000 Einheiten demjenigen, der ihnen Battaglia tot oder lebendig brachte. Das erstaunte mich, denn solche Kopfprämien sind ungewöhnlich."

Wal und ich sahen uns an. Irgendwer war hier verrückt. Entweder die Gräfin oder wir. Oder beide. Watts schien erstaunt, dann ging ihm ein Licht auf.

"Ach so, sie sind von einem der Delonays engagiert worden, wahrscheinlich von der Gräfin." Man konnte diesen Mann nicht belügen. Ich sagte nichts.

"Sie brauchen nichts zu sagen. Diskretion im Preis inbegriffen. Die Gräfin möchte also ihren Lover wiederhaben. Ich frage mich, ob sie

weiß, was in ihrer Familie alles abgeht."
Ich fragte mich, wovon Watts sprach. Er mußte meine Gedanken gelesen haben, denn er setzte zu einer Erklärung an.
"Wissen Sie, die älteste Tochter der Gräfin ist mit Mitch Brandon verheiratet. Ein sehr ehrgeiziger und erfolgreicher Mann. Mit 35 sitzt er bereits im Rat der Vier von Albula Trust. Damit gehört zu den mächtigsten Männern des Universums. Und er ist geschäftlich sehr erfolgreich, wie alle bestätigen. Zu ihm führt die Spur eigentlich, die ich von Battaglia zurückverfolgt habe."
"Sie glauben, die Gräfin weiß von nichts?"
"Wäre möglich das Brandon der böse Bube ist."
An der Tür klopfte es, das gleiche Zeichen, das Snörre benutzt hatte.
"Ah, das werden Ihre Freunde sein." Watts ging zur Tür, um zu öffnen.

-- Kapitel Vier ---

Watts sprach vor der Tür, dann kamen er, Pat und Tim herein.
"Pat, Tim!", rief Wal und umarmte sie beide. Auch ich war aufgestanden und nahm sie in die Arme.
"Wir haben euch aus der Ferne noch laufen sehen, Mann, was haben wir für einen Schock gekriegt, als dann die Schüsse fielen", berichtete Pat.
"Nichts gegen meinen Schock", witzelte Wal. Alles lachte. Ich stellte die Anwesenden vor.
Wal erzählte ihnen, was wir von Watts erfahren haben.
"Wo haben Sie Battaglia hingebracht?", fragte ich Watts. Der sah mich an.
"Ich glaube Euch, das Ihr nicht auf das Kopfgeld aus seid, dann kann ich es Euch auch sagen. Ich habe ihn nach Axus gebracht."
"Nach Axus", rief ich, "dort sitzt die Hauptverwaltung von Albula."
"Er wollte unbedingt dahin."
"Wal, wir müssen ihm folgen, langsam beginnt mich die Sache zu interessieren."
"Langsam", bremste Watts meinen Tatendrang, "ich weiß im Moment nicht, wie ich Euch hier heraus bringen kann."
"Verschaffen Sie uns eine neue Identität. Wir bezahlen alles."
"Das dauert eine Woche."
"Oh." Das paßte mir gar nicht. "So lange können wir nicht warten."

"Seht Ihr."

"Können Sie schießen?"

Ich nickte. Watts wackelte mit dem Kopf. Das Visiophon summte. Watts hob ab und drehte den Bildschirm von uns weg.

"Hallo ... Ach du ... Tatsächlich ... Ok, ich ruf dich an." Er legte auf.

"Das war ein Freund. Mitch Brandon hat gerade Cypres 6 verlassen."

"D e r Mitch Brandon." Watts nickte.

"Er glaubt, er hat uns in der Falle", knurrte ich.

"Brandon ist unser Mann", sagte Wal, "an den müssen wir ran."

Watts schüttelte den Kopf.

"Der ist mindestens fünf Nummern zu groß für euch. Da braucht Ihr machtvolle Verbündete."

"Wir sollten jetzt gehen ", sagte ich zu Watts, um das Thema zu ändern und faßte ihn am Arm. Der lachte.

"Ich kann nicht mit Ihnen gehen, ich habe nur ein Bein." Tatsächlich, erst jetzt fiel mir auf, daß Watts sein rechtes Bein nicht richtig bewegen konnte.

"Mein Sohn Lee wird Sie führen. Sie werden sich durch ein paar Klimaschächte dem Bahnhof nähern, dort werden Sie sich selber helfen müssen."

Ich nickte. Lee kam herein und sein Vater wies ihn in die Aufgabe ein. Lee war etwa ein Jahr jünger, als Pat und Tim, hatte dunkle Haare und machte einen sehr ernsten Eindruck. Er schien in seiner Jugend nicht viel Freude gehabt zu haben. Wal stand auf und sagte:

"Ach, was mir einfällt, haben Sie vielleicht ein Foto von Battaglia?"

"Haben Sie keines?", fragte Watts verblüfft zurück. Wal wurde verlegen.

"Gut, dann kriegen Sie noch ein Foto". Watts tippte ein Zahlen in sein Terminal. Geräuschlos schob sich ein Farbfoto aus der Druckstation. Ich nahm es und sah mir Battaglia an. Ich konnte die Gräfin ganz gut verstehen, denn ich mußte neidvoll anerkennen, daß Battaglia gut aussah. Muskulöser, dunkler Typ, markantes Gesicht, aber sehr sympathisch.

Ich steckte das Foto ein.

"Geht schon mal vor", sagte ich zu Wal, "ich komme gleich." Ich wollte Wal ersparen, mit ansehen zu müssen, wie ich Watts bezahlte.

Als ich die Gruppe auf dem Gang einholte, dachte ich, hoffentlich ist sein Service so gut wie sein Preis. Und bei 2.000 Einheiten mußte sein

Service sehr gut sein. Lee führte uns zu einem Aufzug, mit dem wir in den Keller fuhren. Die Fahrt dauerte lange. Oder spielten meine Nerven verrückt? Im Keller war die Luft stickig. Lee ging zu einer Stahlklappe in der Wand und entriegelte sie.

"Das ist ein Inspektionskanal für die Klimaanlage", erklärte er. Ein kühler Luftzug wehte aus dem Schacht.

"Die Kanäle sind wie die Straßen strahlenförmig auf den Bahnhof ausgerichtet", redete Lee weiter. Auch er schien nervös.

"Unsere ' Freunde ' werden diese Wege auch kennen", wandte Wal ein.

"Sicher, am anderen Ende wird ein Posten sein, den müssen Sie ausschalten."

Wir kletterten einer nach dem anderen in den Schacht. Ich hatte ein mulmiges Gefühl. Ich erinnerte mich an das Kopfwackeln von Watts. Lee kam als letzter und verschloß die Stahlklappe.

Der Schacht war nur schwach beleuchtet und etwa 1.70 hoch, das machte das Gehen mühsam. Wir eilten mindestens fünf Minuten durch den Schacht, am Ende erwartete uns eine Stahlklappe, die sich durch nichts von der anderen Unterschied. Am Ende des Ganges sagte Lee:

"Ab hier müssen Sie alleine weiter. Sie schalten den Posten aus und gehen den Gang nach rechts. Dort ist eine Treppe, die sie in den Bahnhof führt. Die Tür zum Bahnhof ist eventuell bewacht. Dann müssen Sie sich in einen Gleiter klauen und zum Raumhafen. Dort warten Sie bis ein anderes Raumschiff landet und mogeln sich durch die Schleuse."

"Ist das schon alles?", fragte ich spöttisch.

"Anders geht es nicht.", erwiderte Lee. Und dafür hatte ich 2.000 Einheiten bezahlt. Toller Plan.

"Viel Glück", sagte Lee und verschwand wieder in der Dunkelheit.

Ich studierte den Entriegelungsmechanismus, um ihn schnell öffnen zu können.

"Ihr bleibt im Schacht, den Posten erledige ich alleine. Wenn es schief geht, haut ihr ab.
Klar?"

Alle nickten. Ich griff meine Waffe, entriegelte die Klappe, stieß sie auf und sprang hinaus. Uhh, war der Gang hell beleuchtet. Ich kniff die Augen zusammen. Der Posten stand fünfzehn Meter von mir entfernt. Als er die Klappe hörte, drehte er sich um, war aber viel zu überrascht.

Mein Explosivgeschoß schlug direkt neben ihm in die Wand. Die Druckwelle warf ihn um. Ich eilte zu ihm hin. Mein Pistolenknauf setzte ihn endgültig außer Gefecht.

"Los, kommt", rief ich nach hinten.

-- Kapitel Fünf ---

Nacheinander kletterten meine Gefährte aus dem Inspektionskanal. Ich lief den Gang vor bis zur Ecke und peilte die Lage. Dort waren zwei Feuertüren. Auf der linken Tür stand: 'Nottreppe '.

"Ok, weiter geht's", keuchte Wal hinter mir. Ich rannte auf die linke Tür zu und drückte die Klinke

Die Tür ging auf.

Wir standen in einem Treppenhaus, in dem alles aus Beton war. Die Wände, die Treppe, sogar das Geländer.

"Hoffentlich begegnen wir nicht der Ablösung." Pat dachte laut. Ich grinste flüchtig. Wir rannten die Treppe nach oben, immer nach oben sichernd. Mechanisch zählte ich die Stufen mit, es waren zwölf. Drei Treppen höher trafen wir wieder auf eine Feuertür mit der Aufschrift 'Halle'. Ganz langsam drückte ich die Klinke herunter.

Die Tür ging nicht auf.

"Verd... ." Ich zerdrückte einen Fluch zwischen den Zähnen. Wal sah sich die Tür an.

"Ohne Schweißbrenner geht da nichts", meinte er.

"Und jetzt?", fragte Tim, der sehr nervös schien.

"Wir klettern weiter nach oben", entschied ich.

Wieder drei Treppen höher erreichten wir eine weitere Feuertür. Auch sie war verschlossen. Noch mal drei Treppen höher hatten wir Glück. Die Tür öffnete sich. Ein kurzer Gang schloß sich an, der an einer weiteren Feuertür endete.

"Watts hätte bestimmt gesagt, die Tür war noch nie verschlossen", kommentierte Wal bissig, "wieviel hast du für diese miesen Infos bezahlt?"

"Willst du das wirklich wissen?"

"Nein, sag's mir nicht."

Die Feuertüre ließ sich offen. Ich öffnete sie vorsichtig und spähte hinaus. Die Tür führte auf eine Empore, die rund um den Bahnhof herum lief. Auf beiden Seiten waren Aufzüge nach unten, der eine lag nur etwa zehn Meter nach links von mir entfernt. Rechts von mir standen zwei Wachmänner, die sich unterhielten. Schnell zog ich den Kopf zurück. Zum Glück hatten sie mich nicht bemerkt. Ich unterrichtete die anderen.

"Ich lenke sie ab", bot Pat an.

"Nein", sagten Wal und ich synchron.

"Wieso, mich kennt keiner!"

"Und was willst du tun?"

"Wart's ab!"

Ehe wir noch etwas einwenden konnten, schlüpfte Pat durch die Tür. Lautstark knallte er die Tür zu. Ich legte mein Ohr an die Tür und hielt den Atem an. Mit einer Piepsstimme hörte ich Pat auf die Wachmänner einplappern. Ich verstand Worte wie 'mitkommen' und 'helfen'. Die Stimmen näherten sich der Tür und gingen vorbei. Ich öffnete die Tür einen Spalt und spähte hinaus. Pat zog die beiden zum Aufzug, er machte einen für sein Alter zurückgebliebenen Eindruck.

"Was macht er?", fragte Wal ängstlich aus dem Hintergrund.

Ich schüttelte den Kopf. Das Trio stand inzwischen am Aufzug, die Türe ging auf. Unaufhörlich plappernd schob Pat die beiden Uniformierten in den Aufzug. Was hatte er nur vor? Die Aufzugtüren schlossen sich. Kurz bevor sie ganz geschlossen waren, hechtete Pat auf den Gang, schallend lachend. Einer der Wachmänner rief: 'Lümmel!'. Ich erkannte Pats Absicht. Er hatte uns genügend Zeit verschafft, um über die Empore auf die andere Seite zu laufen, wo der andere Aufzug uns in die Halle bringen konnte.

"Los", rief ich, "nach rechts. Und unten bleiben."

Geduckt huschten wir die Empore entlang. Auf halbem Wege gingen wir hinter der Brüstung in Deckung, um zu verschnaufen.

"Und, wie war ich?", fragte Pat strahlend.

"Lebensmüde", zischte Wal wütend, "so eine Aktion erlaube ich kein zweites Mal."

Pat nahm die Schelte gelassen hin. Ich schaute über die Brüstung. Gerade kamen die beiden Wachmänner aus dem Aufzug. Beide lachten. Ich atmete auf.

"Offenbar halten sie es nur für einen Dummejungenstreich", sagte ich mit dem Kopf nach unten deutend. Pat grinste.

"Das hätte auch anders ausgehen können", schimpfte ich. Pats Grinsen erlosch.

"Das war verdammtes Glück. So was klappt normalerweise nur in Romanen. In Zukunft sprichst du dich mit uns ab. Klar?"

Wal nahm Pat in Schutz

"Es hat geklappt, also hör' auf zu schreien. Wir müssen weiter."

Er hatte recht. Geduckt rannten wir die Empore entlang, bis wir am anderen Aufzug ankamen.

"Hoffentlich ist niemand drin", sagte Wal. Ich stieß die Luft aus.

"Mit Pats Glück lösen wir auch noch den Auftrag." Wal strafte mich mit einem Blick.

Auf der Aufzugtür stand: 'Benutzung für Unbefugte verboten'. Die Türe öffnete sich, der Aufzug war leer. Der Aufzug verfügte nur über zwei Bedienknöpfe, ich drückte auf den mit der Aufschrift 'Halle'.

"He, Cliff", sagte Tim, "kannst du nicht lesen, da steht für Unbefugte verboten." Ich grinste:

"Dann steigen wir in der nächsten Etage eben wieder aus."

Die Spannung fiel etwas von uns ab. Der Aufzug setzte sich nach unten in Bewegung. Als er zu verzögern begann, sagte Wal ernst:

"Aufgepaßt jetzt, noch sind wir nicht draußen."

Der Aufzug hielt. Die Tür ging auf. Links von der Tür standen ein paar Sträucher. Wir gingen dahinter in Deckung. Die vom Raumhafen ankommenden Gleiter schwebten durch eine Öffnung in der Decke am anderen Ende der Halle herein und wurden über ein Förderband zum Abflugplatz transportiert. Dieser Abflugplatz lag etwa dreißig Meter von unserer augenblicklichen Position entfernt. Die abfliegenden Gleiter wurden durch ein in der Decke eingebautes Tor, das sich hydraulisch öffnete und schloß, geführt. Warum, blieb mir unklar, es komplizierte unsere Flucht jedoch sehr.

"Pat, Tim, könnt ihr die Fernsteuerung der Gleiter abschalten?"

"Ja, kein Problem, solche Gleiter haben wir bei uns am Raumhafen auch."

"Das muß aber schnell gehen."

"Das geht sogar blitzschnell."

"Das Tor wird wohl verriegelt sein. Am besten, du fliegst hinten durch die Öffnung bei der Ankunft.", schlug Wal vor.

"Das ist zu gefährlich". Ich schüttelte den Kopf. Ich hatte eine andere

Idee. In dem Moment begann eine Sirene zu heulen, eine Lautsprecherstimme rief:
"Alarm, die Schnüffler sind da."
"Das gilt uns", rief ich und sputete los. Gerade stand ein Gleiter zur Abfertigung bereit.
Ich riß die Türe auf. Ein rotgesichtiger etwa 40-jähriger Mann sah mich erstaunt an.
"Sie steigen jetzt aus", sagte ich. Ich packte ihn und warf ihn aus dem Gleiter, vielleicht etwas zu grob. Der Mann war zu verblüfft, um sich zu wehren und landete unsanft auf dem Boden. Pat und Tim stürzten herein und nahmen an de Rückwand eine Verkleidung ab. Tim suchte zwei Sekunden und griff in das Gewirr aus Drähten und Chips. Es sprühte und Tim schrie auf. Auf dem Pult leuchteten drei grüne Lampen auf. Der Alarm hatte das Triebwerk abgestellt. Ich drückte den Startknopf. Brüllend sprang das Triebwerk an. Ich zog am Knüppel und der Gleiter stieg. Aus dem Augenwinkel sah ich bewaffnete Posten, die auf uns anlegten. Ich sah nach oben. Das Tor in der Decke war natürlich zu.
"Festhalten", schrie ich.
"Bist du wahnsinnig?", schrie Wal, der erkannt hatte, was ich vorhatte. Zu spät, der Gleiter rammte das Tor mit Wucht und prallte nach unten ab. Wir wurden kräftig durchgeschüttelt. Explosivkugeln schlugen außen am Gleiter ein, es dröhnte bedrohlich.
Der Aufprall hatte das Tor wie geplant aus der Verankerung gerissen worden, es fiel nur um Zentimeter am Gleiter vorbei zu Boden. Unten spritzen die Wachposten auseinander, der Beschuß hörte auf. Ich gab Vollgas und in einer engen Schleife steuerte ich den Gleiter durch die Öffnung in der Decke. Mit vollem Schub steuerten wir den Raumhafen an. Der Gleiter protestierte mit etlichen roten Lichtern gegen die Überbelastung, aber das war mir im Moment egal. Schnell erreichten wir den Raumhafen. In weitem Bogen steuerte ich den Strato an und verfehlte ihn nur um Haaresbreite.
"Schnell einsteigen, da setzt gerade ein anderes Schiff zur Landung an", trieb ich die anderen an, die ob meiner Flugweise leichenblaß waren. Eilig enterten wir den Strato.
"Anschnallen", brüllte ich nach hinten, gleichzeitig nahm ich einen Blitzcheck vor. Das Triebwerk sprang an und ich hob ab. Das andere Raumschiff hatte die Schleuse bereits passiert, sie schloß sich bereits

wieder. Ich gab Vollgas.

"Das reicht nicht", schrie Wal neben mir auf dem Co-Pilotensitz.

"Das muß reichen". Es blieb wirklich nur ein schmaler Spalt, zwischen den beiden Toren übrig. Zum Glück war der Strato wegen seines konventionellen Triebwerks relativ klein. Ich legte den Strato auf die Seite. Zwei gewaltige Schläge erschütterten das Schiff. Ich flog in den Gurten hin und her. Der Strato geriet ins Trudeln. Mühsam fing ich ihn ab. Langsam beruhigte sich auch der Magen wieder

"Was war das?", stöhnte Wal, grün im Gesicht.

"Leitwerk und Rumpf", stöhnte ich, grau im Gesicht.

Nur träge reagierte der Strato auf Steuerbefehle. Vermutlich hatten die Steuerdüsen etwas abbekommen. Erst jetzt fiel mir auf, das es an Bord eiskalt war. Der Computer war ja kaputt.

"Ich mache die Heizung an und du fliegst zur Fährstation", sagte Wal schwach und schälte sich aus dem Sessel.

"Wohin? Nach Axus oder zur Erde?", fragte ich.

"Denk mal nach, nach Axus müssen wir sowieso über die Erde."

"Stimmt."

Nach nicht allzulanger Zeit hatten wir die Fährstation erreicht. Ich stellte den Strato auf einer Warteplattform ab. Wal ging die Anmeldeformalitäten erledigen, Pat, Tim und ich gingen schon ins Restaurant, denn wir hatten alle schlimmen Kohldampf. Außerdem brauchte ich dringend Schlaf, ich war seit zwanzig Stunden auf den Beinen. Das Restaurant war brechend voll. In einer Nische ganz am Ende fanden wir noch einen Platz. Wir bestellten und warteten. Wal kam nicht.

"Eine halbe Stunde schon", sagte Tim auf seine Uhr schauend, "das dauert doch sonst auch nicht solange."

"Du hast recht", erwiderte ich und drehte mich zur Tür um. In dem Moment kam Wal herein, in Handschellen und von zwei Militärpolizisten begleitet. Der eine schrie ihn an, so laut, daß man es im ganzen Lokal hörte:

"Also, wo sind deine drei Begleiter?"

-- Kapitel Sechs ---

Ich war wie vom Donner gerührt. Diese dreiste Bande. Erst hatten sie uns gejagt und als wir ihnen entwischt waren, hetzten sie uns die Polizei auf den Hals. Wal schien am Ende. Gehetzt suchte er das Lokal mit seinen Blicken ab. Die meisten Leute hatten nur kurz hingesehen und sich wieder abgewandt.

"Wir müssen abhauen", flüsterte Tim.

"Wohin denn, das hat keinen Zweck", antwortete ich und hoffte inständig, Wal würde uns nicht finden. Wal suchte weiter den Raum ab. Er mußte mich gesehen haben. Wal ging drei Schritte vor zu einem Tisch, an dem drei Männer saßen. Wal sagte irgend etwas und zeigte auf den Tisch. Wegen des vielstimmigen Gemurmels im Restaurant konnte ich nichts hören, aber das war gar nicht nötig. Die Uniformierten zerrten die Leute vom Tisch, legten ihnen Handschellen an und zerrten sie zusammen mit Wal aus dem Lokal. Ich zog innerlich vor Wal den Hut.

"Was hat er gemacht?", fragte Pat verständnislos.

"Guter alter Wal", sagte ich, "er hat sich jetzt zwar drei Feinde fürs Leben gemacht, aber er hat uns Zeit verschafft, von hier abzuhauen."

"Wir können ihn doch nicht im Stich lassen", empörte sich Tim.

"Wir können ihm nicht helfen, wenn wir uns mit ihm in eine Zelle setzen", sagte ich scharf, "ich habe schon eine Idee. Wann geht die nächste Fähre."

"In einer Viertelstunde, glaube ich", sagte Pat.

"Dann los, wir kaufen uns ein Ticket und fliegen zurück."

"Und was wird aus dem Strato."

"Der würde uns identifizieren, meinst du nicht."

"Äh, ja... "

"Also, kommt, wenn wir auf der Erde sind, rufe ich unseren Auftraggeber an, der wird uns helfen können."

Wir buchten eine Passage zur Erde. Auf dem Heimflug wurden wir nicht behelligt, Wal hatte ganze Arbeit geleistet. Ich konnte mir die Wut der Männer vorstellen, die jetzt unschuldig unter Anklage standen. Je länger ich darüber nachdachte, desto mehr bekam ich ein schlechtes Gewissen, ich mußte der Gräfin sagen, daß sie die Männer angemessen entschädigen sollte. Pat und Tim schliefen den ganzen Heimflug, ihre Urlaubsstimmung war gründlich ruiniert. Auch ich versuchte zu schlafen, aber es wollte mir nicht gelingen. Zuviel ging mir im Kopf herum.

Schließlich landete das Schiff auf unserem Heimatraumhafen. Ich weckte Pat und Tim und schickte sie nach Hause, nachdem sie mir das Versprechen abgenommen hatten, mich um Wal zu kümmern.

Ich machte mich auf den Weg zu meiner Magnetbahn, die der Raumhafentiefgarage stand. Ich wollte schon die Kennzahl für das Büro eintippen, da besann ich mich eines besseren. Wenn sie Wal hatten, würden sie auch wissen, wo er arbeitet. Es wäre ziemlich unklug sich, da sehen zu lassen. Ich stieg wieder aus und suchte mir eine Visiophonsäule.

"Auskunft. Ich hätte gern die Nummer der Gräfin Delonay, ich glaube sie wohnt im Nordbezirk."

"Delonay", fragte mich die Dame am anderen Ende der Leitung verwundert.

"Ja, schönes Fräulein."

"Witzbold. Ich schau' mal nach."

Ich grinste. Allerdings nicht lange.

"Die Nummer ist geheim. Es tut mir leid."

Das hätte ich mir eigentlich denken können."

"Was, sie wollen mir nichts sagen, das ist aber nicht nett."

"Ich darf nicht, Tschüß"

"He, Moment...." Klick, sie hatte aufgelegt. Ich überlegte. Eine Möglichkeit gab es noch. Hoffentlich würde ich ihn gleich finden. Er hieß Hardy und war eigentlich jeden Abend im Rolands zu finden, das man als meine Stammkneipe bezeichnen konnte. Ich hatte Hardy schon oft um Informationen angehauen, und er hatte mich nie enttäuscht. Was er alles wußte, war phänomenal. Und er hatte alles im Kopf. Womit er sein Geld verdiente, wußte ich nicht, ich kannte nicht einmal seinen Nachnamen. Ich setzte mich also in die Magnetbahn und steuerte die Kneipe an.

Es war immer ein angenehmes Gefühl in die Kneipe zu kommen. Man fühlte sich sofort geborgen. Der Raum war nahezu quadratisch. In der Mitte stand eine kreisrunde Theke. Oberhalb des Tresen verlief ein Bord, auf dem unzählige Flaschen aus dem ganzen Universum standen.

Von dort kam auch die gedämpfte, indirekte Beleuchtung, die den Tresen beleuchtete. An den Wänden waren Nischen, die von richtigen Kerzen und kleinen Wandlampen erhellt wurden. Im Hintergrund spielte Musik aus längst vergangenen Zeiten. Hinter der Theke nickte Roland, der Chef und Barkeeper, mir zu. Hardy saß auf seinem Stammplatz in

der entgegengesetzten Ecke des Raumes. Er war ein kleiner, kräftiger Mann mit einem Ansatz zur Korpulenz. Seine Haare waren schwarz. Wie immer war er dunkel gekleidet. Als ich mich neben ihn setzte, zeigte sein zerfurchtes Gesicht ein Lächeln. Ich begann:
"Hallo Hardy, willst du dir 50 Einheiten verdienen?"
"Hallo Cliff, klar, jederzeit, was willst du wissen?"
"Die Visiophonnummer der Gräfin Delonay."
Hardy fing schallend an zu lachen.
"Die ist ein bißchen zu alt für dich, oder?"
"Keine Witze. Wal und ich sind in Schwierigkeiten."
"Ok, ok, wo sind die fünfzig."
Ich schob ihm den Schein rüber.
"Die Nummer ist Nord AQW 8809"
"Ich lade dich zur Hochzeit ein”, sagte ich, "danke dir. Sehen uns."
Ich ließ in laut lachend zurück und steuerte eine Visiophonsäule an. Ich wählte die Nummer der Gräfin. Auf dem Bildschirm erschien ein hochnäsiges Gesicht.
"Ja", antwortete eine hochnäsige Stimme. Der Typ sah aus wie ein Butler, das mußte richtig sein.
"Ich möchte die Gräfin sprechen."
Da ich die Geheimnummer kannte, wurde er nicht mißtrauisch.
"Wen darf ich melden."
"Stanton von Stanton & Buchanan."
"Einen Moment."
Der Moment dauerte zwei Minuten, dann erschien eine attraktive Mittfünfzigerin auf dem Bildschirm.
Sie zischte mich wütend an:
"Sind Sie wahnsinnig, hier anzurufen. Ich hatte doch gesagt, ich würde mich melden. Wo haben sie überhaupt die Nummer her?"
Ich ging nicht auf die Gräfin ein, sondern schilderte ihr die Lage. Als ich erwähnte, bei ihr müsse es einen Spitzel geben, wies sie das entrüstet zurück. Es klang echt. Ich hatte mir überlegt, ob ich Mitch Brandon erwähnen sollte, lies aber dann sein. Wenn er ihr Lieblingsschwiegersohn wäre, hätte ich eine schlechte Position. Aber ich hatte auch gute Nachrichten:
"Wir haben jetzt wenigstens eine Spur von Battaglia. Er heißt jetzt Wilhelm Bernhard."

"Sehr gut, ich bin zufrieden."

"Sie müssen meinen Partner aus dem Gefängnis holen und unser Raumschiff brauchen wir auch wieder."

"Ich werde es versuchen, was wirft man ihm den vor."

'Fragen Sie doch ihren Schwiegersohn', hätte ich fast gesagt, doch ich beherrschte mich.

"Ich weiß es nicht, ich konnte gerade noch entwischen."

Ich erwähnte auch unsere drei Retter wider Willen.

"Ich werde es versuchen, noch was?"

Es brach aus mir heraus.

"Wissen Sie, dass Mitch Brandon eine Kopfprämie auf Battaglia ausgesetzt hat?"

Ihr Aufschrei ließ mich den Hörer weit vom Ohr weghalten.

"Sind Sie verrückt?"

"Nein, das ist wahr."

"Das glaube ich nicht. Ich glaube Ihnen nicht."

"Von mir aus. Behalten Sie es wenigstens für sich." Klick. Die Gräfin hatte aufgelegt. Ich schalt mich einen Idioten. Er war wohl doch der Lieblingsschwiegersohn. Ich trollte mich zu meiner Magnetbahn zurück. Wohin jetzt? Nach Hause und in mein Büro traute ich mich nicht. Also blieb ich in meiner Magnetbahn. Ich war immer noch nicht müde, also machte ich mich daran alles was bisher geschehen war, aufzuschreiben:

1) Battaglia hatte etwas entdeckt, was Albula Trust und speziell Mitch Brandon nicht schmeckte

2) Battaglia und die Gräfin standen in einem Verhältnis

3) Battaglias Entdeckung war wichtig genug, um dafür Menschen zu töten.

4) Die Gräfin schien nur wenig Ahnung von den Aktivitäten Brandons zu haben

Ich überlegte einen Moment und fügte hinzu:

Es ergeben sich folgende Fragen:

a) Was für ein Verhältnis besteht zwischen Battaglia und der Gräfin?

b) Was hat Battaglia bei Albula Trust entdeckt oder gibt es eine persönliche Fehde zwischen Battaglia und Brandon?

Ich schaltete die Innenbeleuchtung der Magnetbahn aus. Die Dunkelheit war für mich genau die richtige Atmosphäre zum Nachdenken. Ich schaltete das Radio ein. Leise Musik ertönte. Frage a) war wohl leicht zu

beantworten. Ich vermutete, vor allem, nachdem ich Battaglias Foto gesehen hatte, daß er und die Gräfin ein geheimes Verhältnis unterhielten. Ich kannte ihr Gesicht von diversen Fotos aus Zeitschriften. Auch sie war noch sehr attraktiv und verwitwet. Die Frage b) bereitete mir da schon viel mehr Kopfzerbrechen, aber es fehlten auch noch etliche Fakten. Ich war gerade wild am herumspekulieren, als die Radiomusik abbrach:
"Meine Damen und Herren, wir bitten um Ihre Aufmerksamkeit für eine wichtige Durchsage. Ikareische Kriegsschiffe haben gleichzeitig die Planeten Arandian3, Memo 4 und Memo 5, sowie Erkanian 2 überfallen und eingenommen. Dies kommt einer Kriegserklärung gleich. Über alle Planeten des Imperiums wurde der Ausnahmezustand verhängt. Es ist jetzt 5.49 Uhr Ortszeit. Weitere Nachrichten folgen."
Ernste Musik setzte ein. Ich war völlig verwirrt. Ikrarus war einer abgelegensten Planeten des Imperiums, etwa 1800 Lichtjahre von der Erde entfernt. Die Ikareer waren vor 120 Jahren aus einer Marskolonie ausgewandert und hatten schon damals als komisches Völkchen gegolten. Sie stellten einen sehr auf seine Eigenständigkeit bedachten Volksstamm dar. Weit über 99 % aller Ikareer lebten auch auf Ikarus, ein ungewöhnlich hoher Wert. Die Ikareer galten als hochintelligent, vor allem ihre technischen Fähigkeiten verblüfften. Es waren zum Beispiel ikareische Ingenieure gewesen, die die mathematischen Erkenntnisse von Simons und Wolfe in einen verwertbaren Antrieb umgewandelt hatten. Im imperialen Rat fielen ihre Abgeordneten vor allem durch seltsame Anträge und sehr scharfe Reden auf. Ernstgenommen hatte man die Ikareer allerdings nie. Man kaufte ihre zahlreichen technischen Geräte und dachte nicht weiter darüber nach. Und die Handelsbilanz von Ikarus war außerordentlich positiv. Aber Krieg?
Das Militär, das dem imperialen Rat unterstand, besaß etwa eine Million Schiffe. Sich diesen zu stellen, war einfach unvernünftig. Nein, nicht unvernünftig, das war Wahnsinn.
Und mit diesem Gedanken nickte ich ein.
Ein lauter Gong weckte mich. Ich sah auf den Bildschirm meiner Magnetbahn. Jemand verlangte mich über die Geheimnummer meiner Magnetbahn an. Die kannte eigentlich nur... Ich drückte auf den Knopf.
"Cliff, wo steckst du, ich suche dich überall."
"Wal, du bist draußen."

"Ja, die MPs wurden plötzlich sehr freundlich und entschuldigten sich für den Irrtum."
"Toll, wo bist du jetzt."
"Am Raumhafen, gerade angekommen. Mit unserem Strato, gesteuert von einem Militärpiloten. Was hast du gemacht, den Imperator persönlich angerufen."
"Fast, ich erzähl's dir gleich. Ich komme rüber."
"Ok, bis gleich."
Die Gräfin hatte blitzschnell reagiert, denn die Uhr zeigte kurz vor 11. In Nullkommanichts erreichte ich den Raumhafen, die teuerste Magnetbahnfahrt meines Lebens. Am Raumhafen schloß ich Wal in meine Arme.
"Mann, ich freu' mich. Weißt du, daß du das gemeinste Aas bist, das mir je begegnet ist."
Wal grinste.
"Ich weiß auch nicht, wie ich draufgekommen bin. Ich hatte Riesenangst, in meiner Geschichte wäre ein Loch. Aber sie haben alles geglaubt. Und die drei waren sauer, es waren einfache Bergarbeiter. Doch als sie den Geldbetrag sahen, den ihnen der Anwalt in die Hand drückte, als wir draußen waren, hätten sie mich fast umarmt."
"Hast du Radio gehört?", fragte ich Wal. Der nickte.
"Ja, böse Sache nicht wahr. Ich schlage vor, daß wir gleich nach Axus aufbrechen, bevor es irgendwelche Beschränkungen gibt."
Ich hatte zwar wenig Lust, gleich in die Höhle des Löwen nach Axus zu fliegen, aber Wal hatte recht. Axus lag ohnehin etwa eine Tagesreise, denn dieser Planet konnte von der Erde nur über Umwege erreicht werden. Wal machte sich auf, die Formalitäten zu erledigen.
Ich sah nach dem Strato. Die Schäden an den Steuerdüsen waren ordentlich repariert worden, man sollte die Gräfin nach einem Dauerauftrag fragen, so zu leben, war entschieden sehr angenehm. Ich ging zurück in die Halle. Dort traf ich Richard Sandersen, kurz Ricky, ein Freund von mir und Wal, der auf dem Flughafen arbeitete. Er winkte mir.
"Hallo Ricky, was gibt's neues?"
"Ich fürchte nichts gutes. Hier.", sagte er und reichte mir einen Brief.
Er war von Pat. Ich las. Bestürzung erfaßte mich.
"Ja sind die denn nicht gescheit!!", rief ich aus, "wann sind sie weg."

"So um zehn, mit dem ersten Transporter."
Wal kam gerade heran.
"Wir haben die Startgenehmigung", sagte er. Als er unsere Gesichter sah, stutzte er.
"Was ist los?"
"Pat und Tim haben sich freiwillig zum Militär gemeldet. Sie sind mit der ersten Maschine ab. Ihre Freunde wären auch alle gegangen, da wollten sie nicht zurückstehen. So einen Schwachsinn habe ich schon lange nicht mehr gehört."
"Zum Kriegseinsatz?", fragte Wal entsetzt.
"Natürlich!", schrie ich.
"Weißt du wohin?"
"Nein, hier steht nichts." Ich beruhigte mich nur mühsam.
Wal zog mich am Arm und sagte:
"Ich setz' ihn an den Steuerknüppel, so kriegt man ihn einfachsten ruhig."
Ich schüttelte den Kopf. Wie konnten sie nur so was tun, sie waren doch sonst nicht so unvernünftig. In den jungen Jahren ist man einfach zu begeisterungsfähig, ich kannte das von mir. Auch ich war einmal voller Ideale ins Militär eingetreten. Jetzt versuchte ich diese Jahre zu vergessen. Doch seit der Meldung vom Überfall der Ikareer stieg die Erinnerung immer in mir hoch. Was wäre, wenn sich der Krieg ausweiten würde, wenn die Freiwilligen nicht mehr ausreichten, wenn die Dienstpflicht befohlen würde. Ich wäre wohl einer der ersten, den es treffen würde. Dieser Gedanke kreiste in meinem Hirn wie ein Geier über dem Aas.
Wal hatte mich fast bis zum Strato gezerrt. Ich schob seinen Arm beiseite und machte mich daran, den Rest selber zu laufen. Wir kletterten in den Strato, ich zwängte mich ins Cockpit, Wal nahm neben mir Platz. Nach dem Check drückte ich die Funktaste:
"Tower, SK0047 erbittet Startfreigabe."
"Startgrund und Flugziel, bitte"
Diesmal war ich vorbereitet.
"Geschäftlich nach Axus."
"Etwas genauer, bitte." Diese Bürohengste.
"Herrjeinar, ich bin Detektiv und muß nach Axus, weil mein Klient das so will", platzte es aus mir heraus. Wal hob nur eine Augenbraue.

"SK0047, Tower genügt als Anrede, danke und guten Flug."
Ich startete die Triebwerke. Problemlos erreichten wir die Erdumlaufbahn und die Fährstation.
"Wenn jetzt, wo wir unsere beiden Mechaniker nicht dabei haben, was kaputtgeht, dann fange ich an zu schreien", meinte Wal im Scherz.
"Dann schreist du nicht, dann wirst du reparieren."
"Iiich, ich verstehe doch nichts davon."
"Ha, ha, Doc." Wal war nicht nur ein guter theoretischer Physiker, er verfügte auch über umfassendes Wissen über technische Geräte, speziell im Bereich Raumfahrzeuge.
"Na, ja, ein bißchen"; gab er zu.
"Na, ja, viel", äffte ich.
Sein Gesichtsausdruck ließ mich lauthals lachen. Noch lachend steuerte ich den Gleiter auf das Wartedeck. Plötzlich knackte es im Lautsprecher: "SK0047, im Moment ist kein Verkehr, bitte bleiben Sie im Raum auf Schleife."
"Wieso ist kein Verkehr."
"Militärvorrang."
"Und wie lang dauert das noch?"
"Zwölf Stunden."
"Waas? Und dafür bin ich so früh aufgestanden?"
Der Mann im Tower schien zu grinsen.
"Den Schlaf können Sie ja jetzt nachholen."
Die Idee gefiel mir, meine Nerven waren sowieso überreizt. Ich wunderte mich sowieso über Wal, daß er nicht total am Stock ging, denn er war schließlich verhört worden und im Gefängnis gesessen, aber er schien völlig ausgeruht.
"Ich leg mich aufs Ohr."
"Ist gut."
Der Militärvorrangsverkehr kam mir gerade recht, er war auch nicht verwunderlich, denn auch heute noch bestanden 40 % der Militärflotte aus konventionellen Schiffen, die eben den Vorteil hatten, kleiner und damit wendiger und viel billiger zu sein. Gerade als ich aufstand, tauchte neben der Station ein riesiger Transporter wie aus dem Nichts auf. Man hatte sich zwar den Anblick gewohnt, doch ein seltsames Gefühl blieb immer zurück.
Wal rüttelte mich am Arm. Ich gähnte ihn an.

"Es geht los", sagte er.

Ich schüttelte mir den Schlaf aus den Augen und klemmte mich hinter den Knüppel. Inzwischen kreisten eine ganze Menge Schiffe in der Schleife.

"Beeilen wir uns, sonst warten wir noch einmal zwölf Stunden", sagte Wal. Er hatte recht, denn jetzt begannen alle zu drängeln. Rechts von uns zischten zwei Schiffe vorbei, viel zu schnell, als sie über dem Deck waren, kamen sie prompt in Schwierigkeiten und wurden vom Tower zur Ordnung gerufen. Wir hatten Glück und schafften die erste Fuhre. Der Transporter legte ab und bereitete sich auf den Sprung vor.

Wie immer erholte ich mich schnell von der Verwirrung, die der Raumsprung bei den Menschen auslöste. Auch Wal war schnell klar. Die riesige Klappe öffnete sich, manche der Schiffe schwebten nach draußen, um Alpha Centauri 3 anzusteuern, wir blieben auf unserem Platz. Nach zwei weiteren Sprüngen konnten wir auch die Fähre verlassen und den Planeten Axus 2 ansteuern. Mich beschlich ein ungutes Gefühl, ob es wirklich eine gute Idee war, nach den Ereignissen auf Cypres 6 direkt mit dem nächsten Wespennest herumzuspielen.

"Fangen wir in Axus Town an", schlug Wal vor. Axus Town war die Hauptstadt des Planeten, die Hauptverwaltung von Albula lag in unmittelbarer Nähe. Ich nickte und brachte den Strato auf Kurs.

Ruckfrei setzte der Strato auf dem Raumhafen von Axus Town auf. Tja, gelernt ist gelernt.

"Ich schlage vor, wir fangen im Touristikbüro an, vielleicht ist er dort gemeldet", sagte ich zu Wal, als wir die Halle verließen. Er nickte. Mit dem Taxi fuhren zu dem Büro, der sich als kühner und futuristischer Bau entpuppte. Hinter der Theke erwartete uns eine nett lächelnde Blondine. Ich setzte mein ' Hallo-du-du-gefällst-mir'-Gesicht auf und setzte schwungvoll an:

"Hallo, wir möchten einen Freund von uns besuchen, der uns hier erwartet, wir wissen nur nicht wo. Er heißt..., ääh ."

Was für ein peinlicher Auftritt, den Namen eines guten Freundes zu vergessen. Wal half:

"Bernhard, Wilhelm Bernhard."

"Genau", setzte ich hinterher. Die Blondine hinter der Theke zog zwar die Augenbrauen hoch, sagte aber nichts. Sie begann ihr Terminal zu bearbeiten.

"Sie haben Glück", verkündete sie nach einer Weile, "Ihr Freund ist noch da. Im Hotel Ayala."
"Sie sind ein Engel", sagte ich, " ist er schon lange da?"
"Allerdings, fast fünf Wochen."
Wal bedankte sich und schob mich aus dem Laden.
"In Zukunft rede ich, das kann man ja nicht mitanhören, dein Geschwafel", sagte draußen auf der Straße. Das Taxi wartete noch.
"Zum Hotel Ayala", rief ich dem Fahrer zu. Der sah mich zweifelnd an.
"In dem Schuppen würde ich nicht absteigen", meinte er.
"Wir suchen dort nur jemanden."
"Dann ist ja gut."
Die Fahrt ins Hotel Ayala dauerte etwa eine Viertelstunde. Der Fahrer hatte recht gehabt. Das Hotel lag in einer heruntergekommenen Gegend. Die Außenfassade war schäbig, die Farbe blätterte ab. Diese Gegend war der krasse Gegensatz zu dem Touristikbüro und den anderen Gebäuden rund um den Raumhafen. Wal bezahlte den Fahrer, der sich eilig davonmachte. Durch eine quietschende Drehtür gelangten wir in die Rezeption, die den selben Eindruck machte, wie die Außenfassade. In einer Ecke stand eine Ledersitzgruppe. Das Leder war abgewetzt, die Sessel durchgesessen. In einer riesigen häßlichen Vase vegetierte eine einheimische Pflanze, die seltsam geformte Blütenblätter hatte, vor sich hin. Auf dem ehemals flauschigen Teppich konnte man die Hauptlaufrichtungen deutlich erkennen, einer davon, die zum Schalter führte, folgten wir. Hinter der Theke stand ein Typ mit fettigen, nach hinten gekämmtem Haar. Er war mir sofort unsympathisch. Er grinste uns schmierig an.
"In welchem Zimmer wohnt Wilhelm Bernhard?", fragte ich den Mann. Alles an ihm war irgendwie schmierig, die Haare, das Grinsen, sogar die Stimme, die mir ölig und überheblich verkündete:
"Auskünfte gebe ich grundsätzlich nur der Polizei."
Da platzte mir der Kragen. Ich hatte keine Lust, mir von dem Typen auf der Nase herumtanzen zu lassen. Ich packte ihn am Kragen und zog ihn über den Tresen.
"Wal, sieh dir die Bücher an."
"Halt, halt", sagte der Ölige hastig, "Bernhard ist gestern ausgezogen."
Die Lüge war schlecht vorgetragen. Ich zog ein wenig fester. Der Ölige schien Atemschwierigkeiten zu haben.

"Zimmer 12", röchelte er mühsam.

"Na also", sagte ich und lies ihn los, "Wal bleib' hier unten und paß auf, daß er sich nichts antut."

Sprach's und ging über die Treppe nach oben. An das Ende der Treppe schloß sich ein dunkler Gang an. Am Ende des Ganges lag Zimmer 12. Ich klopfte.

"Bernhard?"

Keine Antwort. Ich drückte die Klinke. Die Tür schien offen, aber sie bewegte sich nicht. Ich drückte mit aller Kraft. Ein Rutschen. Ein Poltern. Die Tür ging auf. Das Zimmer war klein, aber hell. Es hatte sogar einen kleinen Balkon. Die Möbel, ein Tisch, ein Schrank und ein Bett, hatten schon bessere Zeiten erlebt. Das Waschbecken hatte eine Sprung. Der einzige Stuhl des Zimmers lag quer im Zimmer. Battaglia-Bernhard lag vor mir auf dem Boden, ich erkannte ihn sofort. Man hätte denken können, er schliefe, wäre nicht das handtellergroße Loch in seiner Brust gewesen. Als ich genauer hinsah, entdeckte ich das kleine Loch im Glas der Balkontüre. Sie war nicht gesplittert, es mußte ein Hochgeschwindigkeitsgeschoß gewesen sein, dem Loch nach zu schließen, eine Explosivkugel. Battaglia war ermordet worden. Bevor mein Magen revoltieren konnte, verließ ich das Zimmer wieder. Ich stolperte die Treppe in die Hotelhalle hinunter. Wal und er ölige Typ standen noch am selben Platz.

"Holen Sie die Polizei", sagte ich zum Öligen.

"Was ist passiert?" Jegliches grinsen war aus seinem Grinsen verschwunden.

"Ihr Gast ist tot."

Der Ölige starrte mich an. Wal hob nur eine Augenbraue.

"Na los, machen Sie schon", schnauzte ich den Öligen an. Der reagierte endlich und griff zum Hörer.

Ohne großes Tara fuhr der Polizeiwagen vor. Ein großer, ruhiger Mann in Zivil kam herein, begleitet von zwei uniformierten Beamten, und wies sich als Inspektor Dragan aus.

Haben Sie angerufen", fragte er den Öligen. Der nickte.

"Wo liegt der Tote?"

"Ich bringe Sie hin", bot ich an. Der Inspektor musterte mich.

"Wer sind Sie?"

"Ich habe ihn gefunden."

"Gehen wir."
Ich hatte die Tür nur angelehnt. Dragan besah sich den Toten ohne sichtliche Regung.
"Haben Sie ihn so gefunden?", fragte Dragan knapp.
"Nein, er lehnte an der Tür."
Er nickte.
"Haben Sie was angefaßt?"
Ich schüttelte den Kopf. Dragans Blick schweifte durch das Zimmer, verweilte kurz an dem Loch in der Balkontür. An seinem Gesicht war nicht abzulesen, was er dachte. Er wandte sich um und ging nach unter. Auf dem Weg fragte er mich:
"Kannten Sie den Toten?"
"Eigentlich nicht."
Der Inspektor erlaubte sich ein Lächeln.
"Und unerkenntlich?"
"Ich - wir haben ihn gesucht."
"Wer ist wir?"
"Mein Partner, Mr. Buchanan und ich", sagte ich und wies auf Wal.
"Und warum haben Sie ihn gesucht?", bohrte Dragan weiter.
"Im Auftrag eines Klienten."
"Aha, Schnüffler."
"Privatdetektive." Komisch, auf allen Planeten war mein Berufsstand bei der Polizei unbeliebt.
"Schön, und wer ist ihr Klient". Der Inspektor hatte das Talent, sofort alle wunden Punkte zu finden. Ich lächelte.
"Ich bitte Sie."
Dragan seufzte.
"Also gut, sie beide", er wies auf Wal und mich, "begleiten mich aufs Präsidium, sie natürlich auch", sagte er, auf den Öligen weisend. Der fuhr sichtlich zusammen.
In einem komfortablen Polizeifahrzeug wurden wir ins Präsidium gefahren. Dort beschränkte ich meine Aussage darauf, daß wir einen Hinweis erhalten hatten, Battaglia-Bernhard würde sich auf Axus aufhalten. Dragan schien nicht zufrieden.
"Sie wissen, daß Falschaussage strafbar ist," belehrte er mich, "ich habe den Eindruck, daß sie mir etwas verschweigen."
"Nichts, was nicht zur Sache gehört."

"Verschwinden Sie, aber bleiben Sie die nächsten 48 Stunden in Reichweite."
"Aber...", wollte ich protestieren.
"Gehen Sie jetzt."
Wütend verließ ich das Büro des Inspektors. Ich konnte mir nicht verkneifen, mit der Türe zu knallen. Wal erwartete mich auf dem Gang. Er war bereits befragt worden.
"Hat er dir auch 48 Stunden Zwangspause verordnet", empfing er mich. Ich nickte mürrisch.
Wir verließen das Präsidium, setzten uns in einem Park auf eine Bank und ließen uns von der Sonne bescheinen.

    -- Kapitel Sieben ---

Wütend fluchte ich vor mich hin:
"Ich könnte mir in die Fresse hauen."
"Wieso, was ist denn?", fragte Wal.
"Ich Trottel habe vergessen das Zimmer zu durchsuchen, bevor wir die Polizei geholt hatten."
"Das war wirklich blöd."
"Ach, sei leise."
Wal versuchte das Thema zu wechseln.
"Was hältst du davon, die Gräfin anzurufen?"
"Ein Echtzeitgespräch mit der Erde, lebst du im Wohlstand?", rief ich aus.
"Erstens zahlen wir das nicht, und zweitens sollte die Gräfin davon erfahren.", argumentierte Wal. Das klang vernünftig.
"Na ja, ist besser als rumsitzen", gab ich zu und wir machten uns auf den Weg zu einer Fernsprechstation. Die Echtzeitgespräche konnten nur von solchen Stationen aus geführt werden. Die Gespräche wurden über Satelliten zu einer Relaisstation gesendet, die direkt auf einem Simons-Wolfe-Punkt saß. Die masselosen elektromagnetischen Wellen konnten viel einfacher über die Simons-Wolfe-Punkte übertragen werden, bei den meisten Planeten saß diese Station sogar in der Umlaufbahn. So war es möglich, Gespräche quer durch das Universum zu führen, die nur eine Verzögerung von zwei bis drei Sekunden hatten. Ich meldete das

Gespräch bei einem Angestellten an. Es dauerte nicht allzulange, bis wir aufgerufen wurden.

"Kabine 4", rief der Mann.

Gespannt betrat ich die Kabine, hoffentlich war die Gräfin überhaupt daheim. Die Uhrzeiten hatten wir durchgerechnet, auf der Erde war es früher Abend. Der Bildschirm blitzte:

"Bildverbindung kommt nicht zustande", las ich.

Ich nahm den Hörer und lauschte. Es knackte und die bekannte hochnäsige Stimme sagte:

"Hier bei Delonay."

"Mein Name ist Stanton. Ich muß dringend die Gräfin sprechen."

"Moment." Diesmal ging es etwas schneller.

"Stanton, Sie schon wieder. Ist das Ihre Art von Diskretion?"

Wieder einmal ging ich gar nicht auf sie ein.

"Wir haben Battaglia gefunden."

"Ja." Die Stimme der Gräfin klang jetzt freudig erregt. Ich suchte nach den passenden Worten.

"Es tut mir aufrichtig leid, Ihnen das sagen zu müssen...", druckste ich herum.

"Was tut Ihnen leid?" Die Stimme klang erschrocken.

Ich ärgerte mich, daß die Bildverbindung nicht klappte. Ich hätte gern das Gesicht der Gräfin beobachtet.

"Wir haben Battaglia leider tot aufgefunden. Er wurde auf Axus erschossen."

Stille. Fünf Sekunden. Zehn Sekunden.

"Gräfin?", fragte ich.

"Ja." Die Stimme hatte jegliche Sicherheit verloren und die Gräfin begann zu schluchzen.

"Es tut mir aufrichtig leid."

"Ja, danke, kommen Sie gut nach Hause", stotterte die Gräfin etwas zusammenhanglos.

Klick. Sie hatte aufgelegt. Ich verließ die Kabine mit einem ungutem Gefühl. Ich hatte schon einmal die unangenehme Aufgabe gehabt, jemanden über den Tod eines nahen Verwandten zu informieren. Man konnte sagen, was man wollte, es war immer das falsche.

Wal war bester Laune und plauderte mit einer hübschen Brünetten, die neben ihm saß. Er folgte jedoch meinem Wink und wir verließen die

Fernsprechstation.
"Seit wann interessierst du dich für Frauen", fragte ich ihn, erntete aber nur einen strafenden Blick.

Ich glaube, es war Wal, der die verrückte Idee hatte, und ich, harmlos wie ich war, fand sie auch noch gut. Normalerweise hätte ich mir an die Stirn getippt und den Vorschlag abgelehnt, aber was ist schon normal. So gingen wir also, um die Zeit totzuschlagen, zur Hauptverwaltung des Albula Trusts und meldeten uns für eine Besichtigung des Forschungszentrums an. Wir fuhren mit dem Taxi zu dem imposanten Gebäude, das weithin zu sehen war und gewissermaßen den Abschluß des riesigen Albula-Werkes hier bildete. Während Wal sich erkundigte, sah ich mich in der Halle um.
Der verantwortliche Architekt hatte eine Meisterleistung vollbracht, finanzielle Beschränkungen schien er nicht gehabt zu haben. In der Mitte der Halle, die etwa einhundert Meter im Quadrat maß, erhob sich ein Felsen, um den herum riesige Wasserspiele gruppiert waren. Vielfarbiges Licht strahlte indirekt in die Fontänen, es ergaben sich vielfältige Lichteffekte an den Wänden und der Decke. Rechter Hand lag eine riesige Glasscheibe, die den Blick in ebenso riesiges Aquarium ermöglichte. Auch hier wurden mit der Beleuchtung überwältigende Effekte erzielt. Fische, die ich noch nie gesehen hatte, einer farbenprächtiger als der andere, schwammen durcheinander, Wasserpflanzen wiegten sich in einer unsichtbaren Strömung. Linker Hand lag ein tropischer Garten, in dem Pflanzen aus vielen Planeten zusammengetragen waren. Eine künstliche Berieselungsanlage arbeitete gerade, das Prasseln der Blätter klang gedämpft herüber. Während ich staunend diese Naturschönheiten auf mich wirken ließ, kam Wal zurück.
"Wir können uns einer Gruppe anschließen, die gleich startet. Komm!"
Ich folgte ihm, schwer beeindruckt von dieser Kunstwelt.
Drei Führer begleiteten die Gruppe, zu meiner Überraschung erkannte ich in dem einen Martin den Waals wieder, mit dem ich während meiner Pilotenausbildung eine Bude bewohnt hatte. Wir hatten uns danach total aus den Augen verloren. Er freute sich genauso wie ich.
"Cliff, alte Kanaille, was treibt dich hierher."
"Ich wollte dich mal wiedersehen." Martin lachte. Ich stellte ihm Wal vor, Martin begrüßte ihn und machte einen Vorschlag.

"Ich besorge mir einen Vertreter und dann zeige ich euch die wirklich interessanten Plätze in der Firma."

"Geht denn das?", fragte ich verwundert.

"Das bieg' ich schon hin." Er verschwand. Martin war schon immer ein Organisations- und Improvisationstalent gewesen. Ich erinnerte mich, daß er bei einer Aufgabe auf einem Trainingsflug einen für uns erzeugten Dichtungsschaden mit einem Stück Fleisch behob, das er aus der Küche geklaut hatte. Er kam zurück.

"Alles klar, wir können."

Mit dem Aufzug fuhren wir ein paar Stockwerke nach oben und gelangten auf ein Laufband.

"Albula ist trotz seiner Größe ein Familienunternehmen geblieben. Geleitet wird es durch den Rat der Fünf, der ausschließlich aus Mitgliedern der Familie Delonay besteht. Drei Grafen Delonay, deren Schwester und Mitch Brandon, der als einziger kein echter Delonay ist."

Wal und ich nickten. Das wußten wir schon.

"Das sage ich natürlich nur euch. Brandon würde ausrasten, wenn er das hört. Ganz im Vertrauen, Brandon ist der Geier unter den Adlern."

Wal und ich prusteten. Der Vergleich gefiel uns. Wir erreichten das Ende des Laufbandes.

"Was haltet ihr davon, wenn ich wir uns auf den Raumfahrtbereich beschränken und ein paar Labors und Fertigungsstraßen besichtigen?", fragte Martin.

"Gute Idee", sagte Wal, der sichtlich interessiert war.

Wir kamen zu einer Halle, in der unzählige Maschinen standen, die durch ein geschicktes System von Förderbändern untereinander vernetzt waren. Wir befanden uns auf einem Laufsteg, der dicht unter Hallendecke entlang führte, von oben hatte man einen ausgezeichneten Blick.

"Das hier ist die einzige Fertigungsstraße des Imperiums, in dem Simons-Wolfe-Antriebe fast vollautomatisch hergestellt werden."

"Man konnte sehen, wie die Maschinen im Verlauf der Fertigungsstraße immer größer wurden, bis sie unseren Strato überragten. Wir waren beeindruckt. Am anderen Ende der Halle erwartete uns wieder ein Laufband, daß wir allerdings über eine Treppe gleich wieder verließen.

"Ich zeige euch jetzt mal die Ausstattung in einem unserer Labors. Mal sehen, welches unbenutzt ist."

Er ging an ein paar Türen vorbei, an deren Seite eine Anzeige war, auf den ersten drei Anzeigen stand ' Belegt ', die nächste war frei.
"Die sind alle ähnlich", meinte Martin und drückte die Klinke. Die Tür war verschlossen.
"Nanu", wunderte er sich, "da stimmt doch was nicht."
Mit einer Schließkarte öffnete er die Tür. Das Labor war menschenleer, dafür befand sich um so mehr Technik darin. Diverse Meßplätze, Computer und sonstiges Gerät. Vieles war mir gar nicht bekannt. Wal seufzte selig und sah sich um. Martin öffnete eine Klappe in der Wand und fingerte daran herum.
"Normalerweise muß die Tür offen sein, wenn das Türschild ' frei ' anzeigt", erklärte er, jetzt müßte es wieder funktionieren."
"Du, Martin, was ist denn das hier?", fragte Wal aus dem Hintergrund. Wir gingen hinüber. Auf einem der Meßplätze lag eine Platine. Ich hatte bei Pat und Tim schon öfters elektronische Baugruppen gesehen, doch so etwas noch nie. Auch Martin schien verblüfft.
"Keine Ahnung", meinte er, "Ist wohl irgendwas elektronisches. Ich hab' da mal was läuten hören, wir würden eine revolutionäre Chipgeneration fürs Militär entwickeln, aber das dürfte nie hier frei herumliegen."
Er schien ernsthaft besorgt.
Während wir noch rätselten, ging eine Türe am anderen Ende des Raumes. Wir drehten uns um. Herein kam ein Mann, fast so groß wie ich und braungebrannt. Er war blond und hatte ein interessantes Gesicht. Nur der Mund störte mich. Die Lippen waren schmal und verkniffen.
"Mr. Brandon", sagte Martin verwundert. Dem traten fast die Augen aus den Höhlen.
"Sie!!", rief er, in meine Richtung zeigend. Er hatte mich erkannt. Plötzlich griff Brandon ins Jackett und zauberte eine Waffe hervor. Mit einer Reflexbewegung zog ich Wal hinter einen Laborschrank.
"Stehenbleiben!", rief Brandon.
"Wir müssen schleunigst weg", zischte ich Martin an. Der war völlig verdattert. Geduckt rannten wir Richtung Tür.
Aus irgendeinem Grund traute sich Brandon nicht zu schießen. Wir erreichten die Türe und gelangten unbehelligt auf den Gang. Eine Summer begann zu schnarren und ein rotes Licht blinkte. Wir rannten den Gang entlang.
"Das ist Alarm", sagte Martin, "sag' mal, was habt ihr den angestellt?"

"Erzähl' ich dir ein andermal", erwiderte ich, "bring' uns raus. Irgendwie."

"Du kannst meinen Kopter haben"

"Dann los."

Wir rannten durch Treppen und Flure. Schließlich standen wir in einem Treppenhaus. Martin wollte nach unten, doch ich hielt ihn zurück.

"Was ist?", fragte er.

"Horch' mal." Aus der Tiefe drangen Schritte und Waffengeklirr.

"Verd..., die schicken euch wohl eine Armee", fluchte Martin, "aber es geht auch obenherum."

Wal nahm drei Stufen auf einmal, ich vier.

"Was machen wir dem Kopter von ihm", keuchte Wal mich an.

"Zum Raumhafen fliegen."

"Dann fliegen wir mit dem Strato zur Fährstation und werden festgenommen", knurrte Wal.

"Wir sind da", rief Martin, "hier, Cliff, die Schlüssel, es ist ein Harphard."

Das war ein ausgefallenes Modell, Martin hatte Geschmack und verdiente gut.

"Danke", sagte ich, "sage du kennst uns nicht, wir hätten dich gezwungen und nichts für ungut."

"Wofür?"

Mein Kinnhaken streckte ihn nieder.

"Nur zu deinem Schutz."

Wal hatte bereits die Tür geöffnet, auf der 'Parkdeck' stand. Wir fanden den Kopter sofort, es war wirklich ein sehr schönes Modell. Ich setzte mich ans Steuer und hob ab.

"Den Strato können wir vergessen", konstatierte Wal.

"Wir werden sehen", erwiderte ich knapp. Ich war stinksauer. Diese blöde Idee, direkt in die Höhle des Löwen zu laufen. Und noch Brandon über den Weg laufen. Er schien in dem Labor gearbeitet zu haben. Hatte etwa die Platine etwas damit zu tun? Inzwischen war ich fest davon überzeugt, daß Brandon Dreck am Stecken hatte, und Battaglia deswegen sterben mußte, weil er davon gewußt hatte. Oder ließ ich mich täuschen? Gewaltsam riß ich meine Gedanken von dem Thema los, wir hatten den Raumhafen erreicht. Silbrig blitzte unser Strato herüber. Aber er war so weit weg, wie die Erde. Ich flog eine weite Schleife um den

Raumhafen.

"Da", Wals Finger zeigte nach unten", da ist die Rettung." Ich linste ihm über die Schulter. Wal zeigte auf einen noblen Simons-Wolfe-Klipper. Seiner Registriernummer nach war er ein Privatschiff von der Erde. Ein leerer Transporter fuhr gerade von der geöffneten Ladeluke ab. Zahlreiche Kisten standen in der Nähe herum. Im näheren Umkreis standen noch weitere Raumer. Ich begriff. Als blinder Passagier waren unsere Chancen am größten.

"Na los, beeil' dich", drängte Wal.

"Nur die Ruhe." Ich setzte den Kopter so auf dem Raumhafen auf, daß man nicht direkt darauf schließen konnte, zu welchem Schiff wir gehörten. Wir mußten noch 200 m laufen.

Dieser Bereich des Raumhafens war menschenleer. Es war Abend, die meisten Arbeiter hatten ihre Tätigkeit bereits beendet. Ungesehen erreichten wir den Klipper. Die Ladeluke war offen. Ich drehte mich noch einmal um. Ganz hinten in der Entfernung stand der Strato, gerade fuhr ein Wagen mir der Aufschrift 'Polizei' vor. Ein Dutzend Leute sprangen heraus und umstellten das Schiff.

Sonst war niemand zu sehen. "Sie umstellen den Strato", rief ich Wal zu, der bereits eingestiegen war.

"Dann komm' endlich, Lebensmüder."

Ich kletterte hinter ihm her. Der Frachtraum war mit großen Kühltransportkisten gefüllt, die die berühmten Axus-Äpfel enthielten, eine dem irdischen Apfel ähnliche, wohlschmeckende Frucht. Der Eigner des Raumschiffs verdiente sich mit diesem Transport ein schönes Zubrot. Hinter einem Kistenstapel entdeckte Wal eine kleine Nische, die gerade für uns beide reichte. Draußen dröhnte es, der Transporter kam zurück. Ich schob Wal mit Nachdruck in die Nische und schlüpfte hinterher. Keine Sekunde zu früh. Der Transporter fuhr vor und zwei Arbeiter stiegen aus. Durch einen kleinen Spalt konnte ich beobachten, wie einer den Arbeiter den Frachtraum bestieg.

"Reich' mir mal die Kiste", sagte er zu seinem Kollegen. Er stöhnte. Offensichtlich wog die Kiste schwer.

"Was meinst du", fragte er gepreßt, dann ein Aufatmen, er hatte die Kiste abgestellt, "wo wohl der schicke Kopter herkommt?"

Natürlich, dachte ich grimmig, wenn man Leute etwas fragt, sind sie blind und taub, aber Sachen, die sie nicht sehen sollen, die sehen sie.

"Keine Ahnung." Hoffentlich blieb das auch so.

Die nächsten zwei Minuten hörten wir nur Stöhnen und Schnaufen.

"So, fertig, mach' die Klappe zu", sagte der erste Arbeiter. Das Surren eines Elektromotors. Klapp. Finsternis.

"Ich hab Angst im Dunkeln", sagte Wal kläglich. Mir war nicht nach Lachen zumute. Trotzdem, die erste Hürde hatten wir geschafft, waren unbemerkt an Bord gekommen.

Fauchend sprang das Triebwerk an.

"Das ging aber fix", Wal war genauso überrascht wie ich.

Das Triebwerk lief und lief.

"Warum hebt er nicht ab?", flüsterte Wal nervös.

"Sie werden ihn nicht lassen."

"Verd... "

Wir warteten. Die Zeit dehnte sich endlos, unsere Nerven potenzierten den Effekt noch mal. Das laute Pfeifen des Triebwerks erlöste uns schließlich.

"Ich schlage vor, wir schlafen ein bißchen", sagte ich. Keine Reaktion.

"He, Wal."

"Ich hab' doch genickt."

"Aua." Wal drehte jetzt auf, nachdem die Spannung weg war und begann herumzualbern. Ich machte ihm klar, daß es besser wäre, keinen Lärm zu machen. Wal akzeptierte das, sagte Gute Nacht und begann augenblicklich zu schnarchen. Ich war plötzlich sehr müde geworden, ließ mich nicht stören und schlief ebenfalls ein.

Eine starke Erschütterung weckte mich. Ich wurde hin- und hergeworfen. Eine Baßstimme dröhnte:

"Aufwachen, zum Teufel."

Mir schwante Böses. Langsam öffnete ich das linke Auge. Ich sah ein freundliches Gesicht, die Haare graumeliert, viele Lachfalten und einen breiten Mund, der sich zu einem noch breiteren Grinsen verzog.

"Endlich ist er wach."

Ich fuhr hoch. Ich saß auf dem Boden des Laderaums. Zwei junge Männer, um die 18 Jahre alt, waren gerade dabei, Wal, der selig schnarchte, aus unserem Versteck zu ziehen. Schmerzhaft fielen mir bei dem Anblick der Jungen Pat und Tim ein, die gerade an irgendeinem jeinarverlassen Punkt des Universums ihr Leben aufs Spiel setzten.

"Ist Ihnen nicht gut?", fragte der Baß besorgt. Ich schüttelte den Kopf, auch um die Gedanken zu vertreiben. Wal lag jetzt neben mir auf dem Boden und sägte wie ein Waldarbeiter. Ich klopfte ihm auf den Kopf und rief:
"Frühstück."
Die beiden Jungen grinsten schüchtern. Wal fuhr hoch. Er eckte sich und gähnte wie ein Nilpferd. Er lies seinen Blick durch den Raum kreisen und blieb schließlich an mir hängen.
Mit dem Finger deutete er zaghaft auf die Umstehenden. Ich zuckte die Schultern.
"Bis jetzt haben sie uns, was ich zwar nicht verstehe, sehr freundlich behandelt."
Der Baß ergriff das Wort.
"Die Polizei auf Axus wollte zunächst unseren Start verhindern, weil sie zwei Männer auf unserem Schiff vermutete, die vom Albula Werkschutz gesucht würden. Albulas Feinde sind meine Freunde."
Er machte eine Kunstpause.
"Kommen Sie, Sie bekommen etwas zu essen und als Gegenleistung erzählen sie mir Ihre Geschichte."
"Ihr Vertrauen in uns überrascht mich. Wir könnten tatsächlich Verbrecher sein."
"Ich bin nicht so naiv, wie Sie vielleicht jetzt glauben."
Ich wollte nach meinem Portemonnaie greifen, in dem ich auch meine Ausweise aufbewahrte. Ich griff ins Leere.
"Ich habe mich natürlich erkundigt", sagte der Baß.
"Sie wissen jetzt wer ich bin, darf ich erfahren wer Sie sind", fragte ich, nicht ohne Nachdruck.
"Oh, verzeihen Sie meine Unhöflichkeit, das, Mr. Stanton, sind meine Söhne, mein Name ist Schneider, Alexander Schneider."
Das Baß führte uns in eine Art Speisesaal. Die Ausstattung und die Platzverhältnisse auf dem Schiff waren verschwenderisch. Schneider mußte sehr reich sein, irgendwie kam mir sein Gesicht auch bekannt vor.
Das Essen, daß er uns vorsetzte war vorzüglich. Ich hatte genug Zeit, mir die Geschichte zurechtzulegen, ohne zu viele Details zu verraten. Schneider schien nicht zufrieden.
"Sie sagen, ein hohes Tier von Albula Trust. Mich würde sein Name interessieren."

"Na ja, wissen Sie...", druckste ich herum.
"Sagt Ihnen der Name Mitch Brandon etwas?", fragte Schneider.
Hoppla, langsam begann die Sache interessant zu werden. Ich nickte.
"Reden wir vielleicht vom selben Mann?", bohrte Schneider weiter. Ich reagierte nicht.
"Brandon ist mies. Ich kenne ihn schon sehr lange, schon vor seiner Zeit bei Albula. Er stammt aus relativ normalen Verhältnissen. Ein Emporkömmling, wenn Sie verstehen was ich meine."
Aus irgendeinem Grund entschloß ich, mich Schneider anzuvertrauen. Er machte auf mich einen guten EIndruck.
"Ja, es ist Brandon."
"Sieh an, sieh an", sagte Schneider, "daß er über Leichen im übertragenen Sinne geht, ist bekannt, daß aber richtige Leichen ins Spiel kommen, ist mir neu. Und Sie können beweisen, daß er bei Battaglias Tod die Finger im Spiel hatte."
"Nein, beweisen kann ich leider überhaupt nichts. Aber die ganze Geschichte ist schon sehr seltsam. Auf Cypres 6 war er da, und auf Axus erkennt er mich und zieht sofort eine Waffe. Er muß Fotos von mir haben oder er hat uns auf Cypres 6 beobachtet und er muß mich für gefährlich halten, vor allem nachdem ich in seinen Labors aufgetaucht bin."
Wal, der sich bisher nur aufs Essen konzentriert hatte, mischte sich ein:
"Sagen Sie, Sie kommen mir bekannt vor. Sind Sie nicht der Ratsabgeordnete Schneider?"
"Sie haben recht, der bin ich."
Was hatte Andrew Watts gesagt, um an Brandon heranzukommen, brauche man machtvolle Verbündete. Vielleicht konnte Schneider so einer sein. Der Imperiale Rat, dem er angehörte, stellte das oberste Parlament des Imperiums dar. Aus ihm wurde die Regierung gebildet, in ihm wurden zentrale, alle Planeten gleichermaßen angehende Entscheidungen getroffen, während es noch Planetenratsversammlungen gab, die lokale Entscheidungen fällten. Die Mitglieder des Imperialen Rats besaßen weitreichende Vollmachten. Einen idealeren Verbündeten konnte man kaum gewinnen. Jetzt fiel es mir auch wieder ein. Bei der Vergabe eines riesigen militärischen Forschungsauftrages durch den Imperialen Rat, war es zu heftigen Streitereien in dem Parlament gekommen. Eine Gruppe von Abgeordneten, darunter Schneider, hatte

versucht zu verhindern, daß der Auftrag an Albula Trust fiel. Die Firma hatte schon bis dahin mit über 80 % Marktanteil bei den imperialen Aufträgen eine Art Monopolstellung. Albula hatte kräftig Schmiergelder bezahlt und andersgesinnte Abgeordnete auch über die für Albula erfolgreiche Abstimmung hinaus bedroht. Diese Geschichte hatte mir Hardy einmal erzählt, in der Öffentlichkeit hatte man den Sachverhalt immer ganz anders dargestellt. Ich glaubte, mich an Schneiders Namen zu erinnern. Er war damals von Albula in Schwierigkeiten gebracht worden und aus dem Imperialen Rat ausgeschieden. In der nächsten Wahlperiode gelang ihm jedoch der Wiedereinzug ins Parlament. Kein Wunder, daß er Albula den Kampf angesagt hatte.

"Sagen Sie Ihrem Koch, er war perfekt", lobte Wal das Essen. Schneider nickte.

"Eine Frage habe ich noch, wie haben Sie uns eigentlich entdeckt?", wandte ich mich an Schneider. Der lachte.

"Ja, da staunen Sie was. Ihre Wärmestrahlung hat Sie verraten. Wir haben zum Schutz gegen Parasiten einen Infrarotsensor im Laderaum."

"1:0 für Sie."

Schneider verließ uns für ein paar Augenblicke, um zu telefonieren. Als er wiederkam, sagte ich zu ihm:

"Brandon wird uns suchen."

"Auf Axus tut er das, ja. Aber auf der Erde? Albula ist dort nicht sehr mächtig."

"Er kennt mein Gesicht, dann kennt er auch unsere Namen."

"Das ist wohl richtig."

"Und seit heute stehen wir auf seiner Abschußliste ganz oben."

"Sie erwarten, daß ich Ihnen Schutz anbiete?"

"Na ja, Schutz ist vielleicht zuviel gesagt", wich ich aus.

"Sie können sich jederzeit an mich wenden. Ich werde Ihnen eine Nummer geben, unter der ich oder ein Beauftragter jederzeit zu erreichen ist.", bot Schneider an.

"Das würde uns helfen", sagte ich, ehrlich erleichtert. Ich hatte ein bißchen gepokert, ich hatte nicht gewußt, wie Schneider reagieren würde.

"Sie werden trotzdem auf sich aufpassen müssen", warnte Schneider.

"Ja, das ist mir klar."

Nach einer weiteren Stunde Flug setzte der Klipper auf unserem

Heimatraumhafen auf. In der Halle eilte uns Rick Sandersen entgegen.
"Nanu, mit was für Vögeln fliegt Ihr neuerdings?"
"James", sagte ich zu Wal mit betont vornehmer Stimme, "klären Sie das Fußvolk auf."
Rick grinste.
"Beim nächsten Besäufnis kriege ich es sowieso heraus."
Wir lachten. Rick wurde schnell ernst. Er zog einen Brief aus der Tasche.
"Spaß beiseite. Ich habe einen Brief von Pat und Tim."
Wal wurde blaß, riß den Brief an sich und begann zu lesen. Ich sah ihm über die Schulter.

Lieber Doc, lieber Cliff,
Wir sind auf Arktika stationiert und haben alle Hände voll zu tun, denn es gibt nur sehr wenig Mechaniker, aber es wird viel geflogen. Es sieht gar nicht so schlecht aus, wir haben erst wenige Piloten verloren. Pat ist vor drei Tagen verletzt worden, als ein Triebwerk eine Fehlzündung hatte, aber es war nicht so schlimm, er arbeitet schon wieder. Ich muß Schluß machen.
Gruß Tim, Pat

"Erst ein paar Männer verloren", ereiferte ich mich, "ich... "
"Beruhige dich", sagte Wal mit beruhigender Stimme, "es ist ihnen nichts passiert."
"Nichts passiert. Pat ist verletzt und du sagst das so ruhig."
"Das hätte ihm hier auch passieren können."
Dagegen konnte ich nichts sagen. Rick verabschiedete sich.
"In den Wohnungen und im Büro werden wir wohl erwartet", meinte Wal.
"Könnte sein", erwiderte ich, "Wie wär's gehen wir zu Hardy was trinken. Vielleicht erzählt er uns eine Geschichte." Wal war einverstanden und wir setzten uns in Bewegung.

-- Kapitel Acht ---

Hardy saß wie immer um diese Zeit an seinem Stammplatz. Er schien sich über unser Kommen zu freuen.

"Hallo Cliff, hallo Doc, wie geht's?"

"Bestens", antwortete ich, "in den letzten drei Tagen, wurden wir gejagt, verhaftet, bedroht, gerettet, uns muß es gut gehen."

Man sah ihm an, daß er mir nicht so recht glaubte.

"Na, hat die Visiophonnummer gestimmt?", wechselte er das Thema.

"Mein Respekt, sogar die Geheimnummern der reichsten Leute kennt er."

Hardy lachte. Wal und ich bestellten uns bei Roland etwas zu trinken und setzten uns rechts und links von ihm hin.

"Na, gibt's was neues über den Überfall der Ikareer?", fragte Wal. Hardy nickte ernst.

"Das Imperium kriegt ganz schön auf die Kappe. Die haben die Stärke der Ikareer ganz schön unterschätzt. Vor allem ihre Jäger haben viel bessere Kampfcomputer und sind selbst bei deutlicher zahlenmäßiger Unterlegenheit besser. Und sie haben heimlich ganz schön gebaut. Man schätzt ihr Potential auf über 250.000 Schiffe."

Ich pfiff durch die Zähne.

"Wo haben sie denn so viele Schiffe her. Bestimmt nicht auf Ikarus selber gebaut", sagte ich.

"Ich habe da so eine Idee", meinte Hardy.

"Laß hören."

"Was hältst du davon, Ikarus hat ein eigenes Pionierteam, obwohl das ja verboten ist. Sie entdecken eine Sprungstelle und bauen sich dahinter eine Werft."

"Und die Rohstoffe?"

"Tja, das ist das Problem. Ich habe läuten hören, das Militär hat die Warenströme von und nach Ikarus überprüft. Der Fehlbetrag reicht nicht einmal für zehn Raumschiffe."

Wir redeten noch eine Stunde, dann verabschiedete wir uns und verließen die Kneipe.

Draußen war es dunkel geworden.

"Zu dir oder zu mir?", fragte Wal.

"Gehen wir zu mir und schauen nach dem Besuch."

"Wenn er da ist?"

Ich zuckte die Schultern. Ich dachte daran, was Schneider gesagt hatte. Wir mußten auf uns aufpassen.

"Du wirst eine Waffe brauchen", sagte ich zu Wal.

"Um mich damit selber zu erschießen? Nein, danke, da kämpfe ich lieber mit der Waffe des Geistes."

Manchmal war Wal einfach nervig.

In der Magnetbahn legten wir uns einen Schlachtplan zurecht. Sollten wir die Wohnung leer finden, würde Wal bei mir bleiben, wir könnten uns mit dem Schlafen abwechseln.

Vorsichtig erkundeten wir die Lage, als wir in die Tiefgarage einfuhren. Sie war leer.

"Los", flüsterte ich, "raus." Wir sprinteten die dreißig Meter, die wir von der Türe zur Nottreppe entfernt waren. Das Treppenhaus war ebenfalls leer.

"Achtzehn Stockwerke über die Treppe, bist du verrückt", flüsterte Wal erregt. Auch ich haßte Wendeltreppen, aber in einem Aufzug war man wehrlos.

Die Wohngeschosse waren alle u-förmig angelegt. An den Außenseiten lagen die Wohnungen, innen der Aufzug, die Treppe und ein Versorgungsschacht. Der Zugang zum Aufzug lag auf der Schmalseite des U's, meine Wohnung dem Aufzug direkt gegenüber. Nach achtzehn harten Stockwerken gelangten wir über eine Feuertüre in den Korridor, der einen der Schenkel des U's bildete. Langsam schlichen wir auf die Türe zu. Aus einer Wohnung rechts plärrte ein Radio oder TV-Gerät, in einer anderen klingelte das Visiophon.

"Cliff, das Licht. Wenn wir die Türe aufmachen, bieten wir ein gutes Ziel", raunte mir Wal ins Ohr.

Wal hatte Recht, aber...

"Es gibt keinen Schalter", flüsterte zurück.

"Aber das muß man doch abschalten können."

"Das geht automatisch."

"Und das Stromkabel."

"Das können wir versuchen."

Wir gingen ins Treppenhaus zurück. Durch eine Klappe kletterte Wal in den Versorgungsschacht.

"Kannst du was finden", rief ich gedämpft.

"Ja, alles schön beschriftet hier. So."

Tatsächlich, mit dem 'So' erlosch im Korridor das Licht. Wir tasteten uns durch den dunklen Korridor. Die Lichtspalte unter den Türen

wirkten gespenstisch.
"Ich habe Angst", sagte Wal plötzlich.
"Meinst du, ich nicht."
"Was machen wir, wenn da wirklich jemand auf uns wartet?"
"Noch kannst du gehen."
"Nein, jetzt auch nicht mehr."
"Also."
"Wie gehen wir vor."
"Ganz einfach, wir stürmen die Wohnung und ich lege ein Sperrfeuer."
Wal spuckte mir über die Schulter und sagte:
"Toi, toi, toi."
"Was soll das?"
"Das bringt Glück, habe ich in einem alten Buch gelesen."
Das Sprechen half die Angst zu überwinden.
Wir waren an der Tür. Ich tastete mich entlang. Klingelknopf, Rahmen,
Schloß. Ich konnte einen Ausruf der Überraschung nicht unterdrücken.
"Was ist?", fragte Wal.
"Die Tür ist nur angelehnt", wisperte ich.
"Oh."
Langsam schob ich die Tür auf, und Wal und ich schlüpften in den
unbeleuchteten Vorraum. Durch die Ritzen der Wohnzimmertür drang
Licht.
"Sie sind da?", flüsterte Wal entsetzt. Mich verließ plötzlich der Mut.
Ich hatte bis zuletzt gehofft niemanden anzutreffen.
"Die fühlen sich ganz schön sicher." Wals Entsetzen wuchs. Er begann
an seinem Fingernagel zu knabbern.
"Laß das", herrschte ich ihn so leise wie möglich an. Alles Zögern half
nichts. Ich riß mich zusammen.
"Los, Wal, stell' dich in die Ecke."
"Ich sehe nichts." Kein Wunder, er hatte die Augen geschlossen.
"Da, links neben den Rahmen." Ich zog die Waffe, atmete noch einmal
tief durch und trat die Türe ein.
Ich ging in die Knie, stützte meine rechte Hand, welche die Waffe hielt,
mit der linken und rief:
"Hände hoch und keine falsche Bewegung."
In dem Raum brannte meine Stehlampe. Das ganze Zimmer war in einer
fürchterlichen Unordnung, die unmöglich von mir sein konnte. Das

Zimmer war durchsucht worden. Zwei Männer in Uniformen der Flotte drehten sich sehr langsam um. Beide waren Offiziere. Der eine sagte:
"Nicht schießen, Militär."
"Schieß doch, Cliff, der blufft", schrie Wal von der Tür.
Ich war mir da nicht mehr so sicher.
"Können Sie sich ausweisen?", fragte ich. Der eine von ihnen griff an die Brusttasche.
"Aber langsam", warnte ich.
Er zog eine Dokumentenmappe heraus
"Wal, überprüf' seine Papiere, aber lauf mir nicht vor die Waffe", sagte ich nach hinten.
Wal überwand seine Panik und kam nach vorne. Er unterzog den Ausweis einer eingehenden Prüfung.
"Kein Zweifel", meinte er, "der ist echt."
Ich ließ die Waffe sinken, blieb aber aufmerksam.
"Was machen Sie in meiner Wohnung?", fragte ich unwirsch.
"Die Tür stand offen, wir haben nur mal nachgesehen", erwiderte der größere der beiden, "wir sind erst seit Kurzem da."
"Und was wollen Sie?"
"Sind Sie Mr. Clifford Stanton."
Mir schwante Böses.
"Ja."
"Wir möchten Sie bitten mitzukommen, Sie werden gebraucht."
"Wofür könnte man mich beim Militär brauchen?"
"Sie sind einer letzten, die ein Mutterschiffspatent besitzen."
Ich stand wie vom Donner gerührt. Langsam steckte ich die Waffe weg. Nur langsam drang die Bedeutung dieses Satzes in mein Gehirn ein. Es hatte mich erwischt. Ich würde eingezogen und in diesen Krieg verwickelt werden. Meine erste Regung war davonzulaufen, aber das war zwecklos.
"Hier haben Sie noch etwas schriftliches", sagte der eine Offizier und reichte mir ein Schreiben mit einem offiziellen Stempel. Ich steckte es ein, ohne es weiter zu betrachten.
"Wieviel Zeit habe ich noch?", fragte ich.
"Keine", antwortete der eine, "wir haben Order, Sie gleich mitzubringen."
"Sie müssen ja ganz schön in Schwierigkeiten sein", stellte Wal mit

einem leichten Unterton fest. Die beiden Flottenangehörigen lächelten verlegen.
"Na schön", sagte ich, "machen wir's kurz." Ich wandte mich an Wal.
"Zeigst du bitte den Einbruch bei der Polizei an, hier sind die Schlüssel. Und wo du jetzt alleine bist, wäre es vielleicht besser, wenn du dich bei du-weißt-schon-wer meldest."
Wal nickte. Er schien geknickt.
"Paß auf dich auf, Cliff, ja, versprichst du mir das."
"Ja, ist gut." Ich klopfte ihm auf die Schulter, nickte den beiden Soldaten zu und verließ die Wohnung.

-- Kapitel Neun ---

Sie werden fragen, warum macht der so ein Drama aus einer Einberufung, es ist schließlich eine Ehre für sein Land zu kämpfen. Sie kennen jedoch meine Vorgeschichte nicht. Direkt nach der Schule hatte ich mich zur Raumflotte gemeldet, weil ich unbedingt Raumschiffpilot werden wollte. Ich dachte damals, das wäre der schnellste Weg. Diese Militärzeit wurde jedoch mehr und mehr zu einem Alptraum, ich möchte eigentlich nicht mehr darüber sprechen. Nach Ablauf meiner Dienstzeit war ich einer der glücklichsten Menschen dieses Universums. Da ich jedoch nichts gelernt hatte, hatte ich große Probleme Arbeit zu finden.
Dafür machte ich die lange Militärzeit verantwortlich. Ich schlug mich schlecht und recht als Leibwächter zwielichtiger Figuren durch, bis ich Wal kennenlernte, der mich wieder in die Bahn brachte. Diese Gedanken gingen mir durch den Kopf, als wir im Aufzug nach unten fuhren.
"Was hätten Sie eigentlich gemacht, wenn Sie mich nicht angetroffen hätten?", fragte ich den größeren der beiden.
"Wir hätten Ihnen das Schreiben in das Postfach geworfen. Sie sind beileibe nicht der einzige, der diese Patente ebenfalls besitzt. Wir müssen nur eben zwei Mutterschiffe startklar bekommen."
"Und wo werde ich eingesetzt?"
"Das kann ich Ihnen nicht sagen. Meine Aufgabe ist es, Sie zum Mars zu befördern."
Typisch Militär, die rechte Hand wußte nicht, was die linke Hand tat,

meist wußte es die linke Hand nicht einmal selbst.

In einer Magnetbahn wurde ich zum Raumhafen gefahren und in einen Truppentransporter verfrachtet. Ich war einer der letzten, der an Bord kam, kurz darauf hob der Transporter ab. Der Pilot des Transporters hatte es eilig. Sehr schnell hatten wir den Mond passiert und nahmen Kurs auf den Mars. Ich gab mich meinen Gedanken hin. Während meiner Dienstzeit hatte ich alle möglichen Patente gemacht, auch das eines Steuermanns auf einem Mutterschiff. Ich erinnerte mich an die Ausbildung. Ich war einer der Letzten überhaupt gewesen, die diese Ausbildung gemacht hatten, denn die Mutterschiffe galten damals als veraltet, sie stammten noch aus der Zeit, als die Simons-Wolfe-Antriebe Unmengen von Platz beanspruchten. Auch hielt man sie für zu groß und zu unbeweglich, man tendierte mehr zu kleineren Trägern, die etwa dreihundert Jägern Platz boten, auf einem Mutterschiff waren es fünfzehntausend. Entsprechend riesig waren auch die Mutterschiffe, die größten von Menschenhand erbauten Fluggeräte. Sie benötigten aber nur etwa sechzehntausend Mann Personal, einschließlich der Jägerpiloten. Jägerpilot, ich erschrak. Was hatte der eine Offizier gesagt, 'sie sind beileibe nicht der einzige'. Bisher war ich darauf eingestellt, als Steuermann eingesetzt zu werden, aber da benötigte man pro Mutterschiff nur zwei Mann. Meine Chancen waren also verschwindend gering. Aber als Jägerpilot. Ein reines Selbstmordkommando. Mich schauderte. Mir fielen die endlosen Simulatorstunden wieder ein, für mich damals traumatische Erlebnisse. Jedesmal, wenn Simulatortraining auf dem Dienstplan stand, war meine Stimmung auf neue Tiefstpunkte gesunken. Und nachdem, was mir Hardy über die gegnerischen Jäger erzählt hatte, war diese Angst mehr als berechtigt. Ich erinnerte mich an einen über tausend Jahre alten Film, den ich in einem Antiquitätenkino gesehen hatte. Die Bildqualität war furchtbar gewesen, aber dieser Film beschrieb genau, was ich damals fühlte. Diese Angst des Piloten vor der Schlacht. Sie saß mir jetzt im Nacken. Ich sah mich im Transporter um. Um mich herum saßen lauter Leute, denen genau diese Angst ins Gesicht geschrieben war. Es ging mir etwas besser, denn ich wußte ich war nicht allein!

Ich sah aus dem Fenster. Langsam wurde der Mars größer. Seit 600 Jahren von Menschen bewohnt, war er nicht mehr der rote Planet. Seine Oberfläche war von unzähligen Kuppelstädten, ähnlich der auf Cypres 6

übersät, in denen Menschen lebten. Hinter der Rundung des Mars tauchte allmählich die Orbitalstation auf. Neben ihr schwebten die beiden gigantischen Mutterschiffe. Sie waren annähernd rund, bis auf die Stelle, an der der riesige Triebwerksschacht lag. Auf mehreren Decks, die um das Mutterschiff herumliefen, nur unterbrochen vom Maschinenraum, waren die Jäger verteilt, die Versorgungsräume und Wohndecks lagen im Schiffsinnern. Die Kommandozentrale lag genau im Herzen des Raumschiffes, an ihre Rückseite schloß sich der Triebwerksteil an. Der Raumtransporter dockte an der Orbitalstation an, langsam machte ich mich zum Aussteigen fertig. Draußen teilte sich der Strom der Neuankömmlinge in zwei Säle auf. Ich war einen Moment verwirrt. Ich wußte nicht wohin. Da erinnerte ich mich des Briefes, den mir einer der Offiziere überreicht hatte. Saal B stand in dem Schreiben, ich machte mich auf und betrat den Saal als einer der letzten. Etwa fünfhundert Leute waren bereits darin versammelt. Ich fand keinen Sitzplatz mehr und lehnt mich an eine Wand. Vorne stand eine Frau in Majorsuniform und hatte bereits angefangen zu reden:
"...nach dieser kurzen Einweisung werden Sie eingekleidet. In ihrem Anzug befindet sich der Marschbefehl. Sie werden jetzt durch die Flügeltüren gehen. Bitte halten Sie Ihre ID-Karte bereit. Viel Glück."
Lautes Gepolter von tausend Füßen folgte. Die Menschenmasse schob sich langsam aus dem Saal. Draußen stand eine Reihe von Computerterminals, in die man seine ID-Karte einführte und nach ein paar Sekunden ein Kleiderbündel erhielt. Hinter den Terminals erstreckte sich ein großer Raum, der durch Vorhänge in unzählige kleine Umkleidekabinen unterteilt wurde. An der gegenüberliegenden Wand hing ein großes Schild, auf dem ' Ausgang ' stand. Ich ging gleich bis hinten durch und betrat eine der Kabinen. Auf dem Kleiderbündel lag ein Zettel und ein Umschlag. Ich las:
 "Den Overall anziehen. Die Ausgehuniform mitnehmen. Zivilkleidung ebenfalls mitnehmen. Marschbefehl im Umschlag."
Der militärische Befehlston stieß mir bitter auf, die Erinnerung stieg wieder hoch. 'Nur kein Wort zuviel', dachte ich. Schnell zog ich mich an und verließ die Kabine wieder und steckte den Umschlag ein. Immer noch strömten Leute in den Raum. "Abfertigung wie im Schlachthof", sprach ich vor mich hin.
Die Leute, die neben mir dem Ausgang zustrebten, machten bedrückte

Gesichter. Keiner sprach ein Wort. Wahrscheinlich waren sie als Jägerpiloten eingeteilt. Noch traute ich mich nicht den Marschbefehl zu lesen. Ich verließ die Halle, hinter der Türe teilte sich der Gang. Eine Seite war mit 'Adonis', die andere mit 'Agamemmnon' bezeichnet. Jetzt mußte ich den Marschbefehl lesen. Mit zittrigen Fingern riß ich den Umschlag auf. Ich las:
"Leutnant Stanton", das war mein letzter Dienstgrad gewesen," melden Sie sich unverzüglich beim Kapitän der Adonis als zweiter Steuermann. Gez: OK Solsystem."
Mir fiel eine Zentnerlast vom Herzen, die sich in einem Jauchzer entlud. Die Umstehenden straften mich mit Blicken.
Ich erinnerte mich an die Adonis. Ich hatte auf ihr schon Ausbildungsflüge unternommen. Ich betrat den Gang, der mit 'Adonis' bezeichnet war. Der Gang machte einen Knick. Ich stand vor einem Schild:
"Achtung, Sie verlassen jetzt das Schwerefeld der Station.", verkündete es. Hier begann der flexible Gang, der die Adonis druckdicht mit der Station verband. Während ich durch den Gang schwebte, ließ ich mir mein Wissen über Mutterschiffe durch den Kopf gehen. Wie gesagt sechzehntausend Mann Besatzung, davon 800 Techniker und nur 200 Mann, die das Mutterschiff bedienten. Als Jägerpiloten konnte man fast jeden einsetzen, der schon einmal einen Steuerknüppel in der Hand gehabt hatte, diese 1000 Mann benötigten jedoch eine hochqualifizierte Ausbildung. Der Grad der Automatisierung war außerordentlich hoch. Die meisten Systeme warteten sich selbst. Bei den Jägern gab es nicht soviel zu warten, die meisten kamen vom Einsatz sowieso nicht zurück. Das Cockpit war nur mit fünf Leuten besetzt, zwei Ingenieuren, zwei Steuerleuten und dem Kapitän. Das Mutterschiff hatte einen Durchmesser von 1200 m und war etwa 500 Meter hoch. Die Panzerung war gigantisch. Für die Bordkanonen der Jäger war die Adonis unangreifbar.
In der momentanen Situation waren die als veraltet geltenden Mutterschiffe ideal. Ich überlegte, welchem glücklichen Umstand ich die Tatsache verdankte, im Cockpit des Schiffes zu landen. Ich kam zu dem Schluß, daß es nicht mehr allzuviele Patentinhaber geben konnte, denn ich konnte mich erinnern, daß nach meinem Abschluß die Schule aufgelöst worden war, da man seinerzeit gerade die Mutterschiffe

auszumustern begann. Am Ende des flexiblen Ganges erwartete mich wieder ein Schild:

"Achtung, Sie betreten jetzt das Schwerefeld des Schiffes." Auf meinen eigenen Füßen betrat ich das Schiff. Die Luft im Schiff war kühl und frisch und roch nach Wald, sehr angenehm. Ich orientierte mich. Der Eingang des Schiffes lag in der fünften Etage. Das ganze Schiff hatte achtzig Stockwerke, das Cockpit lag im vierzigsten, eben genau in der Mitte.

"Ihren Marschbefehl, bitte", sagte ein freundlicher Offizier, der am Eingang stand und alle Neuankömmlinge einwies. Er trug die Abzeichen eines Staffelführers einer Jägerstaffel. Das 'Bitte' überraschte mich. Da ich meinen Weg schon kannte, sagte ich:

"Danke, ich weiß, wo ich hin muß."

"Ich möchte trotzdem Ihren Marschbefehl sehen", sagte der Offizier mit hochgezogenen Augenbrauen. Ich reichte ihm den Zettel. Er warf einen Blick darauf, sagte: "Ok." und gab ihn mir zurück. Als ich an ihm vorbeiging, murmelte er etwas wie: 'Arschloch'. Ich nehme das 'freundlich' von vorhin hiermit zurück.

Der Gang öffnete sich in eine Halle, in der zahlreiche Laufbänder und Aufzüge zusammenliefen. Die Halle war voll mit Menschen, ein vielstimmiges Gemurmel lag in der Luft. Allmählich rückte der Aufzug näher. Zusammen mit etwa hundert anderen Leuten quetschte ich mich in den Großraumaufzug. Die meisten beäugten mich vorsichtig. Zunächst war ich verwundert, bis ich feststellte, daß um mich herum lauter Mannschaftsdienstgrade standen. Ich erinnerte mich, auch zu meiner Zeit hatte man als niederer Dienstgrad die Offiziere vorsichtig beäugt. Es hatte sich nichts an dieser Hackordnung geändert. Das Militär besaß die Dynamik einer Schildkröte.

Im vierzigsten Stock quetschte ich mich aus dem Aufzug, was mir noch mehr Blicke einbrachte. Ich erinnerte mich weiter, die Leute aus dem vierzigsten galten als privilegiert. Ich pfiff drauf. Direkt neben dem Aufzug waren ein paar Türen, ein bidirektionales Laufband mündete in einen langen Gang. Ich stellte mich auf das Laufband. Als ich mich an die Stütze gelehnt hatte, setzte es sich mit hoher Beschleunigung in Bewegung. Ich bewegte mich jetzt durch den Triebwerksbereich auf die Kommandozentrale zu. Nach etwa zwanzig Sekunden und einer rasanten Fahrt erreichte ich den konzentrischen Gang, der um die eigentliche

Kommandozentrale herumführte. Offensichtlich war ich angemeldet worden, denn am anderen Ende des Laufbandes stand ein Mann in Leutnantsuniform und sagte:

"Mein Name ist Mahoney. Leutnant Stanton, richtig?"

Ich nickte und salutierte. Dabei besah ich ihn mir genauer. Er war fast so groß wie ich, jedoch erschreckend mager. Man traute sich nicht ihn anzupusten, aus Angst er könnte umfallen. Zwei schwarze listige Äuglein, blitzten aus einem lachenden Gesicht, das von einem leicht angegrauten Haarschopf umrahmt war. Er war mir sofort sympathisch. Mahoney winkte ab und reichte mir die Hand:

"Lassen Sie bloß den Militärkram, der einzige, der auf sowas steht, ist Wilson, der erste Steuermann und den nimmt sowieso keiner ernst."

Ich nickte, etwas verwirrt und erfreut zugleich. Das letzte was ich hätte brauchen können, wäre eine Mannschaft von Kommißköpfen gewesen.

"Übrigens", sagte Mahoney, "Sie können mich Ma nennen, das tun alle hier."

"Mein Name ist Cliff."

"Ok, Cliff, kommen Sie mit."

Wir gingen einige Schritte den Gang entlang und betraten die Kommandozentrale. Der erste Schritt ins Cockpit war immer mit einem erhebendem Gefühl verbunden, der Grund dafür war die Realisation der Außensicht. Bis auf einige Bodenplatten waren Decke, Boden und Wände als Panoramabildschirm ausgebildet. Es war, als würde man in den leeren Raum schweben. Im hinteren Teil des Cockpits hingen riesenhaft die Orbitalstation und der Mars an der Wand. Direkt neben der Türe schwebte Deimos, einer der Marsmonde vorbei. Im Hintergrund des Raumes saß leicht erhöht der Kommandant des Raumschiffes. Vor ihm rechts und links waren zwei große Bedienpulte aufgebaut, an denen die beiden Bordingenieure und die beiden Steuermänner Platz fanden.

"Sie sind der zweite Bordingenieur", flüsterte ich Mahoney zu. Der nickte. Laut sagte er:

"Käpt'n, ich darf Ihnen Leutnant Stanton vorstellen. Cliff, das ist Admiral Steiner."

Steiner kam von seinem Thron herunter und reichte mir die Hand. Er war ein drahtiger Mann, etwa Mitte Fünfzig, sein Haar war noch hellblond.

" 'ne Freude, sie an Bord begrüßen zu können", sagte er in einer seltsam abgehackten Sprechweise, "hoffe, Sie hatten 'ne angenehme Anreise."
Ich wackelte mit dem Kopf.
"Versteh' schon, keiner ist gerne hier. Muß eben gemacht werden. Darf Ihnen den Rest der Mannschaft vorstellen", fuhr er fort, "Erster Bording Oberleutnant Doheny, Erster Steuermann Oberleutnant Wilson."
Ich ging zu Doheny hinüber und reichte ihm die Hand. Er grinste mich an:
"Hallo, Cliff, Sie können mich Do nennen." Ma und Do, was für ein Gespann, dachte ich.
Doheny war das genaue Gegenteil seines Zweiten. Er war relativ klein und korpulent, er machte einen gemütlichen Eindruck, ein Typ, den nichts aus der Ruhe bringen konnte.
"Hallo, Do, meinen Namen kennst du ja schon", sagte ich und ging zu Wilson hinüber. Der grüßte militärisch knapp und knurrte:
"Oberleutnant Wilson." Er drehte sich zu seinem Pult zurück.
Ich grüßte zurück und schaute verblüfft in die Runde. Die anderen grinsten und Steiner zuckte mit den Schultern. Aha, das war also Wilson, den keiner ernst nahm. Eine lockere, weitgehend angenehme Truppe, dachte ich bei mir. Mein Glück im Unglück schien mir hold zu bleiben.
"Stanton", sagte der Admiral, "schmeißen Sie Ihre Klamotten auf den Gang. Sind schon am Startcheck, fliegen in 'ner halben Stunde. Zeige Ihnen Ihre Kabine nachher. Wenn Sie noch ein paar Grüße an die Lieben daheim abschicken wollen, dann machen Sie jetzt."
Ich warf mein Kleiderbündel, das ich die ganze Zeit gehalten hatte, draußen auf den Gang und beeilte mich, zu der Kommunikationskabine zu kommen, die es auf jeder Etage gab. Sie war winzig, ein Terminal und ein Hocker. Ich zwängte mich hinein und legte meinen Zeigefinger auf eine Kupferplatte, um das Terminal zu aktivieren. Gleichzeitig wurde meine Identität festgestellt, natürlich nur um mir die Gebühren von meinem Sold abziehen zu können. Vor mir auf dem Bildschirm erschien eine Liste mit den Möglichkeiten, die mir zur Verfügung standen. Ich wählte ein Telegramm, gab Hardys Adresse an und verfaßte einen kurzen Text mit der Bitte um Weiterleitung zu Wal. Per Knopfdruck schickte ich das Telegramm ab und das Terminal schaltete sich aus, nicht ohne mir vorher noch die Gebühren gezeigt zu haben. Ein

teures Vergnügen, wie ich feststellen mußte. Ich verließ die Kommunikationskabine, wegen ihrer Enge (eigentlich völlig unlogisch auf einem so großen Schiff) im Bordjargon Palaverzelle genannt und ging ins Cockpit zurück.

Steiner nickte mir zu und sagte:

"Ok, Leute. Beginnen jetzt mit dem Schlußcheck."

Ich nahm rechts von Wilson Platz und versuchte mir die Handgriffe des Schlußchecks wieder ins Gedächtnis zu rufen. Allzuviel gab es für die Steuerleute nicht zu tun, den Hauptteil der Arbeit hatten die beiden Bordings, die in dieser Phase das Triebwerk noch einmal einem Probelauf unterzogen. Ma und Do waren sehr beschäftigt, wie ich mit einem Seitenblick feststellte. Vor Do liefen die Triebwerksrückmeldungen ein, während sich Ma um die Versorgungs- und Lebenserhaltungssysteme zu kümmern hatte. Wilson arbeite neben mir ebenfalls konzentriert, die Aufgabe des ersten Steuermanns war es, den vom Computer berechneten Kurs zu überprüfen. Ich als zweiter Steuermann hatte nur im Raumkampf Steuerfunktionen, ansonsten war ich für die inner- und außerschiffliche Kommunikation zuständig. Meine Aufgabe im Raumkampf war es, das Bordradar zu überprüfen und den ersten Steuermann zu assistieren. Der steuerte das Schiff im Raumkampf praktisch von Hand, was bei der riesigen Masse des Schiffes, vor allem in der Nähe eines Planeten nicht ganz so leicht war. Ich hoffte inständig, daß es zu keinem Raumkampf käme, denn eigentlich sollten die beiden Steuerleute gut aufeinander eingespielt sein, was man von Wilson und mir wahrlich nicht behaupten konnte. Ich überprüfte die Funkkanäle, die Lichtkanäle und das Interkomsystem.

"Kommunikation bereit", meldete ich dem Admiral.

Nacheinander trafen auf meinem Pult die Bereitmeldungen der anderen Schiffsstationen ein. Die Jägerstaffeln, das Wartungspersonal, sogar die Küche meldeten bereit.

"Schiffspersonal bereit", meldete ich.

Auch alle anderen System waren bereit.

"Danke, die Herren", sagte Steiner von hinten, "Start in zwei Minuten."

Meine Gedanken glitten etwas ab. Ich hatte mich zwar gut zurechtgefunden, aber der Normalfall wäre gewesen, das Team eine Woche im Simulator alle möglichen und unmöglichen Situationen üben zu lassen. Das Imperium mußte in großen Schwierigkeiten stecken, wenn es so überstürzt die Mutterschiffe reaktivierte und mit Personal vollstopfte. Vor allem vermißte ich jegliche ärztliche Untersuchung auf Flugtauglichkeit, wie sie eigentlich vorgeschrieben war.

"Noch eine Minute bis zum Start." Steiners Stimme riß mich aus meinen Gedanken. Ich überflog noch einmal mein Pult. Alle Systeme waren in Ordnung. Da fiel mir plötzlich ein, daß ich ja eine Durchsage zu machen hatte. Ich drückte die 'An alle'-Taste, löste die Sirene aus und sagte:

"Noch eine Minute bis zum Start. Gehen Sie auf Ihre Plätze. Noch eine Minute bis zum Start."

"Wollte Sie gerade daran erinnern", ließ sich Steiner von hinten vernehmen.

"Langsam fällt's mir wieder ein", gab ich zurück.

Noch dreißig Sekunden. Do nahm einige Schaltungen vor und der Boden begann zu erzittern. Das mächtige Triebwerk, das uns im Nacken saß, begann auf vollen Touren zu laufen. Ich drehte mich um. Auf dem Panoramabildschirm war das grünliche Leuchten des Triebwerks andeutungsweise zu sehen. Wilson drückte auf eine Taste und plötzlich wurden die Station und Mars kleiner. Wir waren auf Kurs. Auf meinem Terminal ließ ich mir den Kurs zeigen. Er führte auf direktem Wege zum Simons-Wolfe-Punkt des Solsystems, das war zu erwarten gewesen.

"Die Herren, der Start ist geglückt, möge eine gute Heimkehr beschieden sein", sagte Steiner in einer Art melodiösem Singsang. Diesen Satz nach dem Start zu sagen, war ein altes Ritual und seit Jahrhunderten auf den Militärschiffen in Gebrauch. Nur begann es normalerweise mit `Meine Herren' statt mit 'Die Herren'. Ich begann mich über Steiner zu wundern. Wieder in seinem alten Tonfall, sagte Steiner:

"Die erste Wache haben Ma und Cliff. Die anderen dürfen sich empfehlen. Er stand auf. Wilson ging raus und knurrte im Vorbeigehen ein 'Viel Spaß'. Do verabschiedete sich, danach ging auch Steiner, bevor er jedoch das Cockpit verließ, sagte er:

"Bis in zwei Stunden dann."

Ma und ich waren allein. Ich genoß die Aussicht aus dem Cockpit, wir flogen genau auf die Sonne zu, die als dumpfer gelber Fleck dargestellt war. Die Elektronik hatte hier ein Filter vorgeschaltet, um die Helligkeit zu vermindern. Weit rechts leuchtete ein kleiner blauer Punkt, die Erde

und meine Probleme waren weit, weit entfernt. Ich warf einen Blick auf das Pult. Es war alles in Ordnung. Nach einer Weile Schweigens wandte ich mich an Ma:
"Hatten Sie ein Simulatortraining?"
Ma schüttelte den Kopf.
"Nein, Do und ich sind nur ein paar Stunden vor Ihnen angekommen."
"Sie kennen sich?"
"Ja, wir waren zusammen auf der Ausbildung. Wir fliegen immer zusammen."
"Die Sache stinkt", fügte er nach einer kurzen Pause hinzu."
"Das glaube ich auch. Wissen Sie eigentlich, warum Steiner so komisch spricht?"
"Kennen Sie ihn nicht. Er war bei den Pionieren. Bei einem Sprungversuch sind einmal 200 Mann seiner Besatzung hopsgegangen und er hatte sich verantwortlich gefühlt. Die Folge war ein Haß auf sich selbst, ein sehr seltenes Phänomen. Der Psychologe dachte wohl, ein ungewöhnlicher Fall braucht eine ungewöhnliche Behandlung. Steiner bekam einen Psychoblock, der verhindert, daß er Worte wie 'ich', 'mich', 'meine' und auch 'wir' und 'uns' benutzt. Das hat ihn geheilt."
"Aber so jemand ist doch nicht mehr flugtauglich."
"Ist er auch nicht mehr. Aber es gibt nur noch sechs Leute beim Militär, die ein Mutterschiffkapitänspatent haben. Also mußte er ran."
"Das stinkt aber auch gewaltig."
Ma gab mir recht.
"Sie haben ihn damals im Simulator getestet, seine Reaktionen waren gut."
Ein tolles Schiff, dachte ich, ein geisteskranker Kommandant, ein nicht eingespieltes Steuermannpaar.
"Was machen Sie beruflich?", fragte ich Ma.
"Do und ich sind Ingenieure auf der Calypso." Ich pfiff durch die Zähne. Die Calypso war eines der luxuriösesten Passagierschiffe dieser Zeit. Ma und Do mußten absolute Spitzenkräfte sein. Plötzlich schob sich die Türe auf und eine Stimme knarrte:
"Wollte Ihnen doch noch Ihre Kabine zeigen."
"Ach ja", sagte ich, "wer vertritt mich so lange."
"Lassen Sie, wird schon nichts passieren, die zwei Minuten."
Ich folgte Steiner auf den Gang und schnappte mein Kleiderbündel vom

Boden. Direkt neben der Mündung des Laufbandes lag ein fünfeckiger Aufzug, der uns ein Stockwerk in die Tiefe fuhr. Fünf Ecken, fünf Kabinen. Eine der Seiten des Aufzuges öffnete sich und gab den Blick auf eine spartanisch eingerichtete Kabine frei. Ein Bett, ein Wandschrank, ein Klapptisch und ein Hocker, das war die ganze Einrichtung. Hinten war ein Durchgang zu einer Waschnische.
"Sie haben ja gar kein Gepäck", stellte Steiner fest, "werde veranlassen, daß Sie Wäsche bekommen werden."
"Danke." Ich warf meine Klamotten achtlos auf das Bett und machte mich wieder auf den Weg zurück ins Cockpit.
Ma studierte scheinbar interessiert seine Anzeigen, er sah nur kurz auf als ich eintrat.
"Ich will ja nicht aufdringlich sein", begann ich, "aber wissen Sie warum hier die letzte Mannschaft und das in aller Eile aufgeboten wird."
Ma bekam so einen gewissen Verschwörerblick.
"Mir wurde so zugeflüstert, daß das Imperium furchtbare Prügel bezieht. Alles was fliegen kann, wird zusammengekratzt. Auf der Adonis haben dreißig Prozent der Jägerpiloten so gut wie keine Erfahrung. Auch das Material. Die Adonis lag jetzt seit fünfzehn Jahren unbenutzt im Dock. Das Material der Ikareer ist brandneu und auch viel effektiver. Ein Jäger von denen ersetzt vier von unseren."
"Aber der Krieg dauert doch erst ein paar Tage", warf ich ein.
"Wir haben gestern, nein, vorgestern auf der Calypso einen Notruf empfangen, er stammte von einem unserer modernen Simons-Wolfe-Jägern. Das Schiff war total am Ende, es war ein Wunder, daß die Jungs noch lebten. Die Leute kamen auf die Krankenstation der Calypso. In der Nacht mußten wir irgend etwas in der Krankenstation austauschen, natürlich gerade in einem der Zimmer. Die Nachtschwester, ein hübsches Mädel", Ma grinste schelmisch, "gebot uns ja leise zu sein und ließ uns in das Zimmer. Wir waren gerade fertig, da wachte einer von denen so halb auf und fing an zu erzählen. Es war ungeheuerlich. Er erzählte von einem Manöver im Terra-Nova-System, an dem sie teilgenommen hätten. Unter anderem waren eine große Anzahl Trägerschiffe dabei gewesen. Plötzlich seien die ikareeischen Jäger aufgetaucht und hätten ein Massaker angerichtet. Sie hätten sich von unzähligen Salven getroffen auf einen Simons-Wolfe-Punkt gerettet und einfach eingeschaltet. Bei dieser Schlacht sind scheinbar hunderte

Trägerschiffe draufgegangen. Den Angriff haben sie in den Nachrichten natürlich verschwiegen. Seitdem werden auch die alten Mutterschiffe wieder reaktiviert. Ich frage mich dabei nur, warum sich das Militär noch einen Geheimdienst leistet."
Ich dachte an Hardys Geschichte von der geheimen Sprungstelle. Sie wurde immer plausibler. Die Gedanken kreisten in meinem Kopf. Immer wieder tauchten Bilder auf. Battaglia, wie er tot im Zimmer lag, Brandon, der die Waffe zog, als er uns überraschte, Militärschiffe, die in eine Schlacht verwickelt waren. Es mußte einen Zusammenhang zwischen diesen Ereignissen geben. Aber welchen? Ich begann, unsinnige Sachen auf dem Computer zu machen, um den Kopf freizubekommen. Die Adonis näherte sich dem Simons-Wolfe-Punkt.

-- Kapitel Zehn ---

Die Wachtätigkeit war die langweiligste Aufgabe an Bord eines Kriegsschiffs. Ich vertrieb mir die Zeit damit, die Sterne zu beobachten. Auf dem Computerschirm konnte ich sehen, wie sich die Adonis ihrem programmierten Ziel näherte. Wir waren etwa auf halbem Wege, eine Stunde war vergangen, als mich ein Pfeifsignal aus dem Halbschlaf riß. Schnell drückte ich die Sprechtaste und sagte:
"Ja."
Auf dem Bildschirm erschien das grinsende Gesicht von Steiner.
"Na, gut geschlafen."
Ich errötete und Ma grinste spöttisch.
"Sicher, Käpt'n."
"In Ordnung, möchte, daß Sie eine Telebesprechung für alle Stationen ankündigen. Muß die Reise erst noch offiziell eröffnen. Kommen Sie dann vor in den Telekonf-Raum. Noch was, wie lange noch bis zum SW-Punkt?"
Das müßte er doch wissen, dachte ich.
"Eine Stunde", sagte ich.
Steiner nickte und der Bildschirm erlosch. Ich machte die Durchsage über das Interkom und stand auf. Zu Mahoney sagte ich:
"Sie halten die Stellung, ja?"
"Bis zum letzten Mann", grinste er. Ich lachte kurz und stand auf, um

das Cockpit zu verlassen. Ich hielt jedoch noch einmal inne und wandte mich an Mahoney:
"Warum fragt er mich nach der Flugdauer, die hätte er doch wissen müssen."
"Sie sind ja gar nicht neugierig."
"Ich bin Privatdetektiv."
"Dann sind Sie entschuldigt. Wenn Sie mit Steiner reden, müssen Sie aufpassen. Er stellt ständig Testfragen, wenn Sie nicht die Antwort wissen, putzt er Sie zusammen. Allerdings macht er das auch mit seinen Vorgesetzten, was ihm schon einigen Ärger eingebracht hatte."
"Ein merkwürdiger Mann", sagte ich und verließ das Cockpit. Auf dem Gang kam er Wilson entgegen. Er knurrte nur kurz.
Mit dem Laufband fuhr ich zum Telekonf-Raum, der direkt neben dem Aufzug lag. Steiner erwartete mich bereits. Der Telekonf-Raum wurde ganz von einem riesigen Bildschirm beherrscht, der die ganze rechte Wand ausfüllte.
 Direkt vor der Wand stand ein Sessel, auf den eine Kamera gerichtet war. Steiner setzte sich in den Sessel und sagte:
 "Daß Sie ja ein scharfes Bild machen."
Ich grinste, mehr verlegen denn amüsiert, denn ich versuchte mich krampfhaft an die Bedienung des Pultes zu erinnern, das direkt neben der Tür lag. Nach kurzer Suche fand ich den Hauptschalter und eine Unmenge von Kontrolllämpchen und ein Monitor erwachten zum Leben. Der Monitor lieferte das Bild der hier im Raum stehenden Kamera. Mit einer Art Steuerknüppel setzte ich Steiner ins Bild, der jetzt von zwei starken Spotstrahlern beleuchtet war. Ich drückte eine weitere Taste und plötzlich war Steiners Gesicht bildfüllend auf dem Wandbildschirm zu sehen. Steiner bäumte sich in seinem Sessel auf und starrte mit weit aufgerissenen Augen auf sein Gesicht an der Wand. Schnell schaltete ich wieder ab. Das war der falsche Knopf gewesen. Jetzt erinnerte ich mich auch wieder. Es gelang mir nach und nach die einzelnen Stationsleiter auf den Wandbildschirm zu projizieren. Der Wandbildschirm war jetzt in viele kleine Bildschirme unterteilt, unter den Gesichtern stand der jeweilige Stationsname. Ich wandte mich an Steiner:
"Sind Sie soweit?"
Er schreckte hoch, als hätte er geschlafen und sah mich verwirrt an.

Langsam kam er zu sich.

"Ja, ja, machen Sie nur."

Ich drückte eine weitere Taste und ein lauter Pfeifton durchschnitt die Luft. Die Gesichter auf den Bildschirmen wurden schlagartig aufmerksam. Steiner war jetzt auf ihre Bildschirme durchgeschaltet. Er begann zu reden:

"Hier spricht Admiral Arthur Steiner, Kommandant der Adonis. 'ne Freude, Sie an Bord begrüßen zu dürfen. Habe schon mit einigen von Ihnen zusammengearbeitet, die anderen kommen jetzt zu dem Vergnügen."

Einige Gesichter auf der Bildwand grinsten.

"Nun zum ersten Teil, haben Auftrag vom Imperialen Rat erhalten und werden den auch zur vollsten Zufriedenheit ausführen, indem das Beste gegeben wird."

Auch diese Floskel wurde nach jedem Start gesagt, wenn Steiner auch seine eigene Variante hatte. Für mich war sie Grund genug, angewidert das Gesicht zu verziehen. Das pathetische Geschwätz der Militärs bei ihren Reden wurde nur noch von den Politikern übertroffen.

"Werden mit der Adonis ins Karretarsystem fliegen, dort wird Feindberührung stattfinden."

Nicht nur die Gesichter auf der Bildwand sahen erschrocken aus. Auch ich war verblüfft, ja entsetzt. Das Karretarsystem lag schon wesentlich näher beim Zentrum des Imperiums als die Planeten, die Ziel des ersten Überfalls der Ikareer gewesen waren. Zu dem schien mir das Karretarsystem für den Einsatz eines Mutterschiffs ziemlich ungeeignet. Es gab in den äußeren Regionen, wo die SW-Punkte lagen, einige Riesenplaneten und Asteroidengürtel, die die Steuerung eines Mutterschiffes schwierig machten. Nahe bei der Sonne lagen zwei Planeten wie Feuer und Wasser. Helena war ein wahres Paradies, voller Naturschönheiten, so wie es die Erde vor Millionen von Jahren gewesen sein mußte. Die höchsten Lebewesen waren einige Affenarten, die Ähnlichkeiten zur prähistorischen Erde waren unverkennbar. Mechta dagegen war eine Eiswüste, die durchschnittliche Temperatur lag bei -120 C. Dennoch besaßen beide Planeten eine für den Menschen atembare Atmosphäre. Das Karretarsystem galt als eines der größten Wunder des Universums seit vor fünfzehn Jahren die SW-Sprungstelle entdeckt wurde, die man lange gesucht hatte.

Steiner fuhr fort.

"Sehe einige unzufriedene Gesichter. Weiß auch, daß das Karretarsystem schweres Terrain ist, doch darin liegt gerade die Herausforderung an die Besatzung."

"Im Karretar verlieren wir ja schon die Hälfte der Jäger durch Kollisionen mit Sternendreck", protestierte ein Gesicht, unter dem 'Jägerdeck 4A' stand. Sternendreck, das war der Raumjargon für die Meteoriten und Asteroiden.

"Sie werden sich eben anstrengen müssen", sagte Steiner hart, "haben Sie sonst noch Fragen?"

Es war interessant, dreißig Köpfe gleichzeitig schütteln zu sehen. Steiner nickte.

"Damit ist die Konferenz beendet. In etwa einer halben Stunde erreichen wir den ersten SW-Punkt. Viel Glück für Ihren Einsatz."

Steiner gab mir ein Zeichen und ich schaltete die Geräte ab.

"Ich habe Hunger", klagte ich.

"Gehen Sie gleich nebenan, dort ist die Autokantine. Wissen Sie ja. Machen Sie aber schnell."

Plötzlich fiel es mir wieder ein. Die Cockpitbesatzung blieb von der übrigen Mannschaft völlig abgeschottet, das hatte psychologische Gründe. Egal was an Bord passierte, die Cockpitbesatzung sollte immer unbelastet arbeiten können. Ich erinnerte mich, daß es hier auch noch einen Unterhaltungsraum geben mußte. Ich ging in die Autokantine, bestellte eine Kleinigkeit und schlang sie hinunter.

Als ich wieder ins Cockpit trat, war Wilson schon wieder verschwunden. Ich genoß kurz den Sternenhimmel und setzte mich an meinen Platz. Die Adonis befand sich im Bremsvorgang, dazu hatte sich das Schiff gedreht. Der Mars hing als kleine rötliche Kugel direkt vor mir.

"Wieso ist Wilson schon weg?", wollte ich von Ma wissen. Der zuckte die Schultern.

"Seit er unser Zielsystem kennt, spinnt er rum. Ich habe ihm gesagt, daß er verschwinden soll." Die beiden hatten die Konferenz also mitgehört.

"Und was halten Sie davon?"

"Das ist Wahnsinn."

Ich nickte. Schöne Aussichten.

Pünktlich erreichte die Adonis den SW-Punkt. Ich hatte den Sprung bereits vorbereitet. Über Interkom gab ich die Warnung bekannt. Da pfiff das Funkgerät. Eine verschlüsselte Meldung vom Flottenkommando war eingetroffen. Ich rief Steiner, der in seiner Kabine war, ins Cockpit. Er entschlüsselte die Meldung und runzelte die Stirn.

"Was schlimmes?", fragte ich. Steiner wackelte mit dem Kopf.

"Schwere Kämpfe im Karretar. Beeilung nötig. Sind Sie zum Sprung bereit?"

Ich nickte.

"Dann machen Sie. Ab jetzt fliegen Sie, was der Vogel hergibt."

Ich nickte wieder, wartete bis sich Steiner auf seinen Thron gesetzt hatte und löste den Sprung aus.

Bis zum Karretarsystem waren vier Sprünge erforderlich. Wilson hatte mich zwischenzeitlich einmal abgelöst. Jetzt stand der letzte Sprung direkt ins Karretarsystem an. Das Schiff war bereits seit längerer Zeit in Alarmbereitschaft. Um den Sprungpunkt herum standen etliche Imperiale Kriegsschiffe. Auch einige Wracks ikareischer Jäger waren zu sehen. Sie hatten den Sprung versucht, waren aber gescheitert. Zum erstenmal sahen wir die Schiffe mit unseren eigenen Augen. Ein sehr harmonisches Schiff, sehr schlank und dafür, daß es einen SW-Antrieb hatte, war es eigentlich zu klein. Das bemängelte auch Do.

"Die sind viel zu klein für einen eigenen SW-Antrieb. Das muß eine ganz neue Generation von SW-Antrieben sein. Den würde ich gern mal aus der Nähe sehen."

"Vielleicht passiert das noch früher, als dir lieb ist", meinte Ma. Do sah ihn schief an.

"Volle Konzentration, Männer", befahl Steiner von hinten, "Sprung bekanntgeben."

Das galt mir. Ich rief den Sprung aus und Wilson drückte auf den Knopf. Die Sterne zerflossen, die Wände würden stumpfgrau. Eine gähnende Leere breitete sich in meinem Hirn aus und senkte es in einen Dämmerzustand. Der Sprungschock, der Sekundenbruchteile später folgte, nahm mir das Bewußtsein.

Langsam schlug ich die Augen auf. Vor allem auf den Militärschiffen, herrschte der ewige Kampf, wer nach dem Sprung als erster aufwachte. Wilson hatte gewonnen, Steiner war zweiter, ich dritter, na ja. Um uns herum war viel Sternendreck. Wilson begann bereits das Schiff heraus

zu manövrieren. Drei Trägerschiffe und deren Jäger bewachten den Sprungpunkt. Über Funk forderten wir einen Lagebericht an. Es stand gar nicht so schlecht. Es waren nicht so viele ikareische Jäger wie erwartet, die Imperialen schlugen sich gut. Um Mechta herum tobte gerade der Hauptkampf, der ein bißchen in die Sackgasse geraten war. Unser Mutterschiff sollte die Entscheidung bringen. Wir machten uns auf den Weg. Rechts von mir, direkt über Mas Kopf hing Karretar 6, neben dem Jupiter nicht besonders aufgefallen wäre. Ich beobachtete den Radarschirm. Um uns herum war der Raum leer. Ich schaltete auf Zoom. Um Mechta herum wimmelte es geradezu von Punkten. Karretar 6 wurde schnell kleiner, das Triebwerk mußte auf vollen Touren laufen. Ich sah zu Do hinüber, tatsächlich, dort leuchtete einige rote Lämpchen. Do schien unberührt, er hatte die Sache sicher im Griff.
Ich sah hinüber zu Wilson. Der hatte die Hand um den Steuerknüppel gelegt und beobachtete hochkonzentriert seinen Radarschirm. Kaum zu glauben, daß mit diesem kleinen Knüppel dieses riesige Schiff gesteuert werden konnte. Man hatte früher versucht, die Kampfsteuerung auch den Computern zu übertragen, aber das war kläglich gescheitert. Den Computern fehlte einfach die Kreativität, die einen Menschen auszeichnete. Man hatte lange herumprobiert und es schließlich dabei belassen, den Computern die Steuerung im Nichtkampfesfall zu überlassen. Aals Folge wurde das Zweimannsystem entwickelt, das aber zwei eingespielte Steuerleute voraussetzte. Bei diesem Gedanken überkam mich wieder dieses Unwohlsein, denn die Adonis näherte sich dem Kampfgebiet.
Im Cockpit herrschte gespannte Erwartung, so war es wohl auf dem ganzen Schiff. Die völlig fremden Sternbilder leuchteten auf den Wänden, aber alles starrte auf die Anzeigen. Seit zwei Stunden hatte keiner mehr ein Wort gesprochen. Ich löste meinen Blick vom Radarschirm, um meinen Augen eine kleine Ruhepause zu gönnen. Steiner meldete sich von hinten:
"Stanton, die Gefechtsleitungen einschalten."
Das bedeutete mich, daß ich Interkomleitungen zu den einzelnen Gefechtsständen herstellen mußte, mit denen Steiner direkt kommunizieren konnte, um Befehle zu erteilen oder sich ein Bild von der Lage zu machen. Ich nahm die erforderlichen Schaltungen vor. Steiner befahl, die ersten Jäger, eine Art Vorhut, zu starten. Plötzlich

tauchten die Jäger auf der linken Wand unseres Cockpits auf. Sie beschleunigten und flogen voraus, auf den Planeten Mechta zu, der allmählich größer wurde. Auf meinem Radarschirm tauchten rote Punkte auf. Rot, das bedeutete nicht identifiziert, die ersten ikareischen Jäger waren im Anmarsch.

"Feindkontakt", meldete ich. Die Stimmung im Cockpit schlug um. Die gespannte Erwartung wurde von geschäftigem Treiben abgelöst. Do bemühte sich, Triebwerk bei Laune zu halten. Wilson und ich versuchten uns aufeinander einzustellen und Steiner gab ständig Befehle an die Gefechtsstände. Irgend etwas störte mich. Ich durchsuchte das Sonnensystem.

"Das gibt's doch nicht."

Acht Augen starrten mich an.

Das Radarsystem eines Mutterschiffes war sehr leistungsfähig. Dank der Größe und einiger geschickt verteilter Antennen konnte man ein Sonnensystem fast komplett durchleuchten. Die Radarsysteme der kleineren Schiffe waren bei weitem nicht so leistungsfähig. Ich konnte im ganzen System kein irakisches Schiff ausfindig machen, das von der Größe her in

der Lage gewesen wäre, ein Radarsystem zu haben, das uns bereits entdeckt haben könnte. Trotzdem strebe ein Pulk von feindlichen Schiffen auf uns zu.

"Was ist nicht möglich?", fragte Steiner scharf.

"Sie haben unser Schiff geortet. Ihr Radarsystem muß fantastisch sein. In so einem kleinen Jäger. Sie haben keine Mutterschiffe", sprudelte es aus mir heraus.

"Vollalarm", befahl Steiner, "wieviele sind es?"

"Knapp tausend", schätzte ich.

Ich entriegelte eine Klappe und drückte auf einen Knopf. Sofort begannen ein paar rote Lampen zu leuchten und eine Sirene zu heulen. Steiner brachte sie mit einem Knopfdruck an seinem Stuhl zum Schweigen und rief in sein Mikrofon:

"An alle. Werden von einem feindlichen Verband angegriffen. Decks 1, 2 und 3 sofort zum Einsatz bringen."

"Jetzt wird es ernst", murmelte Do.

Ein dumpfes Grollen war bis ins Cockpit zu spüren. Die Triebwerke der Jäger waren angesprungen. Zahllose Jäger tauchten auf den Wänden auf und stürzten sich in die Schlacht.

"Geschwindigkeit vermindern", befahl Steiner. Wilson drückte ein paar Tasten und die riesige Adonis begann sich zu drehen, um mit dem Haupttriebwerk zu bremsen. Der Kampfbrennpunkt lag jetzt in unserem Rücken.

"Sicht umschalten", befahl Steiner. Er scheint der Aufgabe gewachsen zu sein, dachte ich. Mechta befand sich jetzt wieder vor uns. Allerdings war das grünliche Leuchten des Triebwerks zu sehen, es tauchte die Umgebung des Planeten in ein gespenstisches Licht.

Immer mehr Jäger erschienen auf dem Bildschirm, es wurde eine richtige Prozession. Die ikareischen Jäger hatten eine enorme Geschwindigkeit, in etwa fünf Minuten würden die Gruppen aufeinander treffen.

"Phänomenal", sagte Steiner, der seinen Radarschirm beobachtete, "ihre Jäger sind doppelt so schnell."

"Ich finde das gar nicht so phänomenal", knurrte Wilson.

Ich fand es furchtbar, aber ich sagte nichts.

Steiner hatte etwa fünftausend Schiffe los geschickt, eine deutliche Übermacht. Gespannt beobachteten alle die Radarschirme. Der Pulk ikareischer Schiffe fiel plötzlich auseinander. Auf dem Bildschirm wirbelten die Punkte durcheinander. Wir hatten große Verluste, aber auch die Ikareer mußten böse Federn lassen, sie waren einfach zahlenmäßig zu unterlegen. In mir steigen wieder die Haßgefühle los, hier mußten wieder viele Menschen büßen, was einige wenige nicht mit menschlichen Mitteln in den Griff bekamen. Auch wenn das zynisch klingt, aber der Soldat im Jäger hatte wenigstens einen schönen Tod. Keine Schmerzen, kein Leiden. Ich versuchte mir vorzustellen, wie das ist, in einem zerplatzenden Jäger zu sitzen, es gelang mir nicht. Der Tod bleibt unvorstellbar. Ich versuchte mir vorzustellen, wie ein anderer Jäger durch meinen Schuß zerplatzte. Gewiß, auch ich hatte schon Menschen angegriffen, aber nie mit der Absicht sie zu töten. Aber hier konnte keiner 'Nein' sagen. Oder doch. Ein Gefühl sagte mir aufzustehen und zu schreien, zu schreien, daß ich diesen Schwachsinn nicht länger mitmachen würde, den anderen zu sagen ebenfalls aufzustehen. Dieses Gefühl wurde stärker, es drohte mich zu übermannen. Das andere Gefühl, welches das Gesetz der Flotte darstellte kämpfte zurück, auf Meuterei im Kampf stand der Galgen, dieser Galgen wurde vor meinem

inneren Auge immer größer und drängte mein anderes Gefühl zurück. Ich schämte mich wegen meiner Feigheit, nicht weil ich Angst vor der Schlacht hatte, nein, es war viel feiger, nicht aufzustehen, nicht zu schreien. Ich war auch nur eine Maschine, der man befahl, drück' auf den Knopf und ich drückte. Ich bin doch kein Selbstmörder, also drücke ich, sagte eine Stimme in mir. Dafür ein Mörder, sagte eine andere Stimme. So darf man das nicht sehen, sagte die erste Stimme. Das muß man so sehen, erwiderte die zweite. Dieser Streit war schon Jahrtausende alt. Eine Stimme riß mich aus meinen Gedanken.
"Stanton, wie weit sind die Jäger weg." Ich konnte keinen klaren Gedanken fassen. Wo war der Radarschirm.
"Stanton", brüllte die Stimme.
Ich fand den Radarschirm und starrte darauf. Die Situation hatte sich verändert. Die ikareischen und imperialen Jäger hatten sich gegenseitig beinahe aufgerieben. Eine Gruppe von ikareischen Jägern hatte jedoch die Linien durchbrochen und strebte auf die Adonis zu.
"Abstand etwa zwei Minuten", rief ich.
"Decks 4 und 5, Start", brüllte Steiner in sein Mikrofon.
Wieder tauchten auf den Wänden unsere Jäger auf und stürzten sich ins Getümmel. Plötzlich waren die ikareischen Schiffe da. Die Lichtfinger der Bordgeschütze tasteten die Umgebung ab. Jetzt waren die Künste von Wilson und mir gefragt. Wenn feindliche Jäger in Reichweite waren, benutzte man die Adonis, um diese zu jagen. Von links unten näherte sich ein feindlicher Jäger, der Pilot schien vorherzusehen, wohin die Bordgeschütze zielen würden, es gelang ihm den Schüssen der Bordkanonen auszuweichen.
"Links tief, beschleunigen", sagte ich zu Wilson. Der leitete eine Rechtskurve ein. So wird das nichts werden, dachte ich bei mir. Auf dem Radarschirm war zu sehen, wie unsere Jäger, den ankommenden Pulk in die Zange zu nehmen versuchte. Eigentlich war der Angriff geschickt geflogen, doch die Ikareer demonstrierten die perfekte Antwort. Der Pulk fiel auseinander und die imperialen Jäger sahen sich seinerseits einem Zangenangriff ausgesetzt. Schon begannen die ersten grünen Punkte, die die imperialen Jäger darstellten, zu verschwinden. Und hinter jedem der Punkte steckte ein Mensch. Der eine versprengte Jäger, den ich zuerst gesehen hatte, hatte sich in unseren Rücken geschlichen. Die Bordgeschütze trafen ihn einfach nicht. Allmählich

begann sich die zahlenmäßige Überlegenheit der imperialen Jäger auszuzahlen, die roten Punkte begannen zu verschwinden. Auch hinter jedem der roten Punkte steckte ein Mensch. Die Adonis driftete aus dem Kampfgebiet, entgegen jeder Taktik. Ich herrschte Wilson an:
"Drehen Sie endlich links, zum Teufel."
Wilson knurrte:
"Halt's Maul."
Aber er reagierte. Die Adonis drehte sich langsam nach links, die Sterne wanderten nach rechts. Der Krieg der Punkte auf meinem Radarschirm spitzte sich zu, langsam kam die Adonis dem Kampfgebiet wieder näher. Immer noch hing einer der ikareischen Jäger hinter uns.
"Warum treffen Sie den denn nicht?", schimpfte Steiner. Immer wieder wich der Jäger den Strahlen aus.
"Wenn der ins Triebwerk fliegt...", begann Do mit blassem, ernstem Gesicht.
"Was ist?", fragte ich entsetzt.
"...können wir zumachen", vollendete Ma den Satz.
"Und was ist dem Energieschirm? Und der Strahlung?", wollte Wilson wissen, auch er schien nervös.
"Wenn das da ein Selbstmörder ist, und das Schiff einigermaßen stabil ist ..." Do schüttelte den Kopf.
"Schöne Konstruktion", bemerkte ich.
"Man hatte auch nie geglaubt, daß ein Jäger sich dermaßen gegen die Bordgeschütze zur Wehr setzen kann", sagte Ma.
"Bis heute hat man viel nicht geglaubt", meinte Do.
Ich hatte die Außensicht wieder auf normal geschaltet, also drehte ich mich um. Der ikareische Jäger war sehr nahe am Triebwerksschacht dran.
"Gleich ist er drin", rief ich.
"Vollen Schub", befahl Steiner.
Es schien, als hätte der Jäger darauf gewartet. Pfeilschnell beschleunigte er, er verschwand von der Bildwand. Auch auf dem Radarschirm war der Punkt verschwunden.
"Er ist drin", sagte ich.
Genau sieben Sekunden später, ich hatte die Uhr beobachtet, erzitterte die Adonis, als hätte eine Titanenfaust das Schiff getroffen. Ein dumpfes Grollen drang an unsere Ohren.

-- Kapitel Elf ---

"Das war's", sagte Do. Sein Steuerpult war eine einzige rote Lampe. Der Ikareer hatte sein Schiff im Innern unseres Triebwerks gesprengt.
"Sind auf Notstrom", meldete Ma.
"Laßt mich raus", Wilson begann zu schreien. Der kühle, knurrende Wilson verlor die Nerven. Er sprang auf und rannte zur Tür. Steiner war schneller. Wie ein Blitz sprang er von seinem Thron herunter. An der Tür verpaßte er Wilson einen mächtigen Kinnhaken.
Wilson fiel wie ein gefällter Baum zu Boden und blieb auf einem Sternhaufen liegen.
"Kann keine Panik brauchen", sagte Steiner scharf, "Stanton, ab jetzt sind Sie erster und zweiter Steuermann."
"Und was soll ich noch steuern."
Steiner zuckte die Schultern und wandte sich an Do.
"Was ist kaputt?"
"Sie haben den Hauptverteiler erwischt. Das Triebwerk würde vielleicht noch funktionieren, aber ich habe keinerlei Eingriff mehr. Die Strahlsteuerung ist komplett im Eimer. Kühlung ist auch futsch."
"Kann man das reparieren?"
"Ganz ehrlich?"
"Natürlich", knurrte Steiner.
"Auf einer Werft mit einem Monat Zeit und den richtigen Ersatzteilen, ja."
Steiner ging zu seinem Thron zurück und ließ sich hineinfallen. Er schien ratlos.
"Stanton, schauen Sie nach dem Kurs."
Der Computer funktionierte noch. Ich tippte darauf herum. Letzte Geschwindigkeit, die Planetenmassen und schon zauberte der Computer eine Grafik auf den Bildschirm.
"Wir werden an Mechta ein Swing-by machen", sagte ich nach hinten.
"Und dann?"
"Ab in die Sonne."
"Mahoney", sagte Steiner, "haben Sie noch etwas?"
"Moment noch."

Es entstand eine kurze Pause.

"Alle Notstromgeneratoren sind im Eimer. Batteriekapazität reicht noch vier Tage, bei sparsamer Verwendung, vorausgesetzt. Dann ist es aus."

"Wir brauchen Hilfe", entschied Steiner, "Stanton, geben Sie mir das Flottenkommando."

Ich schaltete die Funkanlage ein. Fünf Minuten versuchte ich vergeblich eine Verbindung zu bekommen. Alles was ich hörte, war das Rauschen der Sterne.

"Irgendwas muß an der Antenne kaputt sein", meinte Ma, nach dem er seinen Computer befragt hatte, "Sendeleistung ist da."

"Schalten Sie auf die Ersatzantenne um", befahl Steiner.

"Geht leider nicht, die Umschaltung sitzt im Hauptverteiler."

Steiner saß wie versteinert.

"Können das Mutterschiff doch nicht aufgeben", sprach er einen eigentlich undenkbaren Gedanken aus. Ein Mutterschiff aufgeben. Niemals.

Die Entscheidung wurde ihm abgenommen. Auf den Schirmen erschienen imperiale Jäger, die in Massen das Schiff verließen.

"Was ist da los?", fragte Steiner über Interkom.

"Hier ist das Gerücht entstanden, das Triebwerk sei zerstört. Die Leute fliehen in Panik", sagte einer der Gefechtsstandkommandanten.

"Halten Sie sie zurück", brüllte Steiner.

"Ich seh' zu, daß ich selber einen Jäger kriege, macht's gut."

"Bleiben Sie da, das ist ein Befehl."

Der Befehl verhallte ungehört.

"Das ganze Schiff ist in Bewegung", sagte Ma und zeigte auf einen seiner Bildschirme, "alle Aufzüge sind in Bewegung. Soll ich Ihnen den Strom abschalten?"

Steiner schüttelte den Kopf.

"Lassen Sie's. Räumen auch das Feld. Ma, Do, Sie schnappen Wilson."

Er gab tatsächlich das Mutterschiff auf. Ich konnte es kaum fassen. Wilson kam gerade wieder zu sich. Ma und Do griffen ihm unter die Arme und schleppten den sich schwach wehrenden Oberleutnant zum Laufband. Die Fahrt zum Aufzug verlief schweigend. Wilson hatte sich soweit erholt, daß er selber stehen konnte. Er starrte Steiner feindselig an, sagte aber nichts.

Der Aufzug meldete sich mit einem pfeifenden Geräusch an. Er war leer. Wir stiegen ein und fuhren hinunter zum Hauptdeck. Die große Halle, die bei meiner Ankunft nur so von Menschen gewimmelt hatte, lag verlassen. Über ein Laufband gelangte wir zum Paternosterdeck. Auch das Paternosterdeck lag verlassen. Für jedes Jägerdeck gab es eine ganze Batterie von Paternostern, die im Sekundentakt verkehrten. Man mußte höllisch aufpassen, daß man sich beim Einsteigen nicht verletzte, denn die Aufzüge waren sehr schnell. In einer Minute konnten so fünftausend Menschen transportiert werden.

"Wo steigen wir aus?", fragte Do.

"Deck 7, vielleicht sind da noch ein paar Jäger", erwiderte Steiner.

Hopp, ein Sprung und dann sackte einem der Magen ganz schön in die Knie. Unter weniger ernsten Umständen hätte es sogar Spaß gemacht. Die ersten Jägerdecks huschten vorbei. Soweit wir das sehen konnten, waren sie verwaist. Wenige Zentimeter vor meiner Nase schoß die Wand mit rasender Geschwindigkeit vorbei.

"Fertigmachen", rief Steiner, der bei mir in der Kabine war. Deck 6 war gerade vorbeigerauscht. Als der Lichtausschnitt, sprich das Jägerdeck, auftauchte, schnellte ich mich heraus. Ich landete auf den Füßen und knickte etwas um. Als ich aufsah, wurden die Schmerzen zur Nebensache.

Die letzten beiden Jäger tauchten gerade in den grauen Energieschirm ein, der das Deck vom tödlichen Vakuum schützte. Entsetzt sah ich mich um, es waren wirklich die letzten beiden Jäger. Rechter Hand stand eine Gruppe von etwa vierzig Männern und Frauen, über das ganze Deck verstreut lagen Tote, die Opfer dieser Panik. Steiner stand direkt neben mir, auch er hatte zuerst die Situation erfaßt und war bereits auf den Weg zu der Gruppe.

"Bin Admiral Steiner. Was geht hier vor?", herrschte er die Gruppe an. Einer brüllte den Admiral an:

"Alle sind weg, das geht hier vor. Einfach abgehauen von Ihrem Scheißschiff."

Auch hier wendete Steiner die Wilson-Methode an, sein rechter Haken war eine Augenweide.

"So", sagte er scharf und sah in die Runde, "wer hat den Befehl zur Evakuierung gegeben?"

"Niemand", meldete sich ein großer, ruhiger Mann zu Wort, "Auf dem Schiff ging nach dem Donnergrollen in Windeseile das Gerücht um, die

Adonis wäre verloren. Auf einmal rannten alle zu den Aufzügen und weg waren sie."
"Stanton", brüllte der Admiral, "zum Interkom, auf den anderen Decks sollen ein paar Jäger warten."
Er meinte wohl mich. Ich beeilte mich zu dem Häuschen zu kommen, das neben der Paternosterbatterie stand. Ich wählte Deck 6 an und rief:
"Deck 6 von Admiral Steiner, sofort Evakuierung stoppen."
Ich erhielt keine Antwort.
"Deck 6", brüllte ich ins Interkom. Meine Nerven waren bis zum Äußersten gespannt, mein Verstand weigerte sich standhaft, das Unausweichliche zu akzeptieren. Nacheinander rief ich die anderen Decks, doch ich erhielt keine Antwort.
"Keine Antwort, Käpt'n", rief ich aus dem Häuschen heraus dem Admiral zu.
"Runter zu Deck 6, vielleicht reicht es noch."
Die Nervosität war wie weggeblasen. Wir rannten um unser Leben. Ich nahm gleich die nächste Kabine neben dem Interkom-Häuschen und kam als erster auf Deck 6 an. Ich sah mich um. Die automatischen Wartungseinrichtungen der Jäger ragte wie Mahnmale in die Höhe. Auf diesem Deck lagen keine Toten. die Flucht hatte hier geregelter stattgefunden.
Sie war jedoch schon abgeschlossen, Jäger standen keine mehr auf dem Deck. Ich setzte mich einfach auf den Boden, meine Beine versagten den Dienst. Nacheinander trafen die anderen ein. Steiner ergriff das Wort als erster:
"Sieht so aus, sitzen fest!"
Die Worte hallten unangenehm nach.

-- Kapitel Zwölf ---

"---"

Der Fluch, den einer der Techniker ausstieß, war nicht druckreif. Die Gruppe schwieg. Jeder hatte die Augen auf unendlich eingestellt und starrte vor sich hin. Nach einer Weile wandte sich einer der Offiziere an Steiner:
"Stimmt denn das Gerücht?"

"Welches Gerücht?", brummte Steiner.

"Daß das Triebwerk kaputt ist und wir manövrierunfähig sind?"

"Ja."

Der Offizier, er war noch ein junger Mann, schlug sich selber ins Gesicht. Blut schoß aus seiner Nase.

"Ich Idiot", schrie er, "ich hätte weg sein können, aber ich habe es nicht geglaubt."

Er begann hemmungslos zu weinen. Steiner zog ein Taschentuch heraus, legte es dem jungen Offizier auf die Nase und drückte den Kopf des Mannes an seine Schulter.

"Na kommen Sie schon, reißen Sie sich zusammen", sagte er väterlich.

Ich staunte. Das hätte ich Steiner nicht zugetraut, seine Fausthiebe waren keine blinde Gewalt gewesen, er hatte sie für nötig erachtet. Diesen jungen Mann hatte er anders eingeschätzt und auch anders behandelt. Er war ein großer Menschenkenner. Der junge Mann nickte und versuchte den Blutstrom aus seiner Nase zu stoppen. Er schluchzte nur noch leise. Steiner stieg in meiner Achtung. Keiner wagte es die nächste Frage zu stellen. Was jetzt, es schoß mir im Kopf herum. Auf dem Mutterschiff konnten wir nicht bleiben. In vier, fünf Tagen wären die Stromreserven verbraucht, es würde sehr bald eiskalt im Schiff werden. Wir würden der Sonne näher kommen und verglühen. Nein, halt, die vom Schiff geflüchteten Schiffe konnten ja Hilfe anfordern. Wenn sie die Begegnung mit den ikareischen Jägern überstehen würden. Und wer sollte uns holen, in den Kriegswirren würde keiner Zeit für so etwas finden. Ein anderer Gedanke ließ es mir kalt den Rücken herunter laufen. Wenn die Jägerpiloten glaubten, daß das Schiff geräumt wäre, würden sie keine Hilfe anfordern. Wenn wirklich nur etwa vierzig Leute übrig geblieben waren, schien das wahrscheinlich. Ich versuchte diesen Gedanken zu verdrängen. Steiner hatte sich Do auf die Seite gezogen und sprach auf ihn ein. Ich stellte mich in Hörweite und spitzte die Ohren:

"Do, wie zerstört ist das Triebwerk wirklich. Könnte man es noch einmal einschalten?"

"Schon, aber wozu?"

"Bis jetzt fliegen wir an Mechta vorbei. Eine kleine Kursänderung und die Adonis stürzt darauf ab."

"Schon, aber wozu?", wiederholte Do. Auch ich konnte mir nicht vorstellen, worauf der Admiral hinauswollte.

"Und wir steigen vorher aus."

Do sagte nichts. Mir sagte die Idee nicht zu. Das hieß doch nur, das unvermeidliche Ende weiter hinauszuziehen. Und es waren viel zu viele Unbekannte in der Rechnung. Würde das Triebwerk funktionieren? Wie sollten wir hier aussteigen? Ich schüttelte den Kopf. Steiner hob die Stimme.

"Leute, Treffpunkt Messe auf Etage 8. Habe einen Plan bekannt zu geben."

Sechsundvierzig Männer und Frauen versammelten sich eine Viertelstunde später in der Offiziersmesse. Als alle mit Getränken versorgt waren, stellte sich Steiner auf einen Tisch.

"Leute", begann er, "sind in einer ziemlich verzweifelten Lage. Werden wohl keine Hilfe von außen erwarten können. Viel zu viel Verwirrung im System. Das Schiff ist nicht mehr manövrierfähig, werden selber Hand anlegen müssen."

Bis dahin stimmte ich mit ihm überein. Ich sah in die Runde. Einige wunderten sich über den Sprechstil. Aber alle hörten gespannt zu, sie waren bereit nach jedem erdenklichen Strohhalm zu greifen."

"Also, müssen irgendwie vom Schiff kommen. In fünf Tagen fliegt das Schiff in die Sonne von Karretar. Jäger oder Beischiffe sind nicht mehr an Bord. Einzige Möglichkeit besteht darin, das Schiff auf Mechta abstürzen zu lassen und vorher auszusteigen. Das bringt Zeit, mindestens einen Monat.

In der Messe regten sich zahlreiche Zweifel. Einer formulierte sie:

"Warum warten wir nicht auf Hilfe?"

"Weil Sie nicht kommen wird", antwortete Steiner, "erstens sind die Jäger noch in Kämpfe verwickelt und zweitens Zeitmangel. Können auch auf Mechta warten. Wird übrigens keiner gezwungen, wer nicht mitmachen will, geht jetzt raus."

Das war deutlich. Es war keiner bereit aufzustehen und zu gehen.

"Aber Mechta ist eiskalt. Wir werden erfrieren", rief eine junge Frau.

"Dafür gibt es Schutzanzüge. Das ist der erste Punkt. Die Atmosphäre auf Mechta ist atembar. Brauche eine Gruppe von Technikern, die die Raumanzüge umrüsten, so daß die Luft von außen kommt und nicht aus den Tanks. Natürlich muß sie vorgewärmt werden. Wer kennt sich da aus?"

Drei Männer und eine Frau hoben die Arme.

Steiner wandte sich an die Frau.

"Wie heißen Sie?"

"Maat Magdalena Lopulescu."

"Gut, Sie erstatten Bericht über den Fortschritt."

"Wie sollen wir das Schiff verlassen, bevor es aufschlägt?", fragte jemand. Er erntete zustimmendes Gemurmel. Auch ich konnte mir nicht vorstellen, wie das geschehen sollte. Steiner nickte zu der Frage, als hätte er sie erwartet.

"Hatte daran gedacht, mit den Düsensäcken vom Schiff zu katapultieren und damit auch auf Mechta landen."

Der Düsensack war eine Art Rakete mit regelbarem Schub, die man sich auf den Rücken schnallte. Man konnte damit kurze Flüge unternehmen, er diente hauptsächlich zu Servicearbeiten außer Schiffs. Einer der Techniker, ein blonder Hüne, schüttelte den Kopf.

"Wir haben maximal fünfundzwanzig Sekunden Schub. Das reicht gerade zum Landen und das auch nur knapp."

"Könnten zwei Düsensäcke ineinander montieren."

Wieder schüttelte der Techniker den Kopf.

"Das wird zu schwer. Es ist besser, wenn wir uns ein Katapult bauen und die Düsensäcke nur zum Landen einsetzen."

"Könnten Sie so ein Katapult bauen?"

"Ich könnte es versuchen."

Steiner nickte.

"Wie heißen Sie?"

"Bootsmann Arne Thordahl."

"Gut, nehmen Sie sich so viele Leute, wie Sie brauchen. Ist noch ein Arzt hier?"

Eine Hand ging in die Höhe.

Steiner schien verblüfft.

"Ich hatte keinen Arzt erwartet."

Ich auch nicht, das Krankenhaus lag nur einen Steinwurf vom Jägerdeck Drei entfernt. Wir hatten Glück, daß hauptsächlich nur Techniker und Piloten geflohen waren, von den Leuten, die nicht auf den Jägerdecks waren, waren nicht alle weggekommen. Aber das Krankenhaus schien komplett abgehauen zu sein. Der Mann, er schien nicht älter als

fünfundzwanzig, grinste verlegen:
"Ich hatte mich verlaufen."
Die Tatsache, daß das Schiff überhastet besetzt worden war, erwies sich jetzt als Vorteil.
"Wie heißen Sie?"
"Igor Zabulotnov."
"Sie lassen sich was zur Ernährung einfallen. Legen Sie die Tornisterpackungen auf einen Monat aus und achten Sie auf ausgewogene, kräftige Ernährung. Nehmen Sie sich ein paar Leute. Aber denken Sie daran, daß auch noch anderes Gerät in die Tornister muß."
Der Mann nickte.
Wieder rief jemand dazwischen:
"Und was machen wir auf dem elenden Planeten? Eine Kolonie gründen?"
Ein paar Leute lachten verlegen.
"Das ist der nächste Punkt. Ist ein Elektroniker an Bord?"
Alle sahen sich um, aber keiner meldete sich. Steiner schien enttäuscht.
"Ist denn jemand da, der etwas davon versteht?", ließ er aber nicht locker.
Ein Arm hob sich. Er gehörte Wilson.
"Wilson, glauben Sie, daß Sie einen Sender bauen könnten?"
"Vielleicht, früher habe ich viel damit herumgebastelt."
Ich war verblüfft. Wilson hatte eine angenehme Stimme, wenn er nicht knurrte. Er schien sich verändert zu haben. Auch Steiner schien sich zu wundern, ließ sich aber nichts anmerken.
"Gut, versuchen Sie's."
Steiner hob die Hand und winkte mir zu.
"Zum Schluß möchte ich Ihnen meinen Kontaktmann vorstellen. Na, kommen Sie schon, Stanton."
Verdattert ging ich nach vorne und stellte mich auf den Tisch. Steiner fuhr fort:
"Das ist Cliff Stanton, er ist jederzeit über die Interkomtaste 'Mobil' erreichbar. Wenn Sie was brauchen oder Probleme haben, melden Sie sich bei ihm. Die Veranstaltung ist beendet. An die Arbeit."
Lautes Füßescharren erfüllte die Messe. Thordahl, Zabulotnov und die Lopulescu scharten ihre Leute um sich. Do und Ma, sowie ein paar

Männer und Frauen blieben übrig.

"Sie alle kümmern sich um das Triebwerk, Do, Sie übernehmen die Führung."

Do nickte und stand auf.

"Stanton, besorgen sie sich 'ne Mobile", sagte Steiner zu mir. Ich nickte.

"Äh, Käpt'n, auf welchem Deck sollen wir das Katapult aufbauen?", fragte Thordahl durch das Stimmengewirr.

"Nehmen Sie Deck Eins", rief Steiner. Er klopfte mir auf die Schulter und ich zog los, um mir eine Mobile zu besorgen. Die Mobile war eigentlich nur ein Kopfhörer mit einem Mikro, man war damit überall im Schiff erreichbar. Ich wußte, daß ich im Cockpit eine Mobile finden würde, also machte ich mich auf den Weg.

Im Cockpit öffnete ich ein paar Schränke. Natürlich fand ich die Mobile im letzten Schrank. Ich setzte auf und ging zum nächsten Interkom, um das Gerät zu testen. Ich drückte die 'Mobil'-Taste und verzerrte das Gesicht. Die Rückkopplung pfiff mir in voller Lautstärke in die Ohren. Ich schaltete ab und reduzierte die Lautstärke. Im Kopfhörer knackte es.

"Stanton", es war die Stimme von Steiner.

"Ja", meldete ich mich.

"Gehen Sie ins Cockpit und arbeiten Sie ein bißchen am Computer. Do will wissen, wann er wieviel Schub braucht, um auf Mechta herunterzukommen. Wenn Sie fertig sind, bringen Sie die Liste in den Maschinenraum, Galerie C. Haben Sie das?"

"Ja."

Steiner schaltete ab. Ich ging ins Cockpit und setzte mich an den Computer. Zuerst warf ich jedoch einen Blick auf den Radarschirm. In unserer näheren Umgebung war nichts zu sehen, die Ikareer schienen das Interesse an der Adonis verloren zu haben. Ich schaltete auf den Fernbereich um. Um Helena gab es einige Aktivität. Rote und grüne Punkte hielten sich die Waage. Plötzlich wurden die Wände grau, eine schwache Notbeleuchtung schaltete sich ein. Ich ging zu Mas Pult. Er mußte gerade dabei sein, die Stromsparmaßnahmen zu verwirklichen. Das Cockpit wirkte jetzt durch seine kahlen Wände kalt und fremd. Ich beeilte mich die Liste zu erstellen und machte mich auf den Weg in den Maschinenraum. Auf dem Gang, der um das Cockpit herumführte und auch nur noch schwach beleuchtet war, gab es eine Türe, die in den Maschinenraum führte. Ich öffnete sie und stand auf einer Art Galerie,

die sich rechts und links an der Wand entlangschlängelte. Vor mir erhoben sich riesenhafte Geräte und Leitungen, die jedoch schnell im Halbdunkel verschwanden. Von Zerstörungen war nichts zu sehen. Auch hier brannte nur eine spärliche Notbeleuchtung. Ich orientierte mich. Auf einem Schild neben der Tür stand Cockpit, das wußte ich schon. Auf der anderen Seite stand Galerie D. Ich mußte also eine Etage nach unten. Ich entschied mich nach links zu gehen und traf nach ein paar Schritten auf eine Treppe. Die eiserne Treppe verstärkte meinen Tritt, die Schritte hallten durch die Stille. Am Fuße der Treppe sah ich schwachen Lichtschimmer. Ich machte mich auf den Weg. Als ich näherkam, hörte ich die ersten Stimmen. Der Lichtschimmer kam aus einer Tür, die halb offenstand. Sie führte in den Serviceleitstand. Als ich eintrat, bemerkte ich gleich, daß die Stimmung schlecht war.
Außer Do und Ma waren noch etliche andere Leute da, Do sprach gerade mit Steiner. Ich trat neben Steiner und fragte:
"Probleme?"
Do wandte sich mir zu.
"Allerdings. Wir können das Triebwerk zwar einschalten, aber wir kriegen keinen Schub. Wir können den Materiestrahl nicht fokussieren."
"Wieso nicht?"
"Weil die Spulensätze verschmort sind. Wir brauchen ein sehr großes Magnetfeld, räumlich meine ich, und das schaffen wir nicht."
In meinem Hinterkopf läutete ganz schwach eine Glocke. Irgend jemand hatte mir einmal etwas über Magnetfelder erzählt. Natürlich, es war Wal gewesen, er war ja Physiker. Aber was war das gewesen. Krampfhaft versuchte ich mich zu erinnern, aber wie das so geht, je heftiger man versucht sich zu erinnern, desto mehr entgleitet einem der Gedanke.
"Da haben uns die Ikareer einen schönen Streich gespielt", sagte Do gerade.
Das war es, ein Streich. Ich mußte wohl ein Geräusch gemacht haben, denn Steiner faßte mich am Arm und fragte:
"Stanton, geht's Ihnen gut."
"Ja, danke. Do, ich weiß nicht, vielleicht ist es eine verrückte Idee, aber ein guter Freund von mir ist Physiker. Er hat mir einmal erzählt, sie hätten einem ihrer Dozenten einen Strich gespielt. Für irgendein Experiment hätte er eine Magnetfeldmessung machen müssen, er bekam dabei ständig völlig falsche Meßwerte. Er trug die Apparatur im Raum

herum, aber es funktionierte nicht. Mein Freund und seine Kommilitonen hatten um den ganzen Raum herum ein Kabel gelegt, durch das sie Strom schickten, sie erhielten so ein Magnetfeld, das über den ganzen Raum verteilt war und überall fast gleich stark."

Do stand unbewegt. Man sah im an, daß er auf Hochtouren überlegte. Seine linke Hand kratzte am Kopf, rieb auf der Stirn, fuhr über die Wange und blieb am Kinn hängen.

" 'Ne Helmholtz-Spule, das wär's noch."

"Was?", wollte Steiner wissen.

"Cliff, Sie hat der Himmel geschickt. Ich muß das noch durchrechnen, aber es könnte klappen."

"Was denn nun?", bohrte Steiner. Er schien den Zusammenhang zwischen Wals Streich und unserer Situation nicht zu sehen.

"Ich erkläre es Ihnen, wenn ich ganz sicher bin" , sagte Do und setzte sich an ein Terminal.

Gespannt sahen alle zu, wie Do auf dem Terminal herumtippte. Nach etwa fünf Minuten drehte er sich herum.

"Es klappt, wir kriegen Schub, nicht viel, aber wir kriegen Schub. Cliff, haben Sie die Liste?", sagte er. Er wirkte aufgeregt. Ich reichte ihm die Liste. Er überflog sie und wurde aschfahl.

"Was ist?", fragte ich.

"Wenn wir die Korrektur nicht bis in etwa zehn Stunden ausgeführt haben, brauchen wir sie gar nicht auszuführen."

"Dann fangen Sie an", sagte Steiner.

"Wir werden alle Leute brauchen."

Steiner zögerte kurz. Er schien zu überlegen.

"Stanton, haben Sie ausgerechnet, wieviel Zeit wir noch bis zum Absprung haben?"

"Etwa fünfzig Stunden, plusminus eine Stunde."

"Ok. Sie, Stanton, trommeln alle Leute zusammen. Und Sie, Do, bauen diese Spule, oder was auch immer, und teilen die Leute ein."

Ich machte über das Mobile die Durchsage und nach etwa zehn Minuten waren alle eingetroffen. Do hob die Stimme:

"Wir werden die nächsten zehn Stunden sehr schwer arbeiten müssen. Ich teile Sie jetzt in vier Gruppen ein. Wir werden Stahlteile zu einer großen Spule zusammenschweißen und so das Triebwerk wieder soweit gangbar machen, daß es für die kleine Kurskorrektur reicht."

Er teilte zählte immer elf Leute ab, ließ nur Ma und sich selbst aus. Aus einem Werkzeugraum holten wir uns etliche Schweißgeräte, Hämmer und Brecheisen und machten uns auf den Weg zu dem Platz, wo früher die Fokussierspulen gesessen hatten. Die Explosion hatte verheerend gewirkt. Dicke Stahlträger ragten, völlig zerfetzt, wild durcheinander. In den Wänden steckten große Stahlsplitter, die Reste der Spulen.

"Dort hinten lag der Hauptverteilerraum", Ma, der neben mir ging, senkte unwillkürlich die Stimme. 'Lag' war wohl das richtige Wort, denn an dieser Stelle fehlte die ganze Wand.

Ein großes Loch gähnte. Was dahinter lag, konnte man nicht sehen, hier war die ganze Beleuchtung ausgefallen. Ganz weit hinten leuchtete der graue Energieschirm, die Austrittsöffnung des Antriebsstrahls. Do und Ma stellten die mitgebrachten Scheinwerfer auf, die Szenerie wurde in gleißendes Licht getaucht. Wir standen in einem Saal von den Ausmaßen einer Turnhalle.

"Eigentlich liegen die Fokussierspulen etwas weiter hinten, aber dort ist der Strahldurchmesser zu groß. Hier aus diesem Schacht tritt der Strahl aus", er wies auf eine kreisrunde Öffnung in einer der Wände, "er hat hier einen Durchmesser von acht Metern, hier werden wir die Spule aufbauen, dadurch, das hinten jegliche Steuerspulen fehlen und weil wir zu weit vorne fokussieren, werden wir nur etwa zehn Prozent des ursprünglichen Schubs erreichen, deswegen müssen wir schnell fertig werden."

"So ein kleiner Strahl bewegt dieses Riesenschiff", rief jemand erstaunt aus.

"Nachher hat der Strahl einen Durchmesser von zweihundert Metern", erklärte Do lachend.

"Aber gibt es hier nicht eine ungeheure Strahlung", fragte eine helle Frauenstimme.

"Nur wenn das Triebwerk läuft. Aber jetzt an die Arbeit."

Die nächsten neun Stunden werde ich mein ganzes Leben lang nicht vergessen. Mir kamen sie wie neun Jahre vor. Aus den umliegenden Wänden schweißten wir Stahlteile heraus. Zusammen mit vorhandenen Rohren schweißten wir sie zu einer Spule zusammen. Jede Gruppe hatte einen eigenen Viertelkreis der Spule zu bearbeiten. Es war eine unglaubliche Schufterei und Schlepperei, aber keiner murrte. Keiner sprach, nur hin und wieder hallte eine Anweisung durch den Saal, die

Luft war erfüllt vom Zischen der Schweißgeräte und von den Schlägen der Hämmer. Irgendwann verstummte das letzte Schweißgerät und Steiner rief durch die Halle:
"Fertig, alle außer Stanton, Doheny und Mahoney haben acht Stunden Pause. Wir treffen uns in der Messe."
Ich stöhnte. Auch ich hatte eine Ruhepause verdient. Meine Arme spürte ich schon lange nicht mehr, mein Nacken schmerzte höllisch, jeder Atemzug fiel mir schwer, seitdem mich ein herunterstürzendes Stahlteil an der Seite getroffen hatte. Igor, der Arzt, hatte mir versichert, daß es kein Rippenbruch war. Auch den anderen war an den Gesichtern abzulesen, daß es ihnen kein bißchen besser ging als mir. Ich ging, nein, ich schleppte mich zu Steiner und fragte:
"Was denn noch, ich will ins Bett."
Steiner, der ja deutlich älter war als ich, sagte fast gut gelaunt:
"Müssen ja noch den Kurs korrigieren."
Steiner hatte wie wir gearbeitet, es schien an ihm heruntergelaufen zu sein wie Öl an einer Scheibe. Ich nickte mit dem Kopf, aber das handelte mir nur noch mehr Nackenschmerzen ein. Do kam dazu und sagte:
"Die Spule funktioniert, wir haben den gerechneten Wert etwa erreicht."
Auch ihm hingen die Arme herunter. Er hatte, genau wie Ma, für zwei gearbeitet.
"Dann los", sagte Steiner. Wir gingen hinter den anderen her, die bereits aufgebrochen waren. Do und Ma blieben im Serviceleitstand, um das Einschalten des Triebwerks vorzunehmen. Do drückte mir einen Zettel in die Hand.
"Hier sind die korrigierten Schubwerte drauf. Sag uns dann Bescheid."
Ich nahm die Liste und ging mit Steiner ins Cockpit. Die kahlen Wände bedrückten mich, ich hätte jetzt gerne ein bißchen die Sterne gesehen, aber wir hatten keine Zeit zu verlieren. Ich setzte mich an den Computer und berechnete die Dauer des Schubstoßes. Ich war müde und vertippte mich. Drei Millisekunden Schub gab der Computer an. Das konnte nicht sein, ich riß mich mit Gewalt zusammen und berechnete noch einmal. Ich nahm das Mobile.
"Do, fertigmachen zu 32 Sekunden Schub. Ich zähle an."
"Fang an zu beten", sagte Do.
"Fünf... Vier... Drei.... Zwei.... Eins.....Jetzt."
Ein dumpfes Grollen war zu hören. Das Triebwerk war angesprungen.

Lauf, lauf, feuerte ich es in Gedanken an. Auf dem Computer lief die Uhr. Noch zwanzig Sekunden. Noch zehn. Noch fünf. Noch zwei. Das Grollen verschwand. Zu früh. Ich schrie ins Interkom:
"Do, was ist los?"
"Aus und vorbei. Totaler Hitzschlag. Unsere Spule ist wohl weggeschmolzen. Hat es gereicht?"
"Ich weiß es nicht, es haben sieben Zehntel Sekunden gefehlt."
"Mein Jeinar."
Steiner trat neben mich. Ich rechnete mit dem Computer. Als das Ergebnis auf dem Bildschirm stand, klopfte mir Steiner spontan auf die Schulter. Ich stieß die angehaltene Luft aus und lehnte mich zurück. Die Adonis würde die Atmosphäre streifen, Mechta fast einmal umrunden und schließlich aufschlagen. Zwei Zehntel Sekunden weniger Schub und wir wären in die Ewigkeit unterwegs gewesen.
"Do, es hat gereicht."
"Toll." Aber Dos Stimme fehlte jeder Enthusiasmus, er schien völlig fertig. Ich schaltete Do ab, gab den Erfolg über Interkom an alle bekannt, schleppte mich zum Aufzug, fuhr in meine Kabine und fiel wie ein Stein aufs Bett.

Lautes Klopfen an meine Türe riß mich aus dem Schlaf. Ich warf einen Blick auf die Uhr. Ich hatte zehn Stunden wie ein Murmeltier geschlafen. Erneut klopfte es.
"Ja", rief ich, noch sehr verschlafen klingend.
"Guten Morgen, Stanton, es ist Zeit." Es war Steiner, der sehr munter klang.
"Ich komme."
Ich erhob mich vom Bett, das heißt ich wollte mich erheben. Laut schreiend fiel ich auf das Bett zurück.
"Ja, ja, der Muskelkater", hörte ich Steiner von draußen lachen.
"Ich brauche noch fünf Minuten", stöhnte ich.
"Ist gut."
Ich wälzte mich vom Bett und krabbelte in die Waschnische. Ich stellte dabei fest, daß ich in meiner Uniform geschlafen hatte. Ich strich sie notdürftig glatt. Die Erfrischung tat mir gut, ich war wieder in der Lage aufrecht zu stehen. Meine Rippe spürte ich kaum noch, ich hatte noch einmal Glück gehabt.

In der Messe war außer der Cockpitbesatzung noch niemand. Steiner grinste mich an:
"Na, geht's wieder. Rufen Sie mal die anderen."
Ich ging zum nächsten Interkom und nach und nach trudelte der Rest der Besatzung in der Messe ein. Als alle mit Frühstück versorgt waren, stellte sich Steiner auf den Tisch und hob die Stimme:
"Der erste Schritt ist geschafft. Haben die Kurskorrektur erfolgreich ausgeführt und werden in..." Er sah mich scharf an. Ich versuchte mich zu erinnern.
"Etwa dreißig Stunden", warf ich ein. Test bestanden, dachte ich.
"... in etwa dreißig Stunden auf Mechta aufschlagen", nahm Steiner den Faden wieder auf, "möchte jetzt von den einzelnen Gruppen hören, was sie bisher erreicht haben. Thordahl?"
Der blonde Hüne stand auf.
"Wir hatten natürlich noch nicht viel Zeit. Aber wir haben die ersten Teile bereits besorgt."
"Gut, Dr. Zabulotnov?"
"Was wir mitnehmen werden, ist bereits festgelegt. Wir fangen nachher gleich mit dem Zusammenstellen an."
"Gut, Frau Lupolescu?"
"Wir haben bereits einen Anzug umgerüstet. Es geht sehr einfach."
"Gut, werde mir nachher gleich einen ansehen. Werden Sie alle in der Zeit fertig?"
Allgemeines Kopfnicken.
"Erkläre die Versammlung damit für beendet. An die Arbeit."
Langsam leerte sich die Messe. Ich beschloß, mir zuerst die Arbeiten am Katapult anzusehen. Ich holte mir das Mobile aus dem Cockpit und begab mich auf Deck Eins. Eine Gruppe hatte sich Stahlträger besorgt und begann diese als Schienen zu verlegen. Sie führten in Richtung Energievorhang, verschwanden aber bald in der Dunkelheit. Wie im ganzen Schiff war die Beleuchtung auch hier spärlich. Nur da wo gearbeitet wurde, erhellten starke Strahler die Szene. Eine andere Gruppe arbeitete an etwas, was wohl der Wagen werden sollte. Plötzlich knackte es in meinem Lautsprecher.
"Cliff, melden Sie sich."
Es war Do. Ich sah mich um. Er stand etwa zehn Meter von mir an einem Interkom. Ich ging zu ihm hin und tippte ihm auf die Schulter. Er

fuhr herum und staunte mich an:
"Das ging aber schnell."
Ich grinste und fragte:
"Was gibt es denn?"
"Wir brauchen dringend Pläne vom Schiff. Speziell Elektroantriebe oder Hybridantriebe."
Ich runzelte die Stirn.
"Wissen Sie wo?"
"Nein, leider keine Ahnung."
"Ich schaue mich mal um."
"Es ist aber eilig."
"Ja, ist gut."
Ich ließ ihn stehen und ging zum Aufzug. Ich überlegte. An Kriegsschiffen war es üblich, Pläne auf dem Schiff zu deponieren. Aber wo? Wenn es der Bording nicht wußte, wer dann. Ich nahm mir vor, den Käpt'n zu befragen. Ich überlegte, wo sie wohl die Anzüge umrüsteten. Es gab eine Kleiderkammer, in der auch die sonst nicht benutzten Raumanzüge aufbewahrt wurden. Ich machte mich auf den Weg. Ich fand Steiner, als er gerade einen der umgerüsteten Anzüge ausprobierte.
"Kommen Sie, Stanton, sehen Sie sich das an", lud er mich ein.
Steiner steckte in einem der gewöhnlichen Raumanzüge. Sie trugen sich auch im luftleeren Raum sehr angenehm. Grund dafür waren geschickt integrierte Verstrebungen, welche die Bewegung fast nicht behinderten. Der Helm erlaubte Rundumsicht, er war aus einem sehr harten durchsichtigen Kunststoff. Er wurde magnetisch mit dem Halsring verbunden. An diesem Anzug neu war ein Ventil, mit dem man von Luft aus dem Kreislauf, die im Rückentornister biologisch aufbereitet wurde, auf vorgeheizte Außenluft umschalten konnte. Die Vorheizung geschah elektrisch. An Strom würde es nicht mangeln, eine chemische Batterie, die eine extrem energiehaltige Masse langsam und sauber verbrannte, würde den Anzug weit über einen Monat mit Strom versorgen können. Wenn nicht das Problem der Wasseraufnahme und der wöchentlichen Erneuerung der Bioluftaufbereitung gewesen wäre, hätte man den Anzug auch einen Monat tragen können, ohne ihn auszuziehen, denn eine Toiletteneinrichtung vergaste die Exkremente und schied sie geruchlos aus. Alles in allem sehr gut durchkonstruiert. Frau Lupolescu kam auf mich zu.

"Wenn Sie schon mal da sind, können wir gleich Ihre Maße nehmen",
sagte sie und wickelte mich in ein Maßband.
"Was", rief ich im Scherz, "maßgeschneidert bekomme ich den Anzug
auch noch? Würden Sie ihn auch für mich tragen?"
"Für Sie tue ich fast alles", lachte sie.
"Ich nehme Sie beim Wort."
Fast hätte ich meine eigentliche Aufgabe vergessen. Während ich noch
vermessen wurde, fragte ich Steiner:
"Wissen Sie, wo die Schiffspläne sind?"
"Die Schiffspläne?" Steiner schien verwundert. Er überlegte.
"Fragen Sie den Computer", riet er.
Ich verließ die lachende Technikerin mit einem Winken, aber nicht
einen Deut schlauer. Ich setzte mich, wieder im Cockpit, an den
Computer. Ich ließ mich von einem Menü durch die Tiefen der
Programme führen. Entweder war ich nicht clever genug oder die
Information war wirklich nicht im Computer gespeichert. Ich begann zu
grübeln. Wo hätte ich die Pläne auf dem Schiff untergebracht? Das erste,
was mir einfiel, war der Serviceleitstand. Aber ein Gefühl sagte mir, daß
sie dort nicht wären. Wieder einmal kreiste ein Gedanke in meinem
Hirn. Irgendwie tauchte immer wieder das Mobile vor meinem inneren
Auge auf.
Ich ging also an den Schrank auf dem Gang. Dort hing eine große
Mappe, die ich in die Hand nahm. Sie enthielt aber keine wichtigen
Informationen. Ich wollte sie gerade wieder zurückstellen, als mir der
Spalt in der Rückwand des Schranks auffiel. Der Knauf, der zu dieser
Tür gehörte, war hinter einem anderen Gerät verborgen. Ich räumte alles
beiseite und öffnete die Tür. Eingebettet in schützenden Stoff lag dort
eine Datenscheibe. Auf ihr stand nur der Name des Schiffes. Ich begab
mich zum Computer zurück und legte die Datenscheibe ein. Ein
Titelbild erschien, es zeigte die Adonis vor der Werft auf Raglan Drei.
Auch hier gab es eine Menüführung, sie enthielt alles, was das Herz
begehrte. Das war zuviel Information für mich. Ich kontaktierte Do.
"Do, ich habe eine Datenscheibe gefunden, auf der wohl alles drauf ist."
"Bringen Sie sie mit, ich habe hier ein Terminal."
Ich schnappte mir die Datenscheibe und brachte sie zu Do aufs Deck
Eins.
"Wie haben Sie die nur gefunden?", empfing mich Do.

"Nur Glück."

Do lächelte und nahm die Scheibe und steckte sie in das Terminal, das im Behelfsleitstand war. Die Techniker und Ingenieure scharten sich um das Terminal. Ich stellte mich im Hintergrund auf die Zehenspitzen. Do fand sich spielend damit zurecht.

"Das ist perfekt. Hier ist sogar eine Bibliothek der verwendeten Motoren."

Es begann eine eifrige Diskussion über den zu verwendenden Motor für das Katapult. Die Sache wurde mir zu technisch. Ich verdrückte mich und nahm mir vor, Wilson einmal bei der Arbeit zuzusehen. Ich rief ihn über das Mobile und ließ mir den Weg erklären. Er saß in einer Werkstatt und lötete an einer großen Platine herum.

"Hallo, Cliff. Nett, daß mal jemand hereinschaut", begrüßte er mich.

Ich war verblüfft. Wilson war nicht mehr wiederzuerkennen. Er knurrte nicht und nannte mich bei seinem Vornamen. Dabei fiel mir ein, daß ich seinen Vornamen gar nicht kannte.

"Wie kommen Sie voran, ..." Ich ließ den Satz absichtlich ein bißchen im Raum hängen.

"Bernhard. Sie können mich Bernie nennen."

"Bernie", echote ich. Mein Erstaunen wuchs. Was ein satter Kinnhaken ausmachen konnte. Oder hatte er seine Angst überwunden. Hatte er diese harte Maske nur gespielt, um sich dahinter verstecken zu können? Ich nahm mir vor, Steiner, den ich für einen guten Psychologen hielt, danach zu befragen. Er erklärte mir inzwischen seinen Sender.

"Wie weit reicht der denn?", fragte ich.

"Mit einer guten Antenne durch das ganze Sonnensystem."

"Ist ja erstaunlich."

"Ja, aber mit der gleichen Batterie, die unsere Anzüge einen Monat mit Strom versorgt, können wir gerade fünf Stunden senden."

"Nur fünf Stunden. Das reicht doch nie."

"Wir senden ja auch nicht kontinuierlich. Immer nur ein paar Sekunden ein Signal, dann Pause. So können wir fast zwei Wochen lang senden."

Ich nickte. Er strahlte große Kompetenz aus. In meinem Lautsprecher knackte es einmal wieder.

"Stanton, Steiner hier."

"Ja."

"Brauchen jetzt genaue Daten über Absprungzeit, Aufschlagzeit, die ganzen Orte, eine Karte unseres Landeplatzes. Fragen Sie Wilson, ob er Zeit hat."

"Ich bin gerade bei ihm."

Wilson verneinte, er müsse noch testen, habe auch noch ein Problem. Auf mich machte er den Eindruck, als ob er nicht mehr ins Cockpit zurückkehren wollte. Ich verabschiedete mich und ging ins Cockpit. Steiner erwartete mich. Ich berichtete ihm über die Fortschritte des Senders. Er verabschiedete sich bald, um mich in Ruhe arbeiten zu lassen.

"Viel Spaß beim Rechnen", wünschte er mir.

Ich arbeitete mit dem Computer. Den Aufschlagpunkt und die Aufschlagzeit hatte ich bald herausgefunden. Es blieben uns noch fünfundzwanzig Stunden. Die Adonis würde in einem Tal zwischen zwei größeren Gebirgszügen aufschlagen, die in Nord-Süd-Richtung ausgerichtet waren. Ich überlegte, wo wir wohl am besten aussteigen sollten. Ich rief auf Deck Eins an. Thordahl meldete sich.

"Ich brauche die minimale und die maximale Ausstiegshöhe."

"Wie minimal, maximal?"

"Na, was die Düsensäcke angeht."

Jetzt verstand er mich.

"Minimale Höhe gibt es nicht. Maximal sind es etwa tausend Meter."

Ich bedankte mich. Jetzt hatte ich einen großen Bereich zur Auswahl, da die Adonis einen sehr flachen Eintrittswinkel hatte. Ich überlegte, ob ich mich mit Steiner beratschlagen sollte. Ich entschied meiner inneren Stimme zu folgen und legte den Absprungpunkt in das westlich vom ersten Tal liegende Hochtal, nur wenige hundert Kilometer von der Adonis entfernt. Die Adonis trat ja auch ungeheuer schnell in die Atmosphäre ein und würde nur langsam abgebremst werden. Ich berechnete die genaue Absprungzeit. Als ich mit den Radarscannern den Planeten abtasten wollte, meldete der Computer eine Funktionsstörung. Ich rief Do an.

"Do, die Radarscanner sind kaputt, kann man da was machen."

"Das kann nicht sein", drang Dos Stimme aus dem Interkom, "ich frage mal Ma."

Er redete irgend etwas unverständliches nach hinten. Dann meldete er sich wieder.

"Kein Problem, Cliff, Ma hat die Radarscanner nur abgeschaltet, um

Strom zu sparen. Gleich sind sie einsatzbereit."

"Danke."

Eine Minute später saß ich plötzlich mitten im All. Die Sterne leuchteten wieder von Wänden und Decke. Mechta war als deutlich leuchtende Kugel voraus zu erkennen. Die Radarscanner und die Außensicht waren wohl gekoppelt. Ich genoß den Ausblick. Ich hatte sowieso noch eine halbe Stunde Zeit, bis sich Mechta soweit gedreht hatte, daß ich unseren Landepunkt abtasten konnte.

Die halbe Stunde verging wie im Fluge. Auf dem Bildschirm erschienen die ersten Abtastwerte, sie waren bereits grafisch aufbereitet. Ich entschied mich sowohl für die zweidimensionale Darstellung zur Entfernungsbestimmung, als auch für die dreidimensionale Darstellung zur besseren Orientierung. Die Karten zeigten einen Ausschnitt von etwa vierhundert Kilometern im Quadrat. Der Computer hatte alle Bergspitzen mit Namen bezeichnet. Auf der zweidimensionalen Karte fanden auch Höhenlinien und Höhenangaben. Ich speicherte die Daten auf einer Datenscheibe ab und begab mich zum Zentralcomputer, der zwei Decks tiefer lag, denn im Cockpit konnte ich die Karten nicht ausdrucken lassen. Auf dem Weg knackte einmal wieder der Lautsprecher des Mobile.

"Cliff, sind Sie's?"

Es war Magdalena Lupolescu.

"Ja, mein Engel", meldete ich mich.

Sie lachte.

"Sie Schelm, Sie", drohte sie mir im Spaß, "Wir haben die Anzüge fertig umgerüstet und möchten alle einweisen. Berufen Sie ein allgemeines Treffen im Versorgungsdeck ein?"

"Ich kann Ihnen keinen Wunsch abschlagen."

"Also bis gleich."

Ich schaltete ab, gab das Treffen durch und beschloß für mich, zuerst die Karten auszudrucken, damit ich sie gleich der Gruppe um den Arzt, die ja die Ausrüstungen für jeden zusammenstellte, aushändigen konnte. So kam ich relativ spät auf dem Ausrüstungsdeck an. Fast alle waren bereits gegangen. Dr. Zabulotnov war noch da. Magdalena sah mich vorwurfsvoll an.

"Ich dachte schon, Sie hätten mich versetzt?", klagte sie und drohte mir mit dem Finger.

"Aber ich komme doch nur wegen Ihnen", flachste ich.

Es war nicht nur Scherz, die lustige Technikerin gefiel mir.

Magdalena half mir in den Anzug. Auf der Brust prangte mein Namensschild. Sie strich den Anzug glatt, ihre Berührung war sanft.

"Paßt perfekt", stellte sie fest, nachdem sie mich von oben bis unten gemustert hatte. Sie stülpte mir den Helm auf den Kopf und verriegelte ihn.

"Jetzt atmen Sie Luft aus dem Tank. Mit dem Ventil rechts können Sie umschalten."

Sie legte den Hebel um. Das Geräusch der Luftumwälzung veränderte sich leicht.

"Mit dem Regler unter Ihrem Namensschild können Sie die Vorwärmung steuern."

Sie drehte an dem Rad. Die Atemluft wurde warm.

"Genug, genug", sagte ich, "Sie machen mich ja ganz heiß."

Sie lachte schelmisch und nahm mir den Helm wieder ab.

"Alles klar?", fragte sie.

"Bestens."

"Dann bringen Sie ihren Anzug, nachdem Sie ihn ausgezogen haben, auf das Jägerdeck."

Ich schälte mich aus dem Anzug und legte ihn zusammen. Dr. Zabulotnov war im Gespräch mit Steiner, der die Anprobe überwacht hatte. Ich gesellte mich dazu.

"Hier sind die Karten von unserem Absprunggebiet", sagte ich und drückte sie Dr. Zabulotnov in die Hand. Ein Exemplar gab ich Steiner, der sie gleich begutachtete.

"Wie ist denn das Wetter dort", wollte Steiner wissen.

"Zur Zeit schön, wenn wir landen wird es übrigens schon abend sein. Wir haben dann noch drei Stunden bis zur Dunkelheit."

"Haben Sie für den Absprung auch den Wind berücksichtigt?" Ich hatte natürlich nicht. Schnell überlegte ich mir eine Ausrede:

"Das, äh, das geht erst kurz vor dem Absprung. Sonst könnte sich da ja noch was ändern."

Steiner nickte, er schien zufrieden.

"Packen Sie die Karte in eine der Außentaschen, sie muß immer griffbereit sein", sagte er zu dem Arzt. Der nickte kurz und verschwand.

Ich schnappte meinen Anzug, lachte Magdalena noch einmal zu und

begab mich aufs Jägerdeck. Dort waren die Arbeiten vorangekommen. Thordahl stand da und starrte fasziniert auf den Schienenstrang der in der Dunkelheit verschwand. Ich stellte mich neben ihn.
"Na, kommen Sie voran."
Er schreckte hoch und sah mich an.
"Ja, ja, nicht schlecht. Der Schienenstrang ist fertig. Am Wagen und am Antrieb wird noch gearbeitet."
"Wozu haben Sie die Schiffspläne gebraucht?"
Er stellte fest, daß ich wirklich interessiert war und begann mir alles zu erklären. Der Schienenstrang war einhundertfünfzig Meter lang. An seinem Ende zog ein Elektromotor über ein Stahlseil den Wagen und konnte ihn so bis zum Rand des Jägerdecks beschleunigen. Die Pläne waren nötig gewesen, um einen Aufzug zu finden, der von einem ausreichend starken Elektromotor getrieben wurde. Auch das Stahlseil stammte aus einem Aufzug. Der Wagen hatte eine Stahlplatte als Chassis, an der zwei Achsen befestigt waren. Die Räder hatten zwei kunstfertige Hände aus einer Stahlsäule gedreht. Auf dem Wagen hatte die Gruppe um Thordal eine Art Treppe angebracht, die nach hinten anstieg. Auch die Leute in den hinteren Reihen sollten ungehindert aus dem Raumschiff geschleudert werden. Die Treppen dienten gleichzeitig als Stütze, denn Beschleunigung und Endgeschwindigkeit lagen sehr hoch. Der Wagen würde kurz vor dem Energievorhang durch einen Anschlag gebremst werden, die Massenträgheit würde uns aus dem Schiff katapultieren. Wir unterhielten uns noch ein bißchen weiter, am Ende des Gesprächs waren wir per du. Arne mußte weiterarbeiten, ich begab mich in die Messe, um dort etwas zu essen.
In der Messe traf ich Steiner, der gerade bei einer Mahlzeit war. Er sah auf und fragte:
"Wie lange noch bis zum Absprung?"
Ich sah auf die Uhr und war überrascht, die Zeit war wie im Fluge vergangen.
"Noch vierzehn Stunden." Wir waren bereits wieder sechzehn Stunden auf den Beinen. Die Spannung wuchs mit jeder Minute, die der Absprung näher kam, aber ich fühlte mich überhaupt nicht müde.
"Demnächst werden die Ausrüstungen fertig sein", sagte Steiner zu mir, "wie sieht's mit dem Sender aus?"
Ich schüttelte den Kopf. Von Wilson hatte ich schon lange nichts mehr

gehört. Ich rief Wilson über das Mobile und er sagte, der Sender wäre so
gut wie fertig. Ich hatte gerade aufgehört zu reden, da meldete sich die
Versorgungsgruppe:
"Alle Rucksäcke sind montiert und gepackt. Jeder soll jetzt seinen
Rucksack zum Jägerdeck tragen."
Ich gab das an alle durch und eine halbe Stunde später traf sich die
gesamte Besatzung in dem Lager, in dem die Gruppe um Dr. Zabulotnov
gearbeitet hatte. Mein Rucksack stand natürlich ganz hinten. Der
Düsensack war geschickt befestigt worden, man konnte ihn nachher
ganz einfach abnehmen und stehenlassen. Das war ein strenger Verstoß
gegen die Umweltgesetze des Karretarsystems und hätte unter normalen
Umständen Gefängnis eingebracht. Ich hatte jedoch in diesem Fall kein
schlechtes Gewissen. Ich öffnete den Rucksack und sah hinein. Ein
Werkzeugkasten, ein Lötkolben, ein paar Meßgeräte. Ich fragte mich,
was es auf Mechta zu reparieren gab. Steiner würde schon wissen, was
er tat. Neben den Werkzeugen fand ich die Signalfackel, die nur die
Leute aus dem Cockpit hatten, an einer von Ihnen sollten sich auf
Mechta alle sammeln. Diese Fackeln waren extrem hell, selbst in
dichtem Nebel sah man sie fast einen Kilometer weit. Des weiteren
lagen zwei Plastikschalen, die auf der Innenseite einen Bügel hatten. Ich
wunderte mich und fragte meinen Nebenmann:
"Wozu ist denn das?"
"Waren Sie vorhin nicht da? Das sind Schneeschuhe."
"Wozu?" Ich begriff nicht.
"Damit Sie sich auf Mechta besser bewegen können. Dort liegt der
Schnee meterhoch."
Ich war verblüfft. An was man alles denken mußte. Ich probierte die
Schneeschuhe an. Der Fuß paßte genau in den Bügel. Ich packte alles
wieder weg.
"Was haben Sie im Rucksack?", fragte ich meinen Nebenmann.
"Lebensmittel", sagte er.
"Ich habe gar keine."
"Doch, in Ihrem Anzug müßte eine Notration sein."
Ich bedankte mich für die Auskunft und wollte den Rucksack anheben.
Da fiel mir das Futteral auf, das am Rucksack befestigt war. Der Knauf
einer Waffe schaute heraus. Es genügte ein Blick, um die Waffe zu
erkennen.

"Und was ist das?"
"Steiner wollte das so", meinte mein Nebenmann. Er schnappte seinen
Rucksack und verschwand. Offiziell hieß die Waffe AR-1. Sie war
jahrelang geächtet gewesen; wie das Militär die Wiederzulassung dieses
Monsters erreicht hatte, war mir schleierhaft. Nicht nur, daß die Waffe
Explosivkugeln verschoß, gegen die die in meiner eigenen Waffe kleine
Knallerbsen waren, nein, mit diesem Höllengerät konnte man einen
nadelfeinen Plasmastrahl verschießen, unter dem alles verdampfte. Jeder
nannte die Waffe bei ihrem Spitznamen: Apokalypse, kurz Apo.
Besonders zynische Zeitgenossen verkauften sie auf dem schwarzen
Markt als Schneidbrenner. Ich überlegte, ob ich die Waffe an Bord
lassen sollte. Aber wieder war ich zu schwach nein zu sagen, ich hob
den Rucksack auf den Rücken und schleppte ihn aufs Jägerdeck.
Dort stand Steiner wie eine Ente, die ihre Jungen bewachte und sah den
Leuten zu, die ihre Rucksäcke hereintrugen. Als alle fertig waren, ergriff
er das Wort:
"Äh, haben jetzt, äh, noch zwölf Stunden bis zum, äh, Absprung."
Ich wechselte mit Ma, der in meiner Nähe stand, einen besorgten Blick.
Irgend etwas schien mit Steiner nicht zu stimmen.
"Die Katapultgruppe, äh, braucht noch etwa eine Stunde, die anderen
haben jetzt, äh, Pause bis zwei Stunden vor dem, äh, Start. Wer noch
duschen will, soll das, äh, jetzt machen, kann für lange Zeit das, äh,
letzte Mal sein."
Alle lachten. Unser Abgang war vorbereitet, jetzt begann eine neue
Phase. Die Spannung war den Gesichtern abzulesen. Seit Tagen stand
ich ständig unter Spannung, plötzlich wurde ich hundemüde. Ich schlich
in Richtung meine Kabine, war gerade noch in der Lage das Winken von
Magdalena mit einem Zwinkern zu beantworten. In meiner Kabine fiel
ich mit den Klamotten aufs Bett und schlief.

Ein lautes Klingeln über das Interkom weckte mich. Sofort sah ich auf
die Uhr. Noch anderthalb Stunden bis zum Absprung. In der
Waschnische griff ich Steiners Ratschlag auf und schrubbte mich noch
einmal kräftig ab, während meine Uniform durch den Reinigungs-
automaten wanderte. Danach sah ich wieder aus, wie aus dem Ei gepellt.
Einer Eingebung folgend nahm ich meine Zivilklamotten mit und ging
aufs Jägerdeck. Die meisten waren schon da und schlüpften in die

Anzüge. Das Jägerdeck war hell erleuchtet, Ma hatte wohl die Stromsparmaßnahmen aufgehoben. In der Ferne schimmerte der Energievorhang. Eine Spannung ergriff mich, die mich schaudern ließ. Das war eine Art Lampenfieber, das mich vor jedem größeren Ereignis, ja sogar vor einem Rendezvous erfaßte. Am besten ich ließ meinem Gehirn keine Zeit darüber nachzudenken und begann Rechenaufgaben zu lösen. Noch eine dreiviertel Stunde. Steiner stellte sich vor uns hin, er war bereits fertig ausgerüstet:
"Ok, äh, teilen wir die Plätze auf dem, äh, Wagen ein. Will vorher noch etwas, äh, sagen. Holt jeder mal seine Karte heraus."
Lautes Rascheln folgte.
"Werde versuchen den, äh, Fuß des Berges, der hier mit, äh, C6 bezeichnet ist, zu erreichen. Etwa in zweihundertfünfzig Meter Höhe. Hat das, äh, jeder."
Sein Sprechstil wurde zunehmend unrhythmischer.
"Werde dann, äh, die Signalfackel anzün-, äh, -den. Gesetzt den, äh, Fall, komme nicht unten an, dann, äh, übernehmen Sie das, äh, Do."
Do nickte, aber seine Gesichtszüge verrieten, auch er machte sich Gedanken.
Wir hatten uns alle früher Gedanken machen sollen, denn Steiner veränderte sich plötzlich. Sein Blick wurde starr, er begann heftig zu atmen. Keiner rührte sich. Steiners Mund öffnete sich und er begann zu schreien:
"Iiiiiiiiiich, miiiiiiiiiiiiiich", brüllte er und noch lauter, "iiiiiiiiiiiiiiiich."
Das letzte ' ich ' ging in markerschütterndes Brüllen über. Steiner rannte los, in Richtung Energievorhang.
Do reagierte als erster.
"Wir müssen ihn aufhalten", schrie er und setzte Steiner nach. Thordahl und der Arzt rannten ebenfalls hinterher. Doch Steiner war ein guter Sportler, es gelang ihnen nicht, ihm auch nur einen Meter abzunehmen. Immer noch laut schreiend tauchte Steiner durch den Energievorhang und verschwand.
Arne Thordahl, der schnellste der Läufer, bremste knapp vor dem Energieschirm. Selbst über zweihundert Meter konnte man sein Entsetzen erkennen. Jemand sagte leise:
"Au Backe."
Do, Zabulotnov und Arne Thordahl kamen zurück.

Wie konnte das nur passieren?", sagte Do zu dem Arzt.
"Sie wußten von dem Psychoblock?"
Do nickte.
"Ich kann mir nur vorstellen, daß der Psychoblock unter dem Druck, der Verantwortung, die auf ihm lastete, zusammengebrochen ist."
"Hätten wir was dagegen tun können?"
Dr. Zabulotnov schüttelte den Kopf. Alle schwiegen. Plötzlich schrie eine Stimme:
"Verdammt, er hatte den Sender!"

 -- Kapitel Dreizehn ---

Das blanke Entsetzen stand den meisten in den Gesichtern. Der Sender, unsere einzige Chance auf unsere Situation aufmerksam zu machen. Do rettete die Situation. Er übernahm die Führung, er übernahm sie sehr energisch. Er herrschte die schweigende Versammlung an:
"Aufsitzen, wir haben noch eine Viertelstunde. Die schweren nach hinten, die leichten nach vorne. Los, los, los."
Allmählich erwachten wir aus der Erstarrung. Doch wozu noch aufwachen. In einer Viertelstunde wäre alles vorbei, man bräuchte sich nur nicht zu rühren. Ohne Sender hatten wir keine Chance. In dem Moment zerrte mich Do am Arm.
"Los, Cliff, komm jetzt."
Ich reagierte und setzte mich langsam in Bewegung. Ich kletterte auf den Wagen. Die Katapultgruppe hatte sich einen Spaß erlaubt und eine Digitaluhr neben dem Wagen aufgestellt. Sie zählte rückwärts und stand gerade bei zehn Minuten und ein paar Sekunden.
Jetzt trat das Schiff in die Atmosphäre von Mechta ein. Es war nichts zu spüren, nur der Energieschirm begann sich rot zu färben. Schweigend kletterten alle auf den Wagen. Sieben Reihen gab es, ich stand in der vorletzten. Do gab die letzten Kommandos:
"Höhenmesser einschalten." An der unteren Helmkante wurde plötzlich eine Ziffer eingespiegelt. Noch war der Wert sinnlos, nachher würde er unsere Höhe über Grund anzeigen.
Dieses Meßgerät gehörte zur Standardausrüstung des Anzuges und diente normalerweise zur Entfernungsmessung im All, da man dort Entfernungen fast nicht schätzen konnte. Man konnte noch andere Daten

in die Helmscheibe einspiegeln, zum Beispiel Temperatur, Luftdruck und ähnliches. Ich las die Temperatur ab, 21 C, mir war trotzdem kalt.
"Auf Luft aus den Tanks umschalten", befahl Do. Ich kontrollierte mein Ventil, es war noch auf Außenluft.
"Am besten, ihr springt kurz vor dem Anschlag hoch", empfahl Thordahl von hinten, "das ist vielleicht sicherer."
Wir würden das Schiff nicht genau radial verlassen, die Schienen hatten einen Winkel von etwa dreißig Grad zur Flugrichtung. Noch zwei Minuten. Do stand vorne rechts und beobachtete die Schaltuhr.
"Helme aufsetzen und einrasten", kommandierte er, als die Uhr noch eine Minute anzeigte. Die Spannung überfiel mich wieder, diesmal halfen auch die Rechenaufgaben nicht. Ich schauderte, mein Nebenmann klopfte mir auf die Schulter und fragte:
"Ist was?"
"Nervös."
"Ich auch."
Do begann überflüssigerweise laut zu zählen.
"10 ... 5 ... 4 ... 3 ... 2 ... 1 ... jetzt."
Vom Energievorhang kam ein lautes Brummen. Der Elektromotor begann sich zu drehen. Das Stahlseil spannte sich. Für einen winzigen Moment schien es, als würde die Kraft des Motors nicht ausreichen, doch dann setzte sich der Wagen mit atemberaubender Beschleunigung in Bewegung. Das Metall, das meinen Rücken stützte, drückte mir eine Strebe des Rucksacks ins Fleisch. Die wenigen Sekunden, die die Beschleunigung dauerte dehnten sich endlos. Der Energievorhang schien auf mich zuzuschleichen. Plötzlich war er da, ich flog durch die Luft, ein glühender Schleier, ein großer schwarzer Schatten, der hinter mir verschwand. Ich hatte die Adonis verlassen.

Wie eine Feder im Sturm wirbelte ich durch die Luft. Der Sog, den die Adonis hinterließ, riß mich hoch. Immer noch hatte ich keine Kontrolle über meine Fluglage. Dann gewann die Schwerkraft die Oberhand und ich begann zu fallen. Meine Fluglage stabilisierte sich, ich konnte mich orientieren. Ich flog durch eine fürchterliche Nebelsuppe. Nur mit Mühe konnte ich meine Füße erkennen. Der Höhenmesser zeigte momentan 3.200 m, aber die Zahlen wurden rasend schnell kleiner. Ich erinnerte mich, was einer der Techniker gesagt hatte. Bremsung spätestens bei

150 m. Ich beschloß, bei 180 m die Bremsung einzuleiten, ich suchte den Schubregler und den Starterknopf des Düsensacks, sie waren an ihrem Platz. Mich beschlich ein ungutes Gefühl, der Höhenmesser sagte mir, daß ich rasend schnell war, meine Augen sagten mir, daß ich schwebte. Plötzlich fühlte ich auch die Kälte, kein Wunder, die Anzugheizung war auf die Temperatur der Adonis eingestellt gewesen. Ich drehte an einem Knopf auf meiner Brust, sofort wurde es wohlig warm. Der Höhenmesser zeigte 500 m. Ich spannte die Muskeln an und legte die Hand auf den Auslöseknopf. Als die erste Ziffer der Anzeige von der '2' zur '1' wechselte, drückte ich den Knopf. Der Düsensack sprang fauchend an, die Gurte zerrten an meinem Körper. Noch immer flog ich durch die Nebelsuppe. In achtzig Meter Höhe hörte der Nebel auf, viel heller wurde es aber nicht. Im Zwielicht sah ich eine öde, stark hügelige Fläche. Ich begann mit dem Schubregler zu spielen, um eine weiche Landung zu erreichen. Es klappte, gerade als ich aufgesetzt hatte, fingen die Raketen an zu spucken und erstarben. Ich atmete erst einmal tief durch. Ich hatte den vorhandenen Treibstoff bis auf den letzten Tropfen verbraucht.

Rums. Der weiche Schnee hatte unter meinem Gewicht nachgegeben, ich war bis zu den Hüften eingebrochen. Fluchend arbeitete ich mich heraus, nur um neuerlich einzusinken. Da erinnerte ich mich der Schneeschuhe. Ich durchwühlte meinen Rucksack, intelligenterweise lagen sie ganz unten. Mühsam steckte ich sie mir an die Füße. Und tatsächlich, ich sank nicht mehr ein und konnte mich ganz gut damit zu bewegen. Ich sah mich um, niemand zu sehen. Ich schaltete den Helm-Funk ein und rief:

"Hier Cliff Stanton. Ich bin weich gelandet. Hört mich jemand?"

Die Antwort bestand aus einem gleichmäßigen Rauschen. Meine Augen begannen, sich an das diffuse Licht zu gewöhnen. Ich sah, daß in einer Art Kessel gelandet war. Da konnte mich natürlich niemand hören. Im All funktionierte der Funk perfekt, aber in einem hügeligen Hochtal wie diesem, mußte man etwas nachhelfen. Ich stand direkt am Fuße eines solchen Hügels. Vielleicht klappt es von oben, dachte ich. Ich begann den Hügel zu erklettern, was trotz der Schneeschuhe recht mühselig war. Keuchend stand ich auf dem Hügel und ließ meine Blicke kreisen.

Bewegte sich da nicht etwas. Tatsächlich, eine Gestalt im Schutzanzug schlurfte vor mir durch den Schnee.

"He, du da vorne", die Gestalt zuckte zusammen, "ja du, dreh' dich mal um."
"Hier Arne Thordahl, Cliff, bist du's."
"Ja. Über dir. Warte ich komme runter."
Mehr rutschend als laufend stieg ich den Hügel hinunter und ging zu Thordahl.
"Hat gut funktioniert, dein Katapult."
"Wenigstens etwas. Kannst du in dieser Suppe was erkennen, vor meinen Augen verschwimmt alles."
"Gut ist die Sicht nicht."
"Wo sind wir eigentlich?", fragte Thordahl.
"Woher soll ich das wissen, man sieht keine Bergspitzen, an denen man sich orientieren könnte."
Während wir sprachen, drehten wir ständig die Köpfe, um ein eventuelles Leuchtfeuer oder eine andere Person zu sehen. Das würde sowieso schwierig werden, denn das graue Obermaterial der Anzüge verschmolz in diesem diffusen Licht mit dem Hintergrund, eher brauchbar als Tarnung.
"Hast du ein Freßpaket", fragte Thordahl mich plötzlich.
"Nur die Notration."
"Notration? Die mußt du mir zeigen."
Ich klopfte meinen Anzug ab. Nichts.
"Gehört in die Kategorie unbestätigte Gerüchte", meine Thordahl sarkastisch, "wenn uns jetzt das Futter ausgeht, ..."
Er beendete den Satz nicht.
"Schlamperei", schimpfte ich, "das gibt noch Ärger."
"Hee, ihr zwei", rief eine Stimme.
"Wo und wer sind sie?", sagte Thordahl.
"Bernie Wilson, hinter Ihnen."
Wir drehten uns um.
"Bernie", sagte ich zu der Gestalt, die auf uns zustapfte, "gut gelandet?"
"Geht so", antwortete er.
Thordahl dachte nur ans Essen.
"Haben Sie ein Freßpaket?", fragte er Bernie.
"Ja."
"Na, bestens." Er schien keine Probleme mehr zu haben.
Bernie hatte noch ein Problem.

"Sollen wir auf Dos Signal warten, oder selber eines anzünden."

"Wir warten noch", entschied ich, "in zwei Stunden bauen dann wir die Fackel auf."

Plötzlich wurde mir kalt. Ich sah auf das Thermometer. Innen +22 , außen - 79 , daran konnte es nicht liegen. Hinter mir schrie Bernie laut auf. Thordahl und ich fuhren herum. Keine zehn Meter vor uns stand ein riesiges weißes Tier, das mich an einen Eisbär erinnerte. Thordahl zog die Apo.

"Warte, vielleicht will er gar nichts von uns", hielt ich ihn zurück.

"Aber ich will", flüsterte er.

Wir standen vor einem absolut neuen Problem. Auf der Erde, aber auch auf den anderen Planeten, kannte man Tiere nur vom Fernsehen oder vielleicht aus den wenigen zoologischen Gärten. Aber die Tiere im Fernsehen waren weit weg und an den faulen, gut gefütterten Tieren im Zoo konnte man ihr Verhalten nicht gut studieren. Der Bär starrte uns an. War es nun Neugier oder Angriffslust? Zehn Sekunden lang starrten sich der Bär und die Menschen in die Augen.

"Schieß' in die Luft", flüsterte ich Thorwald zu. Er schoß. Der ohrenbetäubende Lärm ließ den Bären sofort vierzig Meter Land gewinnen. Aber richtig verjagt hatten wir ihn nicht.

"Vielleicht sollten wir ein Stück weitergehen", schlug Wilson vor.

"Nach Osten, aber sie behalten ihn im Auge ", entschied ich.

Langsam liefen wir einige Schritte. Der Bär folgte uns.

"Sollen wir ihm was zu essen geben?", fragte Wilson.

"Dann werden wir in nie mehr los", lachte Thordahl. Der Bär wurde zum Problem. Auf keinen Fall würde ich Gewalt anwenden, Ich starrte in die Gegend, eine furchtbar öde Gegend. Warum wurde mir schlagartig bewußt. Es gab keine Farben, nur Grautöne. Der Himmel mittelgrau, die umliegende Gegend hellgrau bis weiß. Wir standen in einer Art Talkessel.

"Machen wir, daß wir aus dem Kessel herauskommen, hier sieht uns keiner und wir sehen auch nichts."

Thordahl und Wilson nickten. Wir erkletterten mühsam die östliche Steilwand. Der Bär folgte uns mit zwanzig Meter Abstand.

"Wir tun so, als würden wir ihn nicht bemerken, dann verliert er bestimmt das Interesse", sagte Wilson.

Thordahl entdeckte das Signalfeuer als erster. Das grellweiße Licht schien am Himmel zu kleben. Vermutlich hatte Do es direkt unter der Wolkendecke angezündet.

"Na endlich", Wilson atmete hörbar auf.

Die Entfernung des Lichtes war unmöglich zu schätzen. Ich experimentierte mit dem Entfernungsmesser herum, die Anzeige schwankte zwischen fünfzehn und fünfzig Kilometern.

"He, ihr drei, hier ist Igor Zabulotnov. Wartet auf mich."

Noch einer, dachte ich, je mehr, je besser.

"Wo sind Sie, Dr. Zabulotnov", fragte Thordahl.

"Nennen Sie mich Igor. Ich bin genau rechts von euch. Mann, bin ich froh, daß ich jemand gefunden habe."

Wir drehten die Köpfe. Nur langsam tauchte die Gestalt des Arztes aus dem Grau auf.

"Da bin ich", sagte er fröhlich, als er uns erreichte. Hinter seinem Visier war sein grinsendes Gesicht zu erkennen. Augenblicklich lockerte sich die Stimmung auf. Thordahl und ich hatten düster dreingeblickt, trotz des Signalfeuers. Wir unterhielten uns noch ein bißchen, belangloses Zeug, einfach nur um zu reden und die Spannung abzubauen. Wir wollten uns gerade auf den Weg machen, als Igor fragte:

"Und wer ist das?"

Er zeigte auf den Eisbär, der während unserer Unterhaltung unbemerkt herangeschlichen war und jetzt etwa nur drei Meter hinter uns stand. Arne griff zur Apo.

"Nicht doch", sagte Igor, "der will doch nur ein bißchen spielen."

"Sind Sie da sicher?" Arne war es nicht.

"Ja, sehen Sie mal."

Er schnappte sich einen kleinen Eisbrocken und warf ihn dem Bär auf den Pelz. Der fuhr aus seiner Pfote ein paar fingerartige Tentakel aus, ergriff seinerseits einen Eisbrocken und warf ihn Bernie an den Helm. Der sagte automatisch "Au", und wollte sich an den Kopf greifen, doch seine Hand klatschte an die Scheibe. Wir begannen zu kichern und begriffen, daß dies kein Eisbär war.

"Das ist ein Schneehund", erklärte Igor, "die sind ungeheuer verspielt."

"Und ich habe das für einen Eisbären gehalten", stöhnte Arne.

"Ja, sie sind ähnlich, aber sein Kopf und sein Körper sind etwas kleiner und der Kopf ist auch anders geformt. Eisbären, wie wir sie von der Erde her kennen, gibt es auf Mechta nicht. Beachten Sie auch seinen

Schwanz, er ist sehr stark, der Schneehund setzt ihn als Schneebesen ein."
"Und wovon ernährt er sich?", wollte Arne wissen, der in jeder Lebenslage zuerst ans Essen zu denken schien.
"Man weiß es nicht, vielleicht können wir das beobachten."
"Glauben Sie ich sitze hier und beobachte Schneehunde", fragte Arne leicht gereizt.
"Ich nehme an, daß er uns sowieso nachläuft."
"Das tut er schon eine ganze Weile."
"Na, bitte." Igor schien zufrieden.
"Machen wir uns auf den Weg", brach Bernie die Diskussion ab und ging in Richtung des Signalfeuers davon. Wir folgten ihm. Und der Hund tappte hinter uns her.

Wir kamen nur langsam voran, das Marschieren durch den Schnee war doch sehr beschwerlich. Der Schneehund tappte in konstantem Abstand hinter uns her. Igor hatte sich einen Vorrat an Eisbrocken zugelegt, mit denen er den Bär bei Laune hielt. Der warf seinerseits Eisbrocken, die jedoch fast ausnahmslos Bernie trafen. Bis es diesem zu bunt wurde und er den Schneehund mit einem wahren Hagel von Eisbrocken eindeckte. Danach hatte er seine Ruhe, der Hund spielte nur noch mit Igor. Nach etwa zwei Stunden Marsch sagte Igor plötzlich:
"Seht mal, der Hund."
Wir drehten uns um. Der Schneehund hatte angehalten und schien mit der Nase in der Luft zu wittern.
"Was hat er vor?", fragte Arne ungeduldig, doch Igor unterbrach ihn mit einer Handbewegung. Der Hund senkte die Nase und begann am Boden herumzuschnüffeln. Nachdem er sich für eine Stelle entschieden hatte, begann er mit seinem Schwanz ein Loch in den Schnee zu graben.
"Faszinierend", Igor war begeistert. Der Schwanz erwies sich als äußerst nützliches Grabwerkzeug. In kürzester Zeit hatte der Hund ein etwa ein Meter tiefes Loch, das groß genug war, daß er darin stehen konnte, gegraben. Eine Eisfläche kam zum Vorschein. Der Schneehund ließ aus seiner Pfote einen spitzen Dorn ausfahren und begann damit die Eisfläche zu bearbeiten. Die Eisfläche bekam Risse und sprang. Blitzschnell räumte der Hund die Eissplitter beiseite. Ein springlebendiges Bächlein kam zum Vorschein. Sofort begann das

Wasser wieder zuzufrieren. Die wenigen Sekunden, die das Wasser offen war, genügten dem Hund, um mit dem Dorn ein fischähnliches Wesen aus dem Wasser heraus aufzuspießen. Wir waren zu erstaunt, um zu sprechen. Der Hund hatte den, ich nenne es mal Fisch, vor sich hingelegt. Igor machte ein paar Schritte auf den Hund zu. Der hob den Kopf und sah Igor an. Zum erstenmal sah ich richtig in seine Augen. Er hatte nußbraune, intelligent blickende Augen. Er musterte Igor damit ein paar Sekunden, ergriff den Fisch mit seinen Tentakeln und warf ihn Igor hinüber, der den Fisch geschickt auffing. Sofort machte sich der Hund daran, einen neuen Fisch aus dem Wasser zu holen. Mit seinem Dorn bearbeitete er das Eis.

Igor zeigte uns das seltsame Lebewesen. Es hatte keine Augen, war aber sonst einem irdischen Fisch sehr ähnlich, außer das er statt Schuppen eine glatte, ölige Haut hatte. Aus der vielen Anzugtaschen zog Igor ein Messer und schlitzte dem Fisch den Bauch auf. Ein einfaches Organsystem kam zum Vorschein. Igor warf es beiseite, nicht ohne einen Blick darauf geworfen zu haben.

"Nichts besonderes", brummte er. Er schnitt dem Fisch Kopf- und Schwanzteil ab und steckte ihn in eine Seitentasche seines Rucksacks.

"Tiefgefroren ist er ja", witzelte er.

Der Schneehund hatte sich gerade einen zweiten Fisch aus dem Wasser geholt und verspeist.

"Können Sie mir erklären, warum der Bach nicht bis auf den Grund zugefroren ist", wollte Arne von Igor wissen.

Ich setzte meinen Rucksack ab, entnahm dem Werkzeugkasten einen Schraubenschlüssel und kletterte in das Loch. Ich begann mit dem Schraubenschlüssel das Eis aufzuhacken. Da der Schutzanzug bis auf ein paar Kleinigkeiten von praktisch veranlagten Menschen konstruiert worden war, konnte man den Temperaturfühler abnehmen. Ich hielt ihn ins Wasser und beobachtete meine Helmanzeige.

"Das Wasser hat acht Grad plus, es muß hier warme Quellen geben", rief ich und wollte aufstehen. Da legte sich eine Pranke auf meine Schulter. Der Schneehund war in das Loch geklettert. Ich zuckte zusammen, doch die Berührung war sanft. Mit seiner anderen Pfote stieß der Hund ins Wasser und holte einen Fisch hervor, den er vor mich hinlegte. Wir brachen in schallendes Gelächter aus. Der Hund hatte wohl angenommen, daß ich mit dem Fühler fischen gehen wollte. Ich streichelte dem Hund den Kopf. Die ungewohnte Berührung ließ ihn zunächst erstarren, dann aber schien es ihm zu gefallen. Fortan wollte er ständig von mir gestreichelt werden, ich wurde ihn kaum noch los. Der eine Fisch schien ihm genügt zu haben, denn er zog Richtung Licht. Wir gingen weiter. Nach weiteren zwei Stunden schlug Bernie atemlos vor eine Rast zu machen. Dankbar stimmten wir zu, da Stapfen durch den Schnee hatte Kraft gekostet. Bernie griff in seinen Rucksack und verteilte ein paar Rationen.

In dem Anzug konnte man sogar im Vakuum Mahlzeiten von außerhalb zu sich nehmen. Er hatte eine Tasche im Brustbereich, die von innen und außen von luftdichten Lippen verschlossen wurde. Über eine Art nach innen gestülpten Handschuh konnte man, wenn man seine Hand hineinsteckte, die innere Lippe öffnen und die von außen in die, im Fachjargon Schleusentasche genannte, Einrichtung gelegte Nahrung entnehmen und zum Mund führen. Ein Sicherheitssystem verhinderte, das beide Lippen gleichzeitig offen stehen konnten. Wir aßen schweigend. Bis zum Licht war es noch weit, der Entfernungsmesser zeigte immer noch unsinnige Werte an.

 Das Licht verlosch.

"Und jetzt?", Bernie war schon wieder einer Panik nahe.

"Es ist ausgebrannt", sagte Arne ruhig, "sie werden gleich ein Neues anzünden."

Er hatte recht, nur wenige Sekunden später flammte ein neues Licht auf und begann hell zu strahlen.

"Gehen wir weiter", schlug ich vor. Die anderen nickten. Nach der Rast lief es besser.

"Eigentlich müßten wir Do schon rufen können", sinnierte Arne.

"Versuchen Sie's", ermunterte Igor.

Arne drehte seinen Sender auf volle Leistung. Ich reduzierte vorsichtshalber die Lautstärke meines Empfängers. Bernie tat es nicht, ihm knallte Arnes Ruf voll ins Ohr:

"Doheny, bitte melden, Doheny, bitte melden, hier ist Thordahl."

Ich drehte die Lautstärke wieder hoch. Gespannt warteten wir auf die Antwort. In den Lautsprechern begann es zu knistern und eine leise Stimme sagte:

"Hier Doheny, Thordahl, ich höre Sie schwach. Sind Sie allein?"

"Wir sind vier. Stanton, Zabulotnov, Wilson und ich."

"Wie weit sind Sie noch weg?"

"Schwer zu schätzen. Ich sende auf voller Leistung."

"Die Geräte sind nur auf den Weltraum ausgelegt. Haben keine große Reichweite hier auf dem Planeten. Sie werden wohl in zwei, drei Stunden da sein."

"Bis dann. Ende."

Ich beendete das Spiel mit dem Lautstärkeregler.

"Au, meine Ohren", stöhnte Bernie. Er schien der Situation nicht gewachsen, ich nahm mir vor ein bißchen auf ihn aufzupassen.

Die Stunden schleppten sich dahin, der einzige der gute Laune hatte, war der Schneehund. Bernie, der ihn als erster entdeckt hatte, hatte ihm einen Namen gegeben, wir nannten ihn jetzt Alfredo.

Alfredo lieferte entweder mit Igor Schneeball-, vielmehr Eisbrockenschlachten oder ließ sich von mir im Nacken kraulen. Arne und Bernie stapften mit mißmutigen Gesichtern vor sich hin.

"Haben Sie nicht genug vom Krieg", fuhr Arne den Arzt an, als er mit dem Hund wieder ein paar Salven austauschte.

"Das ist kein Krieg, sondern Spiel", verteidigte sich Igor. Aber man merkte ihm die Betroffenheit an.

"Das wollen wir doch mal sehen", sagte Arne, griff sich einen Eisbrocken und warf ihn mit voller Wucht dem Hund an den Kopf.

"Spinnen Sie jetzt? ", rief Igor total perplex.

Der Hund starrte Arne an, er schien ärgerlich zu sein. Er legte seine Pfote auf einen Eisbrocken und plötzlich zerschellte etwas an Arnes Helm. Er war so verblüfft, daß er hintenüber kippte und in den Schnee einbrach. Die Wurfbewegung war so schnell gewesen, man hatte weder sie noch das Geschoß gesehen.

Mit vereinten Kräfte zogen wir Arne aus dem Schnee. Man sah Igor an, daß er sich innerlich königlich amüsierte.

"Glauben Sie mir jetzt?", fragte er Arne, der, immer noch verdattert, nickte.

"Weiter geht's", sagte ich bestimmt. Ich hatte von der Stapferei genug und wollte endlich das Lager erreichen.

Ich schlug ein höheres Marschtempo an.

Das Licht wurde immer heller und allmählich tauchten aus dem Rauschen der Kopfhörer Stimmen auf, die sich unterhielten. Die Wolken hingen jetzt direkt über uns, ein sehr unheimliches Gefühl.

Auf einmal änderte sich die Farbe der Lichtquelle, mit jedem Schritt wurde sie ein wenig dunkler. Das klingt jetzt unlogisch, lag aber an der Helmscheibe, die ein automatisches Filter besaß. Im All war dies wegen der Sonnen eines Systems unerläßlich, hier kam uns die Funktion jetzt zu gute. Hätte man mit bloßem Auge in die Signalfackel geblickt, es hätte unweigerlich schwere Augenschäden nach sich gezogen.

Stetig steigend erreichten wir das Lager, das nur noch ein paar Meter unter der Wolkendecke lag. Ein paar Zelte waren aufgestellt. Sie waren wegen der Schutzanzüge zwar unnötig, aber Steiner hatte den psychologischen Vorteil richtig erkannt, man fühlte sich einfach wohler. Die Signalfackel war ein einer Teleskopstange befestigt und hing in etwa drei Meter Höhe. Sie war nach unten abgeschirmt, im Lager selber, sah man das Licht also nicht. Dennoch wurde das Lager von dem Streulicht, das von den Wolken zurückgestrahlt wurde, gut beleuchtet.

Gerade vor uns war eine andere Gruppe angekommen. Als die Leute im Lager Alfredo entdeckten, wären sie fast in Panik ausgebrochen. Offensichtlich waren sie keinem Schneehund begegnet. Schließlich kamen alle um ihn zu bestaunen und zu streicheln. Alfredo genoß es, der Mittelpunkt zu sein. Er ließ sich von allen kraulen, während Igor und Bernie erzählten, wie sie auf den Schneehund gekommen waren.

Eine halbe Stunde später kamen noch zwei, sie hatten schlechte Nachrichten. Sie berichteten von zwei Leichen, die sie gefunden hatten, beide hatten in der Katapultgruppe gearbeitet. Vermutlich waren sie mit ihren Düsensäcken nicht zurechtgekommen und abgestürzt. Do ließ eine Gedenkminute einlegen, sogar Alfredo, der unsere Gefühle zu spüren schien, senkte den Kopf. Nach einer Minute hob Do den Kopf.

"Wir sind jetzt auf Mechta, leider nicht mehr alle. Ich möchte diesen Planeten so schnell wie möglich verlassen. Durch eine Verkettung unglücklicher Umstände sind wir des Funkgeräts beraubt worden. Ich schlage deshalb vor, daß wir uns auf den Weg zur Absturzstelle der Adonis machen, dies ist unsere letzte Chance."

Ein Sturm der Entrüstung erhob sich.

"Was soll das? ... Warten können wir auch hier? ... Schwachsinn!" rief es durcheinander. Als Do sich wieder Gehör verschafft hatte, sagte er:

"Ich verstehe die Aufregung nicht. Wenn wir noch eine kleine Chance haben, dann nur bei dem Schiff. Vielleicht können wir uns aus den

Trümmern etwas zusammenbasteln."

"Das ist doch Schwachsinn", machte sich einer zum Wortführer, "Da ist ja wohl nichts mehr übrig."

Dieser Meinung war ich auch. Allerdings ist die kleinste Hoffnung immer noch besser als gar keine. Ich war dafür den Marsch zu wagen.

"Die wichtigen Systeme liegen in der Mitte des Schiffes. Sie werden unversehrt sein, stellen Sie sich doch mal die Größe des Schiffs vor", widersprach Do.

Was mir an ihm imponierte war, daß er versuchte die anderen zu überzeugen. Als dienstältester Offizier unserer Gruppe hätte er einen Befehl geben können. Aber er wußte wohl, daß sich so die Fronten nur verhärtet hätten. Sein Argument schien zu wirken.

"Warum sollten wir das machen, was sie wollen?", fragte einer renitent.

"Möchten Sie etwas vorschlagen?", fragte Do zurück. Der andere schwieg. Ich schwieg auch, denn ich glaubte nicht daran, daß uns das Schiff etwas nützen würde. Es war mit großer Geschwindigkeit auf den Planeten aufgeschlagen und es würde wohl tief im Boden stecken. Damit wäre es für uns nicht erreichbar. Do plante weiter:

"Wir hatten alle sehr viel zu tun. Da gleich die Dunkelperiode des Planeten beginnt, schlage ich vor, wir legen uns alle aufs Ohr und ruhen. Nächste Versammlung hier in acht Stunden."

Die Leute verteilten sich auf die Zelte. Bernie, Arne, Franz Moers, einer aus Arnes Katapultgruppe und ich teilten uns ein Viermannzelt. Ich legte meinen Rucksack auf den Boden, so daß ich ihn als Kopfkissen benutzen konnte. Unangenehm war lediglich die Tatsache, daß man den Anzug nicht ausziehen konnte, die Zelte waren nur notdürftig hergestellt worden und nicht klimatisiert. Auf dem Rücken des Anzuges saß aber das Lebenserhaltungssystem, man konnte nur auf dem Bauch liegen. Auf dem Bauch aber konnte ich noch nie schlafen. So lag ich die ganze Zeit wach, hörte die ruhigen Atemzüge der anderen und dachte über mein Leben nach. War es wirklich erst eine Woche her, daß die Gräfin uns einen scheinbar harmlosen Auftrag gegeben hatte. Was in dieser Zeit alles passiert war. Zuviel für ein Leben. Ich war absolut urlaubsreif. Nicht eine Sekunde verschwendete ich einen Gedanken daran, daß dieser Planet mein fast sicheres Grab werden konnte.

Irgendwann schlief ich wohl doch ein wenig, denn plötzlich rüttelte Arne an meiner Schulter und sagte:

"Cliff, auf geht's!"
Bleiern lastete die Müdigkeit auf meinen Schultern und Augenlidern.
Ich träumte von einem Eimer Wasser, es war ein sehr spartanischer
Traum, doch auch er sollte nicht in Erfüllung gehen.
"Brauchst du Streichhölzer?", lachte mir Arne ins Gesicht.
"Tu mir einen Gefallen und halt den Rand."
Arne lachte weiter. Er hatte gute Laune, ich nicht. Ich ließ mir etwas zu
essen geben und kaute lustlos auf der Komprimatnahrung herum. Do saß
vor seinem Zelt und brütete mit Ma und Arne über der Route. Ich sah
auf. Die Wolkendecke hatte sich gehoben, ohne ganz verschwunden zu
sein. Das Licht schien jedoch immer noch genau so diffus wie zu
unserer Ankunft. Man hätte nicht sagen können, welche Tageszeit es
war.
Hatte das Lager am Abend noch irgendwo unter der Wolkendecke
gelegen, lag es jetzt am Fuße eines seltsam geformten Berges. Er war
sehr hoch im Vergleich zu seiner Umgebung und wirkte wie ein
mahnend in den Himmel gereckter Finger. Rechts und links, oder
genauer nördlich und südlich des Berges lagen paßartige Einschnitte,
daran an schlossen sich in beiden Richtungen Berge bis an den Horizont.
Ich drehte mich um. Auch die Westseite des Tales bestand aus einem
endlosen Gebirgszug. Ich zog meine Karte hervor. Schnell hatte ich den
merkwürdig geformten Berg gefunden. Ich schätzte ab. Das Schiff war
in einem zu diesem Tal parallel verlaufenden Tal aufgeschlagen. Ich
schätzte die Entfernung auf etwa dreihundert Kilometer. Auf diesem
Schnee eine elendige Plackerei. Ich drehte mich rundum und genoß die
Gebirgswelt.
"Wir sind an diesem Berg", hörte ich Do gerade sagen, "und so, wie die
Karte aussieht, können wir den Gebirgszug auf der Südseite passieren."
"Das sehe ich genauso", antwortete Ma.
Ich ging zu ihnen hinüber.
"Haben alle gegessen?", fragte Do über Funk, "in zehn Minuten ist
Aufbruch."
Ein paar Leute waren bereits dabei, die Zelte abzubauen. Do gab über
Funk die Marschroute bekannt. Wir wollten gerade aufbrechen, als
Bernie rief:
"Wo ist Alfredo?"
Tatsächlich, der Schneehund war verschwunden.

"Wir haben keine Zeit, uns um einen Schneehund zu kümmern", wehrte Do ab.

"Wir haben alle Zeit der Welt", erwiderte Bernie ruhig. Do zuckte die Schultern. Bernie sah sich um, aber der Schneehund war nirgendwo zu sehen.

"Können wir jetzt?", fragte Do, schon ein wenig ärgerlich.

Bernie nickte und trottete los, den Hang hinauf. Die Gruppe setzte sich in Bewegung und folgte. Plötzlich kam der Schneehund von hinten herangespurtet, überholte die Gruppe und legte sich Do, der inzwischen die Führung übernommen hatte, direkt vor die Füße. Do blieb abrupt stehen, er wäre sonst gestolpert. Do schimpfte und machte einen Bogen um das Tier. Der Vorgang wiederholte sich, wieder warf sich Alfredo ihm in den Weg.

"Schaffen Sie das Vieh da Weg", sagte er scharf zu Bernie.

Doch Alfredo sträubte sich mit aller Gewalt.

"Wenn man das so sieht, möchte man meinen...", begann ich.

"...er möchte uns etwas mitteilen", vollendete Igor, der neben mir lief.

"Und zwar, hütet euch vor diesem Weg", warf Ma ein, der auch in der Nähe war. Igor und ich sahen uns an.

"Er hat recht."

"Jaaa, aber", sagte ich gedehnt, "wieso?"

"Vielleicht", mutmaßte Igor, "finden wir dort keinen Paß oder es lauern Gefahren."

"Erstens", beteiligte sich Do an der Diskussion, "weiß er nicht, daß wir einen Paß suchen und zweitens haben Sie ihn ein paar Stunden von hier aufgelesen, woher soll er wissen, daß hinter dem Berg Gefahren lauern?"

"Das würde bedeuten, daß er entweder ein riesengroßes oder gar kein festes Revier hat", gab Igor zur Antwort. Do schüttelte ungeduldig den Kopf.

"Ich werde Ihnen was sagen, er wird nur nicht allein sein wollen, das ist der ganze Grund. Wir gehen weiter."

Er schien keinen Widerspruch zu dulden Vielleicht hatte Do gar nicht mal so unrecht. Er drehte sich um und marschierte die Höhe hinauf. Alfredo lag inzwischen Igor vor den Füßen.

"Was soll ich nur mit dir machen?", sagte Igor gespielt unernst und stieg über den Hund hinweg. Alfredo blieb zurück, den Kopf gesenkt haltend.

"Das beunruhigt mich", sagte Igor.
"Vielleicht findet er in den Bergen nur keine Nahrung und kann uns deshalb nicht folgen", gab Arne zu bedenken.
"Es gefällt mir trotzdem nicht", sagte Igor kopfschüttelnd. Vorne stapfte Do unbeirrt seinen Weg.

-- Kapitel Vierzehn ---

Ich weiß nicht, wieviel Zeit zwischen meiner letzten Erinnerung und dieser vergangen ist, eine Woche, vielleicht auch zwei. Wir waren nahe am Wahnsinn. Zwei hatten Selbstmord begangen, was mich sonst zutiefst erschüttert hätte, prallte einfach an mir ab. Es wurde registriert und abgelegt. Das ständige Grauweiß vor den Augen, das diffuse Licht, keine Farben, ständiges Marschieren, all das summierte sich zu einem jede Phantasie und Freude abtötenden Alptraum. Keiner sprach mehr, die Mahlzeiten würgte jeder für sich in sich hinein. Trotz der Wärme der Anzüge und der sehr nahrhaften Ernährung waren wir ausgezehrt, geistig völlig leer. Einige bekamen Halluzinationen und ballerten sinnlos mit der Apo auf Felsen, die sie für Verfolger hielten. Schemenhaft erinnerte ich mich, dass Igor die Lage wieder in den Griff bekam. Ohne ihn und Do hätten wir uns wahrscheinlich gegenseitig zerfleischt.
Auf der Karte hatte das Gebirge, das wir durchquerten irgendwie schmäler ausgesehen. Irgendwann hatten wir jedenfalls Südkurs eingeschlagen, waren dabei aber in ein Sacktal geraten und mußten umdrehen. Meine Erinnerung setzte erst wieder richtig ein, als Do sich umdrehte und uns bedeutete, die Funkgeräte einzuschalten.
"In diesem Tal muß sie liegen", sagte er und wies mit der Hand auf eine Anhöhe. Als wir verständnislos dreinblickten, korrigierte er sich:
"Dahinter, meine ich."
Wir erkletterten langsam die Anhöhe. Vor uns öffnete sich ein weites Tal, ähnlich dem, das wir vor unbestimmter Zeit verlassen hatten. Im Süden sahen wir ein bisher unbekanntes meteorologisches Phänomen, es tobte ein fürchterliches Gewitter.
"Ein Gewitter auf Mechta", wunderte sich einer.
"Na, zu einem Gewitter gehört doch Temperaturgradient", stellte einer fest, "wo kann der herkommen."

"Von einem Feuerball, der vom Himmel fällt", sagte Ma bedeutungsvoll. "Die Adonis", schrie einer und rannte die leicht geneigte Anhöhe hinunter. Lautes Gebrüll erscholl und alle rannten hinter ihm her. Das Ziel, das einige Zeit nur in den Köpfen herumgegeistert war, war greifbar geworden. Die Strapazen fielen von uns ab. In blindem Taumel stürmten wir auf das Gewitter zu. Ich geriet ins Schwitzen, was die Klimaautomatik meines Anzuges wohl überforderte, den die Helmscheibe beschlug. Prompt stürzte ich. Aber danach hatte ich wenigstens einen klaren Kopf.

Es folgte fast noch ein ganzer Tagesmarsch. Auf einmal begann es zu schneien, wir hatten die Ausläufer des Unwetters erreicht. Fernes Donnergrollen erfüllte die Luft. Vor uns türmte sich eine bizarre Landschaftsformation auf, die aus Eis bestand. Ein paar von uns standen bereits in einer Gruppe und diskutierten:
"... wohl durch den Aufschlag verursacht", hörte ich Do sagen, "Der geschmolzene Schnee spritzte weg und erstarrte wieder."
"Also liegt hinter dem Eisberg die Adonis", stellte einer fest. Die anderen nickten zustimmend.
"Nichts wie hin", rief einer.
"Wir warten erst, bis wir alle vollzählig sind", entschied Do. Ich drehte mich um, die Gruppe war zerfallen, hinter mir kamen noch einige heran. Dabei fiel mein Blick auf die Temperaturanzeige "Minus zehn Grad", rief ich erstaunt aus. Für Mechta waren das geradezu tropische Temperaturen.
"Nicht zu fassen", sagte Igor, der neben mich getreten war, "Wie warm das wohl war, als die Adonis hier aufgeschlagen ist."
Do hatte genau Buch geführt.
"Wir waren acht Tage unterwegs, das wird ein ganz schöner Ofen gewesen sein", sagte er, "aber bis zur Adonis ist es noch ein Stück, dies hier sind ja nur die ersten Ausläufer."
Es war Ma, der es als erster sah. Völlig nüchtern meldete er:
"Raumschiff, achtzig Grad, Nordost."
Sein Finger deutete in die Luft.
Ein schwacher, schnell größer werdender Lichtpunkt hing am Himmel. Ohne Zweifel ein landendes Raumschiff.
"Rettung", brüllten einige und streckten die Arme gen Himmel, als

wollten sie das Raumschiff mit den Händen zu sich holen.
"Und wenn es die anderen sind", gab ich zu bedenken. Das Wort Feind
wollte mir nicht über die Lippen. Schlagartig war es still.
Do wandte sich an Bernie:
"Können Sie abschätzen, wo das Schiff landen wird."
Der blickte angestrengt in den Himmel und überlegte.
"Wenn man die Drehung des Planeten berücksichtigt", brummte er,
"würde ich sagen: hier!"
"Wir sollten uns eine Deckung suchen", schlug Arne vor, "in den
Eisformen sind einige Überhänge. Darunter kann man sich gut
verstecken."
Es gab nicht nur die Überhänge, auf die Arne gezeigt hatte, der ganze
Eisberg strotzte geradezu vor Überhängen und Nischen. So war es für
die Gruppe kein Problem sich zu verstecken. Die weißen Schutzanzüge
tarnten uns außerdem. Das Raumschiff hatte inzwischen erheblich Höhe
abgebaut, war aber immer noch nicht zu identifizieren. Arne kniete
neben mir unter einem Überhang. Er hatte die Apo aus dem Holster
gezogen und spielte mit dem Sicherungshebel. Ich dachte an seinen
Spruch ' Haben Sie nicht genug vom Krieg', den er zu Igor gesagt hatte,
behielt es aber für mich. Die Spannung wuchs. Röhrend kam das Schiff
näher und setzte nur etwa dreihundert Meter von uns zur Landung an.
"Scheiße", brüllte Arne, den Lärm übertönend, "es ist ein Ikarus-
Kreuzer."
Tatsächlich, auf dem Rumpf prangten die Hoheitszeichen des Planeten.
Daneben hatte jemand hastig ein imperiales Symbol angebracht. Ich war
verwirrt.
"Was wollen die hier?", rief Igor. Er schien genauso verwirrt wie ich.
Sauber setzte der Kreuzer auf. Guter Pilot, dachte ich anerkennend. Im
Gegensatz zu unserem Strato, der wie ein gewöhnliches Flugzeug
startete und landete, handele es sich bei diesem Kreuzer um einen
sogenannten Aufsetzer, der mit seinem am Heck angebrachten
Triebwerksdüsen landete. Unter dem Schiff war der Boden versengt.
Das Schiff ragte etwa vierzig Meter in die Höhe. In etwa zehn Meter
Höhe öffnete sich eine Klappe, eine Treppe schob sich heraus und
senkte sich auf den Boden.
Zwei etwas tappig wirkende Gestalten in gelben Schutzanzügen
erschienen in der Luke. Fieberhaft drehte ich an meinem Frequenzregler,

um ihr Gespräch abhören zu können.

"Fantastisch, dieses Gewitter, was meinen Sie, Jeschke", sagte eine etwas älter klingende Stimme mit Begeisterung. Ein Knurren antwortete: "Wirklich fantastisch."

"Wir müssen herausbekommen, wie das entstanden ist."

"Fragen Sie doch Mylnarczyk, er ist Meteorologe."

"Ach, Meteorologen", sagte die Stimme geringschätzig.

"Ha, ha, Sie als Zoologe müssen das gerade sagen."

"Nun geht schon", rief eine dritte Stimme, "wir wollen auch raus."

Wer das auch war, ikareische Soldaten waren es nicht. Meine Verwirrung wuchs.

Arne puffte mir in die Seite, er hatte mitgehört.

"Muß wohl so eine Art Expedition sein."

"Mit einem Kriegsschiff?"

"Weiß auch nicht."

"Was nun?"

"Keine Ahnung."

"Oh, nein, was hat er vor", fuhr Igor auf.

Do hatte sich aus seiner Deckung gelöst und strebte dem Schiff zu. Auch er hatte die Frequenz abgehört. Ich hörte ihn sagen:

"Meine Herren, entschuldigen Sie die Unterbrechung. Mein Name ist ..."

Weiter kam er nicht. Vor ihm zerplatzte eine Explosivkugel, die Druckwelle zerschmetterte seinen Helm. Drei Gestalten mit Druckschilden stürzten an den verdutzten gelben Gestalten vorbei ins Gefecht. Arne reagierte als schnellster. Mit der Apo nahm er die drei Gestalten unter Beschuß. Sie wichen zurück, ihre aus durchsichtigem, hochfestem Kunststoff bestehenden Schilde waren gut gegen einfache Explosivkugeln, direktem Apobeschuß hielten sie nicht stand. Do lag besinnungslos auf dem Boden.

"Ausschwärmen", brüllte Ma, "die kreisen wir ein."

"Gib mir Feuerschutz", wies mich Arne an. Gemeinsam mit Igor stürzte er aus der Deckung. Nur mit Widerwillen benutzte ich die Apo. Ich zielte so hoch, daß bestimmt niemand getroffen werden konnte.

Die Wissenschaftler bewiesen ausreichende Lebensfähigkeit und warfen sich am Fuße der Treppe flach auf den Boden. Vierzig gegen drei, dieser Übermacht waren die Männer des ikareischen Kreuzers nicht gewachsen. Nach einer Minute ließen sie die Waffen fallen und hoben die Hände.

Igor und ich rannten zu Do hinüber. Er mußte sich wohl kurz vor der Druckwelle instinktiv umgedreht haben, was ihm das Augenlicht gerettet hatte. In seinem Hinterkopf steckten ein paar Splitter. Er blutete aus mehreren Schnittwunden. Igor rief laut:

"Los, anpacken, im Schiff kann ich ihn verarzten."

Arne hatte das Kommando übernommen.

"Ma, Sie nehmen die Gefangenen und sperren sie irgendwo ein. Cliff, Moers, ihr kommt mit ein paar Leuten, vielleicht sind im Schiff noch welche."

Gemeinsam mit Bernie und noch ein paar anderen enterten wir das Schiff. Das zylinderförmige Schiff hatte einen Durchmesser von etwa fünfzehn Metern. Dies entsprach der Ausdehnung des ersten Stockwerks, daß wir betraten. Hier waren zwei Luftkissenboote und sonstiges sperriges Expeditionsgut untergebracht. Ein Aufzug und eine eiserne Leiter führten in der Mitte nach oben.

"Bernie, blockieren Sie den Aufzug, wir nehmen die Leiter", wies ihn Moers an. Er stürmte als erster die Leiter. Ich folgte ihm. Bernie hatte inzwischen einen Koffer in die Aufzugtüre geklemmt und folgte uns. Es folgten zwei komfortable Wohndecks. Ein seltsamer Kreuzer, mußte ich denken. Offensichtlich ein Frachter, der militärisch ausgerüstet wurde. In einem saß eine Gruppe von sechs Wissenschaftlern, die von der Landung noch gar nichts mitbekommen hatten. Sie waren in eine hitzige Diskussion verwickelt, die wir zu ihrem Leidwesen unterbrachen. Es folgten weitere Decks, jedoch alle leer. Etwa zehn Meter unter der Spitze lag das Cockpit. Der Kommandant hatte das Geschehen beobachtet und saß ruhig in seinem Sessel. Er trug eine imperiale Uniform.

"Ich möchte nicht als Held sterben", sagte er, als er seine Waffe übergab.

Zwei Stunden später. Wir hatten uns der Anzüge entledigt, uns geduscht und die Kleider gereinigt. Im ersten Stockwerk in der Halle waren alle versammelt. Die vier Besatzungsmitglieder, elf Wissenschaftler und unsere Gruppe. Do war noch sehr blaß, aber wieder auf den Beinen, sein riesiger Verband mutete seltsam an. Mahoney stand in der Mitte der Versammlung und ließ keinen Zweifel daran, wer der Chef im Ring war.

"Zunächst möchte ich wissen, was einen imperialen Offizier veranlaßt, auf imperiale Leute zu schießen?"
"Es handelt sich um ein Mißverständnis, wir wurden bei unserem Abflug gewarnt, es könnte noch Berührung mit versprengten ikareischen Kommandos geben. Meine Leute sind sehr unerfahren", verteidigte sich der Kommandant, des Schiffes, Leutnant Karisson, "ich habe mich bereits in aller Form bei ihrem Offizier entschuldigt."
Ma nahm es mit einem Nicken zur Kenntnis. Ich glaube nicht, daß er es so ruhig hingenommen hätte, wenn Do wirklich etwas passiert wäre.
"Und wieso fliegen Sie im Krieg als Imperialer in einem ikareischen Kriegsschiff herum."
"Ich muß da was richtig stellen", mischte sich energisch einer der Wissenschaftler ein, der der Leiter der Expedition war und sich mit Antonio Cerezani vorgestellt hatte, "der Krieg ist seit drei Tagen vorbei. Eigentlich hätten wir diese Expedition bereits vor zwei Tagen antreten sollen, aber dieser Zwischenfall hatte unsere Abreise verschoben."
Zwischenfall! Er tat gerade so, als hätte man den Krieg nur geführt, um ihn zu ärgern.
"Dann hat das Imperium gewonnen", konstatierte Ma.
"Natürlich, hatten Sie etwas anderes erwartet?"
"Und man hat Ihnen nicht gesagt, in der Nähe von oder auf Mechta könnten Sie auf ein havariertes imperiales Schiff treffen?"
Sowohl der Wissenschaftler als auch der Offizier schüttelten den Kopf.
"Das wird ein Nachspiel haben", murmelte Ma und laut sagte er:
"Und wieso fliegen Sie in einem ikareischen Schiff?"
"Es gab kein anderes, das freigegeben war", antwortete Karisson, "und außerdem bietet es ideale Platzverhältnisse."
"Unser ursprüngliches Schiff wurde auf Helena bei einem Angriff zerstört", fiel Cerezani ein, "Zum Glück hatten wir unsere Ausrüstung bereits in Sicherheit gebracht. Wir haben zwei Tage um das Schiff gerungen, Auflage war, daß wir es mit imperialen Hoheitszeichen versehen mußten."
"Und gelandet sind Sie aus wissenschaftlicher Neugierde, nicht wahr?"
Cerezani nickte eifrig.
"Das Gewitter ist wirklich ein ungewöhnliches Phänomen, finden Sie nicht?"
Ein Männchen sprang auf.

"Genau, und jetzt hört endlich auf zu quatschen, ich will da raus und mir das Gewitter ansehen."
"Halten Sie den Mund", fuhr ihm Ma über den Mund. Er machte aus seiner Abneigung gegen die Wissenschaftler keinen Hehl.
"Sie werden verstehen, daß wir sofort von Mechta nach Helena zurückkehren werden."
Die letzten Worte gingen in einem Sturm der Entrüstung unter. Das Männchen und einige andere Wissenschaftler protestierten lautstark. Cerezani redete aufgeregt auf Ma ein.
"Das können Sie nicht machen. Das ist Entführung und Erpressung."
Ma ließ die Entrüstung abebben und sagte ruhig:
"Es gibt keine Diskussion. In zwölf Stunden hebt dieses Schiff wieder vom Planeten ab. Solange können Sie forschen, was und wo Sie wollen."
Er beendete die Versammlung. Die Proteste verhallten ungehört. Arne teilte die Wachen ein, ich war ausgenommen, da ich ja als einer der Piloten für den Kreuzer eingeteilt war. Magdalena Lopulescu kam freudestrahlend auf mich zu und umarmte mich.
"Wir haben es geschafft, ist das nicht toll?"
Etwas überrascht erwiderte ich die Umarmung.
"Ja, ein gutes Gefühl."
"Ich muß auf Wache", sagte sie, winkte kurz und verschwand.
Ich stand einen Moment unbewegt und überlegte, was ich davon halten sollte, dann machte ich mich auf die Suche nach einem Bett.

Acht Stunden später erwachte ich, es ging mir bereits viel besser. Der lange Marsch über Mechtas Gebirge schien nur ein böser Traum gewesen zu sein. In der Messe des Schiffs traf ich auf Ma und Do, die gerade beim Frühstück waren.
"Na, Do, wie geht's?"
"Danke, ich habe wohl Riesenglück gehabt. Gerade habe ich nicht einmal mehr Kopfschmerzen."
"Das freut mich."
"Cliff", sagte Ma, "nachher wollen wir uns mal die 'überlegene' ikareische Technik ansehen, kommen Sie mit?"
Ich willigte ein, Bernie und Arne schlossen sich auch noch an. Gemeinsam enterten wir den Maschinenraum. Bernie interessierte sich

für die Elektronik und nahm an einer der Wände eine Verkleidung ab.
"Sowas habe ich ja noch nie...", murmelte er vor sich hin, zog eines der
Module heraus und ließ es durch die Hände gleiten.
Ich stand wie vom Blitz getroffen. Ich hatte im Gegensatz zu Bernie so
eine Platine schon einmal gesehen. In den Händen von Mitch Brandon
im Hauptquartier des Albula Trust auf Axus.

-- Kapitel Fünfzehn ---

Schlagartig wurde mir alles, aber auch alles klar. Bernie sah mich
prüfend an:
"Ist was?"
"Nein, nein."
Ich ging aus dem Maschinenraum, nein, ich stürzte hinaus ins Freie. Die
kalte Luft ließ mich frösteln, aber ich registrierte es nur, ohne daß es
mich störte. Alles lag offen vor mir. Das Motiv für den Tod von Armin
Battaglia lag klar auf der Hand, er mußte wohl genausoviel gewußt
haben wie ich jetzt. Vielleicht hatte er versucht Brandon zu erpressen.
Die Jagd auf uns auf Cypres 6, das Ziehen der Waffe auf Axus.
Brandons Plan war in seiner Einfachheit genial und teuflisch zugleich.
Er verkaufte modernste, überlegene Waffentechnologie an einen
Planeten. Vielleicht hatte er den Krieg sogar mit angestiftet. Gewann der
Planet den Krieg, hätte Albula und damit Mitch Brandon die Herrschaft
über das Imperium gewonnen, sollte der Krieg verloren gehen, stimmte
wenigstens der Absatz. Eine unglaubliche Menschenverachtung.
Hardy hatte wohl recht gehabt, als er über eine geheime Sprungstelle
spekuliert hatte. Nur so konnte Albula Ikarus mit der Technik versorgen.
Und dreist wie Brandon war, ließ er sich die Entwicklung der neuen
Supercomputer vom imperialen Militär bezahlen. Und es würde für
Albula kein Problem sein, innerhalb einiger Monate oder Jahre, tausende
von Jägern zu produzieren. Die Rohstoffe mußten aus dem Raumgebiet
hinter der Sprungstelle stammen, vielleicht von einem dort entdeckten
Planeten. Battaglia mußte, er ging ja bei den Brandons ein und aus,
wenn er der Freund der Gräfin war, irgend etwas spitzgekriegt haben.
Aber was hatte er dann auf Axus gewollt? Einen Anschlag auf Brandon
verüben? Möglich. Und ich war in diese Sache völlig unbedarft

hineingestolpert. Mich überlief es kalt, das Leben meiner Freunde und mein eigenes hatten am sprichwörtlichen seidenen Faden gehangen. Aber warum hatte Brandon uns nach der Episode auf Cypres 6 kein Killerkommando geschickt. Hatte er uns für harmlos gehalten? Oder für endgültig eingeschüchtert? Oder war er vorsichtig geworden, weil Wal so schnell wieder aus dem Militärgefängnis rausgekommen war? Ich wußte es nicht. Nach unserem Besuch auf Axus muß sich diese Einstellung jedoch sofort dramatisch geändert haben? Durch die Flucht mit Schneiders Schiff mußte er uns für einen Moment aus den Augen verloren haben. Aber er hätte uns ja über unsere Freunde finden können. Oder war er dazu nicht mächtig genug? Das konnte und wollte ich nicht glauben. Er hatte da wohl einen Fehler gemacht. Die Einberufung zum Militär mußte mir also das Leben gerettet haben. Und Wal? Siedendheiß fiel mir der Freund ein. Hatte er sich in Sicherheit bringen können oder schwamm er bereits in irgendeinem trüben Gewässer mit einem Bleiklotz am Fuß?

Ich ließ mich einfach in den Schnee fallen und barg das Gesicht in den Händen. Warum mußte mir das passieren, warum nur? Warum mußte ausgerechnet ich mich mit einem der mächtigsten Männer im Imperium anlegen? Langsam wurde mir eiskalt, aber das störte mich nicht. Über zwei Dinge war ich mir klar. Clifford Stanton war tot, ich mußte meine Identität ändern. Und wenn Wal, Pat oder Tim etwas zugestoßen wäre, würde mich kein Gesetz und kein Glaube des Universums daran hindern, Brandon eine Kugel in sein verrücktes Hirn zu jagen. Was war nur mit mir los? Sonst war ich doch gegen den Tod. Aber gleich darauf überfiel mich wieder die Mutlosigkeit. Wer war ich denn? Ein kleiner Privatdetektiv, der nicht einmal er selber sein durfte.

"Cliff, alles in Ordnung", sagte eine sanfte Stimme. Nichts war in Ordnung, gar nichts. Aber woher sollte die Stimme das wissen. Ich öffnete die Augen und sah über mir einen besorgten Igor:

"Fehlt Ihnen etwas?"

"Nein, nein, danke, alles o.k.", erwiderte ich und rappelte mich auf.

"Es muß doch einen Grund geben, daß Sie hier in der Eiseskälte im Schnee herumliegen."

Oh ja, es gibt einen Grund. Ich war nahe dran, mich Igor anzuvertrauen, aber ich unterließ es. Es reichte, wenn mein Leben in Gefahr war.

"Es ist gut", sagte ich.

Igor war nicht überzeugt, aber er wollte nicht weiter in mich dringen. Ich sah auf die Uhr. In zwei Stunden würden wir diesen ungastlichen Ort verlassen. Ich hatte einen Plan gefaßt. Einer der beiden, die beim Absprung von der Adonis ihr Leben verloren hatten, war in meinem Alter gewesen, vielleicht sogar ein bißchen ähnlich in Statur und Körpergröße. Ich würde seinen Namen annehmen und Clifford Stanton auf Mechta zurücklassen. Doch zuerst mußte ich mir die genauen Daten besorgen. Ich fragte mich zu einem seiner Freunde durch und zog ihm sehr behutsam all das aus der Nase, was ich für meine neue Identität benötigte.

Kurz vor dem Start gab es noch einmal Aufregung. Die Wissenschaftler weigerten sich an Bord zurückzukehren. Sie veranstalteten vor dem Raumschiff eine Art Sitzstreik. Leutnant Karisson hatte sich auf unsere Seite geschlagen und versuchte zusammen mit Ma die Wissenschaftler zu überreden. Als alle Überredungskünste nichts halfen, griff sich Arne Thordahl den fast zwei Köpfe kleineren Cerezani und trug ihn wie ein kleines Kind an Bord. Die anderen Wissenschaftler waren daraufhin so verblüfft, daß sie jeden Widerstand aufgaben und widerspruchslos an Bord gingen. Ich hatte die Szene aus dem Cockpit beobachtet, schloß per Knopfdruck die Luke, ließ das Treibwerk anspringen und den Kreuzer in den grauen Himmel von Mechta starten.

Helena verdiente den Planeten, den er in Anlehnung an eine antike Schönheit erhalten hatte. Es konnte im bekannten Universum wohl keinen schöneren Planeten geben. So mußte die Erde ausgesehen haben, bevor der Mensch sie sich Untertan machte. Beim Herabschweben auf den Raumhafen genoß ich das Panorama. Eine sehr umsichtige Besiedlungspolitik und äußerst strenge Umweltvorschriften hatten die Schönheit des Planeten erhalten, seit er vor achtzehn Jahren besiedelt worden wahr. Die Hauptstadt Helena City lag umgeben von einigen bewaldeten Höhenzügen an einem ausgedehnten, glasklaren See, der über einen Fluß mit dem von fern herüberglitzernden Meer verbunden war. Die Stadt´selber bestand nur aus ein- oder zweistöckigen Häusern. Der Raumhafen lag etwas abseits inmitten üppiger Vegetation. Die Spuren der menschlichen Zivilisation fügten sich behutsam in das bestehende Bild ein. Die Planer dieser Stadt hatten gute Arbeit geleistet.

Als das Raumschiff gelandet war, begab ich mich in meine Kabine und
holte meine Zivilklamotten aus dem Rucksack. Ich war jetzt froh, daß
ich sie mitgenommen hatte. Denn ich hatte vor, mich von den anderen
abzusetzen, nicht, daß mich jemand noch verraten würde und sei es
unabsichtlich. Ich wollte ganz sicher gehen. Als ich die Kabine
verlassen wollte, trat Magdalena in die Tür.
"Kommen Sie, wir gehen", forderte sie mich auf. Puuh, wie sollte ich ihr
das erklären. Ich faßte sie am Arm.
"Ich kann nicht mit. Ich muß mich noch ein paar Tage auf dem
Raumhafen verstecken. Bitte verstehen Sie das."
Sie bekam große Augen.
"Werden Sie von der Polizei gesucht?"
"Nein, jemand will mich umbringen."
"Wer?"
Ich wand mich wie ein Wurm. Ich wollte sie nicht belügen und
entschied auszuweichen.
"Sagen Sie Do, er soll nicht auf mich warten."
Sie nickte mit dem Kopf, aber sie schien enttäuscht.
"Besuchen Sie mich mal, wenn Sie auf Axus sind, Sie müssen meine
Familie kennenlernen."
"Sie wohnen auf Axus?"
"Ja, ich bin dort stationiert."
"Gut, ich verspreche es Ihnen."
Ich ließ sie stehen und verließ das Schiff. Abschiedsszenen mag ich
nicht, auch wenn eigentlich gar nichts gewesen war. Aber irgendwie
fühlte ich etwas für sie. Nein, Liebe war es nicht, eher so ein Bruder-
Schwester-Gefühl, es war einfach schwer zu beschreiben.
Es gelang mir, ungesehen das Schiff zu verlassen. Ich mochte keine
Fragen beantworten. Ich ging ein bißchen zur Seite und peilte die Lage.
Ich mußte irgendwie durch die Einreisekontrolle kommen, aber wie. Ich
beschloß, erst einmal die anderen gehen zu lassen und sie zu
beobachten. Ich ging an der Umzäunung entlang, um mir einen Platz zu
suchen. Ich hoffte nicht allzusehr aufzufallen, aber die Leute, die hier
arbeiteten, hatten alle soviel zu tun, daß sie nicht auf einen Fremden
achteten. Die Umzäunung war nicht nur eine territoriale Grenze, sondern
auch eine politische. Hausrecht auf dem Raumhafen hatte wie bei allen
Raumfahrteinrichtungen das Militär, der Hafen wurde jedoch zivil

verwaltet. Hinter dem Zaun begann Helena, das der örtlichen Verwaltung unterstand. Ich kam zu einer Stelle, an der Gerümpel aufbewahrt wurde. Hinter einem alten, nicht mehr benutzten Transporter, ein paar leeren Kisten und einem verrostetem Helikopter, ging ich in Deckung. Hier nahm man es mit den Umweltvorschriften wohl nicht so genau. Mir sollte es recht sein. Hinter dem Transporter auf einer Kiste hockend, beobachtete ich, wie meine Gefährten einer nach dem anderen den Raumhafen verließen, in einen bereitstehenden Polizeitransporter stiegen und mit diesem in Richtung Innenstadt davonfuhren. Der Polizeitransporter verwunderte mich. Hatten wir etwas verbrochen, oder hatte da Brandon schon wieder seine Finger im Spiel. Nachdenklich strich ich mir über den Bart, der mir inzwischen gewachsen war und zu meiner Tarnung gehörte. Ich beschloß auf einen Frachter oder ein ähnliches Schiff zu warten, mich dann zu stellen und zu erzählen, ich sei von diesem im Raum aufgelesen worden. Ich hatte allerdings nicht vor, die Zeit auf dem Raumhafen zu verbringen. Irgendwie mußte ich über den Zaun kommen. Drei Meter hoch und oben mit elektrisch geladenem Stacheldraht versehen, stellte er ein unüberwindliches Hindernis dar. Nach einer anderen Möglichkeit suchend lief ich an der Umzäunung entlang. Das Raumhafengelände maß etwa drei Kilometer im Quadrat. Im hintersten Winkel fand ich, was ich suchte. Der Fluß, der vom See ins Meer führte, zog hier eine große Schleife. Das Umlegen von Flußbetten war gemäß der Umweltbestimmungen streng verboten. Da der Fluß aber praktischerweise den Wasser- und Strombedarf des Raumhafens decken konnte, hatte man den Fluß, die biochemische Kläranlage und das Wasserkraftwerk einfach in den Raumhafen integriert. An zwei Stellen unterquerte das Gewässer den Zaun.
Ich hatte genug gesehen und zog mich in eine Deckung zurück, um die Dämmerung abzuwarten. Dunkel wird es auf einem Raumhafen natürlich nie, aber die Ausleuchtung des Zauns in dieser äußersten Ecke des Raumhafens erinnerte nicht an ein Filmstudio. Vorsichtig schlich ich zu der Stelle, an der Fluß den Raumhafen verließ. Ich hoffte nur, daß der Zaun nicht bis auf den Flußgrund durchgezogen war. Ich sah mich um. Im Umkreis von vierhundert Metern war kein Mensch zu sehen. Gerade landete ein Raumschiff, aber das spielte sich in zwei Kilometern Entfernung ab. Schnell hatte ich meine Kleidung abgestreift und ließ

mich in das klare, kalte Wasser gleiten. Tauchend erkannte ich, daß der Zaun am Flußgrund einen Meter frei ließ, vermutlich um die Fische nicht zu behindern. Ich kletterte wieder aus dem Wasser, warf meine Klamotten über den Zaun, tauchte unter dem Zaun hindurch, zog mich wieder an und verschwand in dem angrenzenden Waldgebiet.

Ich verbrachte zwei wunderbare Tage in den helenischen Wäldern. Obwohl ich wohl gegen einen ganzen Haufen Umweltbestimmungen verstieß, fühlte ich mich pudelwohl. Das Wasser der Bäche war klar und schmeckte hervorragend. Von den zahlreichen Früchten konnte ich eine zweifelsfrei identifizieren, von der ich mich zwar einseitig, aber wohlschmeckend ernährte. Für mich als Stadtmenschen, der Natur eigentlich nur in Form von Zimmerpflanzen, Blumen und künstlich angelegten Parks kannte, war diese Zeit ein völlig neues Erlebnis. Ich genoß die Natur in vollen Zügen und mir wurde bewußt, was der Mensch verschenkt hatte, als er immer größere Städte auf Kosten der Natur gebaut hatte. Immer wieder ging ich zum Raumhafen zurück, der Kontrast beeindruckte mich, um auf das Raumschiff zu warten, daß mir meine Geschichte verschaffen sollte. Ein Frachter, der nur ganz kurz landete, Ladung löschte oder aufnahm und gleich wieder verschwand, wäre ideal. Kein Mensch würde sich die Mühe machen, dies dann per Funkruf nachzuprüfen. Ich hoffte nur, daß Brandons Arm nicht so weit reichte, mich bereits beim Verlassen des Geländes zu schnappen. Am Ende des zweiten Tages kam der gesuchte Frachter. Fast fand ich es ein bißchen schade, ich hätte es noch einige Tage auf Helena ausgehalten, aber es zog mich auch zur Erde und meinen Freunden zurück. Aber konnte ich zurück, würde ich mich dadurch nicht verraten? Ich beschloß es, darüber nachzudenken, wenn es soweit war. Ich merkte mir die Registriernummer des Frachters, er stammte von Eridanus 4. Nach nur einer halben Stunde hob das Schiff wieder ab. Auf dem Weg, auf dem ich den Raumhafen verlassen, betrat ich ihn wieder und begab mich zum Hauptausgang. Ich erklärte dem Mann, woher ich kam, was ihn zu einem kurzen Telefongespräch veranlaßte. Ein paar Minuten später rollte ein Polizeifahrzeug heran. Mein Adrenalinspiegel stieg schlagartig. Ich stieg ein und stellte fest, daß die Fahrzeuge hier noch von Hand gesteuert wurden. Ich saß wie auf Kohlen. Einer der beiden Polizisten drehte sich zu mir um.

"Wir bringen Sie zur Registratur."
Ich nickte nur, der Kloß in meinem Hals machte das Sprechen unmöglich.
"Schwere Zeit gehabt, was?", begann der Polizist zu plaudern.
"Ja." Vielmehr konnte ich nicht sagen, obwohl es so aussah, daß ich nicht in Gefahr war. Der Polizist sah ein, daß ich nicht reden wollte und drehte sich wieder nach vorne. Ich hörte, wie er leise zum Fahrer "Armer Kerl" sagte.
An der Registratur hielt das Fahrzeug an.
"Oberstock", sagte der Polizist.
Als ich ihn verständnislos ansah, erklärte er:
"Es gibt nur den Unterstock und den Oberstock."
Ich begriff, er meinte die erste Etage. Ich bedankte mich und betrat das Gebäude. Über eine Treppe, Aufzüge gab es nicht, erreichte ich den Raum, zu dem mich der Pförtner geschickt hatte. Ein freundlich dreinblickender Beamte saß hinter einem ordentlichen Schreibtisch. Rechts vor ihm stand das unvermeidliche Terminal.
"So, so, Sie gehören also zu den Adonis-Soldaten. Ich dachte, die von vorgestern wären die letzten gewesen."
"Ich bin mit einem Jäger abgehauen und habe einen Treffer kassiert. Konnte nur noch im Kreis fliegen. Zum Glück hat mich dann ein Frachter aufgegabelt."
"Sie waren elf Tage im Raum in einem Jäger."
Ich nickte.
"Furchtbar. Wie haben Sie das nur ausgehalten?"
"Fragen Sie nicht!"
"Ok. Bringen wir die Formalitäten hinter uns, Sie werden nach Hause wollen."
Ich nickte wieder.
"Wie heißen Sie?", fragte der Beamte.
"Boguslav Kalinski."
"Geboren?"
"362/756, Klenko, Sol 3."
Kalinski war einundvierzig Jahre alt geworden. Der Beamte tippte die Daten in das Terminal.
"Da haben wir ihn. Boguslav Kalinski. Geboren 756."
Kalinskis Foto erschien auf dem Terminal.

"Haare schwarz, Augen schwarz."

Er sah mich prüfend an. Da stimmte was nicht.

"Sie sind grau und blauäugig, und auf dem Foto sehen Sie anders aus."

Darauf war ich vorbereitet. Ich spielte den Erstaunten.

"Das muß ein Übertragungsfehler sein."

"Und das Foto?"

"Mann", brauste ich auf, hoffentlich wirkte ich echt, "ich habe elf Tage im Raum in einem Jäger gesessen. Ich bin am Ende und Sie kommen daher, bloß weil irgendein Idiot auf der Erde keinen Computer bedienen kann."

Der Beamte zuckte leicht zusammen.

"Ist ja schon gut. Ich wollte ja nur sicher gehen. Sie bekommen einen neuen Ausweis. Setzen Sie sich darüber und grinsen Sie."

Er wies mich auf einen Stuhl, auf den eine Kamera gerichtet war.

"Ihren alten Ausweis haben Sie natürlich nicht dabei."

"Ha, ha", machte ich.

"Nur eine Frage", wehrte der Beamte ab, "ihr Wohnort stimmt aber noch?"

"Ja."

Das Bild wurde aufgenommen und nur wenige Sekunden später schob sich der neue Ausweis aus einem Schlitz eines Zusatzgeräts am Terminal.

"Sie müssen nur noch unterschreiben."

Der Beamte reichte mir einen Brennstift, mit dem die Unterschrift in den Kunststoff eingebrannt wurde.

"Ihren Angehörigen wurden Sie bereits als vermißt gemeldet, sollen wir eine Nachricht schicken?"

"Nein, nein", beeilte ich mich zu sagen, "ich möchte sie überraschen."

"Gut, gehen Sie jetzt zwei Zimmer weiter, dort erhalten Sie etwas Geld und eine Passage zu Ihrem Heimatort."

"Vielen Dank."

"Gute Reise."

Ich verabschiedete mich und verließ den Raum. Als die Türe zugefahren war, atmete ich auf. Ich hatte eigentlich mehr Schwierigkeiten erwartet, zum Beispiel, daß er nach dem Schiff fragen würde. Zum Glück hatte ihn das falsche Foto nicht mißtrauisch gemacht, sein Mitleid mit mir war wohl stärker gewesen. Aus Erfahrung wußte ich, daß

Übertragungsfehler immer wieder mal vorkamen und auch der Beamte wußte das. Ich hatte jetzt eine neue Identität. In aller Eile besorgte ich den Flugschein, am Raumhafen stellte ich enttäuscht fest, daß ich ein Passagierschiff gerade verpaßt hatte, das nächste flog erst in acht Stunden. Ich setzte mich auf dem Raumhafen in eine Wartehalle und hing meinen Gedanken nach.
Ich war jetzt auch in Sorge um meine Freunde, wußte aber auch, daß ich vorsichtig sein mußte, um meine neue Identität nicht gleich wieder preiszugeben Offiziell galt ich ja vermißt. Endlich kam das Passagierschiff. Ich mußte viermal umsteigen, bis ich auf der Erde landete. Klenko, mein offizieller Heimatort lag jedoch genau auf der entgegengesetzten Seite meines wahren Heimatortes. Mir einem ballistischen Flugzeug erreichte ich meinen Heimatflughafen. Nur ein paar hundert Meter von der Stelle, wo früher immer der Strato gestanden hatte und jetzt eine Lücke klaffte, setzte der Flieger auf.

Wohin? Das war die Frage, die ich mir stellte, als ich durch die Halle des Raumhafens schlenderte. Ricky Sandersen, mein alter Freund, lief achtlos an mir vorbei. Ich wollte ihn schon begrüßen, aber ich hielt inne. Wenn Rick mich nicht erkannte, erkannte mich wohl sonst auch niemand. Die Tarnung war also gut. Gleichzeitig fiel mir ein, wo ich Hilfe erwarten könnte. Bei Hardy in meiner Stammkneipe. Als ich eintrat, saß Hardy dort, wo er immer saß. An der Theke, ein Glas Bier vor sich, die Augen auf den Fernseher gerichtet, der an der Decke hing. Der Ton war ganz leise zu hören. Es schien eine Nachrichtensendung zu sein. Zum Glück war er allein. Ich rutschte neben ihn und bestellte dasselbe. Er sah mich nur kurz an, ein Gesichtsmuskel zuckte. Schnell sah er weg.
"Hardy", raunte ich leise, "ich bin's, Cliff." Gleichzeitig sah ich unbeteiligt in die andere Richtung, direkt in einen Spiegel. Verblüfft stellte ich etwas fest, was ich zuvor zwar im Unterbewußtsein registriert, aber nicht richtig zur Kenntnis genommen hatte. Bart und Haare waren in den letzten Tagen aschgrau geworden. Ich nahm es mit leichtem Entsetzen auf, stellte aber gleichzeitig mit Erleichterung fest, daß mir die grauen Haare gar nicht so schlecht standen.
Neben mir stand Hardy auf. "Roland", sagte er zu dem Barkeeper, "setz' es auf die Rechnung. Ich muß noch meine Tante besuchen. Ciao, bis

morgen."

Er stand auf und ging. Hardy hatte keine Tante, er hatte mich wohl erkannt und wollte mich nicht in der Bar ansprechen. Ich zahlte und folgte ihm. Kaum hatte ich die Bar verlassen, packte mich jemand an der Schulter und zog mich in den Schatten des Gebäudes.

"Mann, bist du komplett irre", pfiff mich Hardy an.

"Was hat du denn?"

"Im TV haben sie gerade eine Suchmeldung nach dir rausgegeben und du spazierst hier herum, als wärst du der Imperator persönlich."

"Na und, ich sehe doch jetzt ganz anders aus."

"Von wegen. Das Foto war so aktuell, als wenn sie dich beim Eintritt in die Kneipe fotografiert hätten."

Ein Schauer lief mir über den Rücken. Woher konnten sie das wissen? Warum eine Suchmeldung, warum hatte es mich nicht schon am Raumhafen erwischt?

"Sei froh, daß keiner auf den TV geschaut hat", redete Hardy weiter, "die hätten dich sonst glatt verpfiffen."

"Mich, ihren alten Kumpel Cliff?"

"Bei Doppelmord und Hochverrat, sowie 500.000 Einheiten Belohnung hört die Freundschaft auf."

Eine Kopfprämie. Auf mich.

"Was redest du daher?" Ich war total verwirrt.

"Ja, ja. Vor zwei Minuten. Eine Suchmeldung. Mit einem Foto, genauso, wie du jetzt aussiehst. Mein Jeinar, Cliff, wenn sie deinen Namen nicht erwähnt hätten, hätte ich gar nicht hingesehen."

Mord, das gefiel mir nicht. Wen sollte ich denn ermordet haben?

"He, hör' mir zu", schnauzte Hardy mich an, als ich den Blick auf Unendlich stellte, um nachzudenken, "heißt du vielleicht jetzt Boguslav Kalinski?"

Ich nickte.

"Scheiße, wenn uns jetzt einer erwischt, bin ich auch dran."

"Beruhige dich erstmal." Ich umriß sehr kurz, was mir in den letzten Tagen widerfahren war.

"Und warum hast du den Paßfritzen umgelegt?"

Aha, der Beamte also. Daher hatten sie auch mein aktuelles Foto.

"Als ich den verließ, war er putzmunter."

"Dann muß dich jemand ganz furchtbar hassen."

Ich schüttelte den Kopf. Brandons Arm reichte weit, aber so weit, damit hatte ich nicht gerechnet. Ich mußte es nur dem Zufall verdanken, daß ich noch am Leben war.
"Und der andere Mord."
"Na, Kalinski eben."
"Da habe ich zahlreiche Zeugen dagegen", sagte ich heftig.
"Egal, du mußt sofort untertauchen. Ganz in der Nähe von Docs alter Wohnung steht 'ne Bude leer. Und bei der Miete, die der Besitzer haben will, zieht da auch so schnell keiner ein."
"Wie geht's Wal?"
"Er hat mich angerufen und seine neue Nummer dagelassen. Es geht ihm gut." Mit einem Seitenblick sagte er:
"Was habt ihr bloß angestellt?"
Ich ging nicht darauf ein.
"Und Pat und Tim?"
"Erzähl' ich dir später. Los, machen wir, daß wir wegkommen."
Wir fuhren mit Hardys Magnetbahn. Sie war wesentlich komfortabler, als meine eigene. Hardy mußte es finanziell blendend gehen. Komisch, daß ich nach den acht Jahren, die ich ihn kannte, immer noch nicht wußte, womit er sein Geld verdiente. Ich griff zum Visiophon.
"Was hast du vor?", fragte Hardy.
"Wal anrufen."
"Bist du toll geworden. Mein Visiophon könnte abgehört werden. Die Grasfrösche sind doch nicht blöd."
Da mußte ich ihm recht geben. Die Tiefgarage, in der wir hielten, sah aus wie jede andere. Genauso der Aufzug.
"Und wenn sie nun deine Magnetbahn verfolgen?", wollte ich von Hardy wissen.
"Sei unbesorgt, hier findet dich keiner."
Im zehnten Stock stiegen wir aus.
"Hier ist es", sagte Hardy und machte sich am Sicherheitsschloß zu schaffen. Er benötigte keine zehn Sekunden und die Tür war offen. Ich wunderte mich über nichts mehr. Die Wohnung ähnelte von der Architektur der meinen, bis auf die Tatsache, daß hier die Möbel fehlten. Auf der Ablage im Vorraum lag ein Schlüssel. Hardy schlug sich an die Stirn.
"Sind die Leute unvorsichtig", sagte er gespielt theatralisch, "lassen

einfach den Ersatzschlüssel herumliegen. Jetzt brauche ich dir nicht einmal zu zeigen, wie du die Tür knacken kannst."
Zum erstenmal seit wir uns wiedergesehen hatten, grinste er.
"Oh Mann, steckst du tief in der Sch..."
Dazu bedurfte es keines Kommentars. Hardy überlegte kurz.
"Ich werde den Doc hierherbringen. Vielleicht bringt er dir was zu essen mit."
"Sag Wal, er muß Schneider erreichen. Ich hätte was für ihn."
"Schneider? Der IR-Abgeordnete?"
"Ja."
"Mit deinem Bekanntenkreis stimmt auch was nicht. 'Ne Gräfin, ein IR-Abgeordneter, ein Großindustrieller. Kein Wunder, daß du in Schwierigkeiten bist."
Er schüttelte den Kopf.
"Ich komme mit dem Doc zurück. Klopfzeichen 2 mal lang, drei mal kurz, vier mal lang. Und mach' kein Licht, klar?"
Ich nickte.
"Bis dann." Er verschwand.
Zwei Stunden später klopfte es das vereinbarte Zeichen an der Tür. Vor der Tür standen Hardy, Wal und Schneider. Hardy schob mich in die Wohnung. Wal und ich umarmten uns stumm.
"Wie ist es dir ergangen?", fragte ich den Freund.
"Schneider hat mir eine neue Identität gegeben. Ich arbeite zur Zeit bei ihm. Aber was ist dir passiert? Du warst zwei Wochen weg."
Ich begann einen ausführlichen Bericht über die letzten zwei Wochen. Schneider und Hardy traten dazu.
"Und jetzt kommt der Knüller. Albula Trust hat den Ikareern die Supercomputer verkauft und von unserem Militär bezahlen lassen."
Ich berichtete von der Entdeckung auf Axus und auf Mechta. Hardy kannte die Einzelheiten ja noch nicht.
"Wenn wir das beweisen könnten...", sinnierte Schneider.
"Man müßte die Sprungstelle finden, über die Albula die Teile geliefert hat", schlug ich vor.
"Zu dumm, daß Ikarus verwüstet worden ist. Man hätte die Produktionsstätten untersuchen können", bedauerte Wal.
"Glaubst du wirklich", mischte sich Hardy ein, "daß die Ikareer das Zeug auf ihrem eigenen Planeten gebaut haben. Sie hätten die Rohstoffe

fingerhutweise hin und her gekarrt, was? Nein, da gibt es irgendwo ein System, auf dem die Produktionsstätten stehen."
"Sie glauben, die Produktionsstätten existieren noch?", fragte Schneider.
"Ja. Irgendwo im All stehen sie herum. Die müssen wir finden."
"Dann los", sagte Wal kampflustig.
"Stop", sagte Hardy und zeigte auf mich, "zuerst müssen wir ihn wieder handlungsfähig machen. Seine Tarnung hier ist sehr schlecht. Würde mich nicht wundern, wenn Brandons Häscher schon in der Gegend sind. Von den Grasfröschen ganz zu schweigen."
"Grasfrösche", echoten Schneider und Wal gleichzeitig.
"Polizei."
"Aber Grasfrösche sind braun und die Polente ist grün", wandte Wal ein.
Hardy winkte ärgerlich ab.
"Herr Abgeordneter", sagte er, "haben Sie eine Möglichkeit, seine Identität zu wechseln. Und zwar so, daß ihn niemand mehr erkennt."
Schneider überlegte.
"Sie könnten ihn bei sich Zuhause verstecken. Strafbar haben Sie sich sowieso schon gemacht."
"Gut, ich werde ihm Schutz gewähren", sagte Schneider, "er ist unser einziger Zeuge. Ich nehme ihn mit zu mir."
Wal nickte.
"Und ich verschwinde. Nichts gesehen, nichts gehört, ich kann keinen Ärger brauchen."
Ich ging zu Hardy und drückte ihm die Hand.
"Das werde ich dir wohl nie zurückzahlen können."
Hardy winkte ab und ging.
Wir folgten. Mit Schneiders luxuriöser Magnetbahn fuhren wir zu seinem Domizil. Nach einer Stunde Fahrt erreichten wir seine private Tiefgarage.

-- Kapitel Sechszehn ---

Merkwürdig, dieses fremde Gesicht im Spiegel zu sehen. Statt blonder oder grauer, glatter Haare umkränzten braune Locken das nach wie vor etwas längliche Gesicht. Die Gesichtsform blieb das einzige, was Clifford Stanton ähnelte. Meine eigene Mutter hätte mich keines Blickes

gewürdigt, wenn sie mir auf der Straße begegnet wäre. Ich wandte mein Gesicht von dem Spiegel ab, nur um in den nächsten zu blicken. Ich lag in einem Zimmer, dessen Wände und Decken aus Spiegeln bestanden. Der Psychologe hatte gemeint, es wäre wichtig für mein Seelenleben, daß ich das neue Gesicht akzeptiere. Er hatte vielleicht recht, aber das machte es nicht leichter. Seit einer Woche wußte ich, wie sich Admiral Steiner gefühlt haben mußte, als er sein Gesicht riesenhaft auf der Leinwand sah. Ich quälte mich mit dem Selbstvorwurf herum, den Admiral durch diese Fehlschaltung im Endeffekt umgebracht hatte. Eine andere innere Stimme sagte mir, daß das nicht mehr zu ändern wäre. Ich drehte mich um und starrte auf das Bett, auf dem ich lag, nur um nicht daran zu denken. Wal hatte geschätzt, daß ich mindestens drei Wochen brauchen würde, bis ich einigermaßen wiederhergestellt wäre. Diese drei Wochen waren jetzt um und Schneider, in dessen Haus ich immer noch wohnte, hatte mich für heute zu einem persönlichen Gespräch gebeten. Ich fühlte mich aber immer noch elend. Ich fragte mich, was er wohl von mir wollte. Er hatte die Operation und die Nachbehandlung bezahlt, alles in allem schätzte ich seine Ausgaben auf etwa 200.000 Einheiten, keine Summe, die man aus reiner Menschlichkeit ausgibt. Ich besaß perfekte Papiere auf den Namen Peter Strehlau. Wal nannte mich seit zwei Wochen nur noch Pit, er war psychologisch sehr geschickt und half mir, meine Umstellungsprobleme zu überwinden. Während ich meine Depressionen zu überwinden versuchte, hatte er versucht Pat und Tim zu finden. Die beiden waren nach Kriegsende nicht auf die Erde zurückgekehrt. Wal hatte herausgefunden, daß sie ein paar Tage nach Kriegsbeginn auf Cypres 6 aufgetaucht waren. Was sie dort wollten war auch eine Frage, die mich beschäftigte. Gerade kam Wal herein:
"Genug gespiegelt heute, ich habe gerade mit Andrew Watts telefoniert."
Ich folgte ihm aus dem Raum. Wal begann zu erzählen:
"Watts hat herausgekriegt, daß die beiden zwar offiziell eingereist, aber nicht wieder abgereist sind. Ich bin total fertig."
"Du befürchtest, daß sie entführt worden sind."
"Es gibt noch eine schlimmere Antwort."
"Vielleicht sind sie mit ein paar Mädchen unterwegs", wollte ich Wal aufmuntern.
"Vier Wochen lang. Dazu haben sie gar nicht das Geld."

Es entstand eine Pause.

"In einer halben Stunde will Schneider mit dir sprechen", wechselte Wal das Thema.

"Ja, ich bin gespannt, was er von mir will."

"Was sollte er von dir wollen?"

"Er hat eine Haufen Geld in mich investiert und er ist kein Mann, der sein Geld verschenkt."

"Nein, das ist er nicht. Ich lasse dich jetzt allein, damit du dich vorbereiten kannst."

Auf dem Weg zu Schneiders Büro wälzte ich eine andere Frage in meinem Hirn, die ebenfalls seit drei Wochen brannte. Warum gerade ich? Warum war die Gräfin, nicht zu einem der zigtausenden besseren Privatdetektiven gegangen? Warum gerade zu uns? Gut, wir hatten einiges herausgefunden, sogar den Auftrag schnell erledigt, aber dieses Wissen hatte uns nur immer tiefer in Schwierigkeiten hineingetrieben, und, was mich am meisten frustrierte, dieses Wissen nütze uns nichts, da uns die Beweise fehlten. Alles, was ich wußte, hatte ich nur mit meinen eigenen Augen gesehen. Aber die Tatsache, unter welchen Umständen ich zu meinem Wissen gekommen war, gab mir neue Kraft. Eine solche Verkettung von glücklichen oder unglücklichen Umständen – wir mußten einfach Erfolg haben. Ein zunächst harmloser Auftrag, Freunde am richtigen Ort zur richtigen Zeit, ein klemmendes Türschloß, ein imperialer Krieg, eine Rettung aus hoffnungsloser Lage und zahllose Gelegenheiten, die meine Häscher ungenutzt verstreichen ließen, all das schien mich anzuschreien, du bist der Auserwählte, nur du kannst das Böse zu Fall bringen. Ich schüttelte den Kopf, meine Phantasie ging schon wieder mit mir durch. Ich versuchte mich zu beruhigen. Brandon mußte zu Fall gebracht werden, aber ich allein würde da nichts bewegen können. Ich klopfte an Schneiders Büro und trat ein. Schneider saß an seinem Schreibtisch. Er stand auf und reichte mir die Hand.

"Guten Morgen, Herr Strehlau, wie fühlen Sie sich? Setzen Sie sich doch."

Ich ließ mich in einen der superbequemen Format-Sessel fallen, die sich sofort meiner Körperkontur anpaßten.

"Ganz gut", sagte ich nicht ganz wahrheitsgemäß.

"Das Pferd frißt keinen Gurkensalat", sagte Schneider.

Etwas regte sich in meinem Gehirn. Ein Telefon tauchte vor meinem inneren Auge auf. Aber ein uraltes. Merkwürdig gekleidete Leute saßen davor. Ich war wie gelähmt.

"Es funktioniert", sagte eine Stimme, es war der Psychologe. Ich hatte gar nicht bemerkt, daß er hereingekommen war. Ich versuchte den Kopf zu drehen, aber es gelang mir nicht.

"Das Wetter ist heute besser als morgen", sagte der Psychologe. Er sprach sehr langsam und betonte jedes Wort. Mir fielen plötzlich Dinge ein, die ich noch nie gedacht hatte. Computerprogramme stürzten auf mich ein. Festigkeitstheorien, Konstruktionszeichnungen, Formeln. Mir wurde schwindlig. Schneider ergriff das Wort.

"In den drei Wochen, die Sie bei mir waren, haben wir nicht nur Ihre Identität geändert, wir haben Sie auch einer Cerebro-Apperzeption unterzogen."

Seine Stimme drang wie durch Watte auf mich ein. Ich begann zu begreifen. Mit der Cerebro-Apperzeption konnte man Menschen in kürzester Zeit über Wissensgebiete schulen.

"Sie haben jetzt das Wissen eines Ingenieurs. Sie werden bei Albula in die Firma als Ingenieur eingeschleust. Sie werden versuchen, Beweise gegen Brandon zu finden."

Warum dann so ein Aufwand, eine Cerebro-Apperzeption war sündhaft teuer, dachte ich. Ich mußte es wohl auch laut gesagt haben, denn Schneider antwortete:

"Erstens bekommen Sie nur in dieser Position Zugang zu den entscheidenden Bereichen und zweitens war das Ihre Gegenleistung für meine Hilfe."

Ich verstand ihn nicht.

"Wir haben eine neue Methode der Cerebro-Apperzeption entwickelt und sie an Ihnen getestet. Haben Sie die Papiere, die Sie unterschrieben haben, nicht gelesen?"

Jetzt fiel es mir ein. Ich hatte damals nur mit einem Ohr zugehört und alle schnell hinter mich bringen wollen. Schneider verdiente sein Geld mit Medizin-Technik. Die Nebel in meinem Gehirn begannen sich allmählich zu heben.

"Wir werden uns nicht mehr wiedersehen. In Kontakt bleiben wir über Dr. Altares."

Wer war Dr. Altares?

"Ihr alter Freund hat auch eine neue Identität gebraucht. Ich wünsche

Ihnen viel Glück, Herr Strehlau."
Schneider ging mit dem Psychologen hinaus. Ich war mit meinem neuen Kopf alleine.

-- Kapitel Eins ---

"Pit, meinen Sie, Sie schaffen das mit der Turbine heute noch?"
Ich sah von meinem Bildschirm hoch.
"Wenn ich die Nacht durchmache, ja."
"Das wäre gut, wir sind nämlich ganz schön im Druck."
"Ich will es jetzt auch weghaben."
"Super. Bis morgen dann."
"Aber erst morgen mittag."
"Ja, klar."
Kate Morgan, meine Abteilungsleiterin, winkte und lächelte mir noch einmal zu und verließ dann das Büro. Seit sechs Wochen arbeitete ich jetzt bei Albula in einer Konstruktionsabteilung. Auf dem Bildschirm ließ ich mir noch einmal die Grafik des Strömungskanal für die Plasmastromturbine zeichnen, dessen Entwicklung ich gerade abgeschlossen hatte. Den Rest der Nacht hatte ich etwas anderes vor. Ich wollte in den Albula-Computer eindringen. Mit den Terminals mit denen wir arbeiteten, konnte man, wenn man im Besitz der entsprechenden Zugriffscodes war, auf den gesamten Rechnerkomplex der Firma Albula, das heißt auf Daten aus allen Teilen des Universums, zugreifen. Ich hoffte irgendeinen Hinweis zu finden, denn ich hatte keine Ahnung, wonach ich eigentlich suchen sollte. Ich verließ mein Programm und ging zum Hauptmenü zurück. Ich wählte den Rechnerkomplex auf Axus an. Der Computer fragte mich nach dem Code. Ich zog einen Zettel aus der Tasche.
Ich hatte mich an das neue Aussehen gewöhnt. Neben der Tatsache nicht mehr als Clifford Stanton erkannt zu werden, hatte mein neues Gesicht einen weiteren Vorteil. Peter Strehlau wirkte enorm auf Frauen. Wo ich als Clifford Stanton wie verrückt hatte strampeln müssen, genügte mir als Peter Strehlau ein Lächeln. Dieses Lächeln hatte auch die Systemmanagerin des Rechnerkomplexes dieser Firma überzeugt, die ich seit zwei Wochen regelmäßig ausführte. Wort für Wort hatte ich ihr in unseren Gesprächen eine Information nach der anderen aus der Nase gezogen. Ich war zu Anfang ein bißchen schäbig vorgekommen, aber

Dr. Sergio Alvares alias Dr. Walter Buchanan hatte meine Zweifel zerstreut. Den richtigen Nutzen aus den Informationen konnte ich erst ziehen, als ich sie einem von Schneiders Computerexperten vorgelegt hatte. Er hatte mir ein Stück Papier erarbeitet, dem ich jetzt den Zugriffscode für Axus entnahm. Das Titelbild des Rechnerkomplexes in Axus begrüßte mich freundlich. Danach erschien das Hauptmenü auf dem Bildschirm. Wonach konnte man suchen? Ich versuchte es einmal mit den Hausmitteilungen. Es fand sich nichts, was auch nur im entferntesten auf Brandon hinwies. Ich ging ins Logistikprogramm und versuchte die Gehaltsliste zu knacken. Mal sehen, wer so alles von Albula Axus Geld bekam. Zahllose Sekretärinnen, Ingenieure, Facharbeiter, Manager. Ich pfiff durch die Zähne, das war ein Adressenreservoir. Wenn man hier kein Mädchen fand, ... Wieder ernst ließ ich die Liste weiterblättern. Ich hatte schon fast die Hoffnung aufgegeben, als ich bei zwei Namen ankam, deren Beruf mit Ermittler bezeichnet war. Laut Schneiders Computerexperten war der Personalcode sehr leicht zu ermitteln, allerdings das persönliche Paßwort nicht einmal dem Systemmanager zugänglich. Hier sollte ich meine Phantasie und Psychologie spielen lassen. Die Personalnummern hatte ich wirklich schnell herausgefunden. Um an die von dieser Person gemachten Angaben heranzukommen, mußte ich aber das persönliche Paßwort wissen. Ich ließ mir die Personalakte des ersten Ermittlers auf dem Bildschirm zeigen. Ein Mann, so etwa um die fünfunddreißig, ledig, nichtssagendes Gesicht. Ich las weiter in der Personalakte. Unter der Rubrik Hobbys stand 'Kriminalromane'. Das paßte irgendwie, Ermittler, der gerne Kriminalromane liest. Ich überlegte, wie denn die großen Krimihelden in den Romanen hießen und probierte sie sämtlich durch. Kein Erfolg. Ein ums andere Mal warf mich der Computer aus dem Programm. Ich versuchte den anderen Ermittler. Eine junge Frau, sechsundzwanzig Jahre alt, ledig, Hobbys Tiere. Ich zuckte die Schultern, das war wohl witzlos. Ich las die Personalakte weiter. Ganz unten, unter der Rubrik Eigenheiten stand: 'reagiert überfürsorglich bei Tieren, ihre Katze Kassandra lebt wie im Schloß, vermutlich Babyersatz, psychologisch bedenklich, weiterer Test empfohlen, allerdings die erfolgreichste Ermittlerin aller Axus-Werke."
Kassandra hieß die Katze, das gab doch ein perfektes Paßwort ab. Ich gab es ein und ein Menü blätterte sich vor mir auf. Berichte über

Berichte. Ich überflog die Überschriften, sie bestanden sämtlich nur aus Buchstaben, dahinter stand der Zugriffscode. Ich las ein paar Berichte, lauter nichtssagendes Zeug über Leute, die bei der Betriebsbesichtigung geklaut hatten oder über verschwundene Datenscheiben. Ich war gerade dran, den Bereich wieder zu verlassen, als mir die letzte Überschrift auffiel. SAWB-001 stand da. SA für Sergio Altares, WB für Walter Buchanan? Ich war alarmiert und tippte den Zugriffscode ein. 'Ungültiger Zugriffscode', antwortete der Computer. Das verblüffte mich. Bisher war es kein Problem gewesen, die Berichte zu bekommen, dieser hier schien besonders geschützt. Ich probierte ein wenig herum, aber weder die Berichtsüberschirft, noch das erste Paßwort ließen mich den Bericht lesen. Aus einer Laune heraus gab ich die Nummer verkehrt herum ein. Der Bericht erschien auf dem Bildschirm. Ich las mit wachsendem Entsetzen:
"Bericht von EME034. WBs neue Identität enttarnt, nennt sich jetzt Sergio Altares. Arbeitet für IR-AS. Vermutlich noch Kontakt zu CS. Identität WB seit zwei Monaten nicht mehr benutzt. Empfehlen Lupe für WB." Es folgten noch einige Codes mit denen ich nichts anfangen konnte. Vermutlich Ortsangaben.
Nach Luft ringend fiel ich in meinen Sessel zurück. Die Lupe. Die grauenvollste Methode des Verhörs. Seit Jahrzehnten geächtet und verboten. Sie beruhte auf einer Beeinflussung des Gehirns mit elektromagnetischen Wellen. Das Opfer war nach dem Verhör ein geistloser Idiot, quasi zum Tier geworden. Ich las noch einmal das Datum. Der Bericht war von heute. Ich mußte Wal-Serge warnen und wollte zum Visiophon greifen. Nein, von der Firma aus durfte ich ihn nicht anrufen. Ich schaltete den Computer aus und verließ das Haus. Mit der Magnetbahn fuhr ich zur nächsten Visiophonsäule und wählte Serges Nummer. Ich hatte ihn seit meines Identitätstausches aus Sicherheitsgründen nicht mehr gesehen. Schneider hatte uns empfohlen, uns die nächsten sechs Monate nicht zu sehen. Die Nummer hatte er mir trotzdem in die Hand gedrückt, sie war allerdings nur für den Notfall gedacht. Ich wählte hastig. Serge war Zuhause und völlig überrascht, daß ich anrief. Er ahnte gleich, daß etwas nicht stimmte, seine Gesichtszüge verdunkelten sich
"Du, was ist denn los?"
"Serge, sie wollen dir ans Leder. Ich habe im Albula Computer einen

geheimen Bericht gefunden, sie wollen dich durch die Lupe ziehen."
Wal wurde blaß.
"Mein Jeinar, woher wissen die, wo und wer ich bin."
"Sie haben's irgendwie herausgefunden. Versteck dich bei Schneider, sofort."
"Ok. Noch was?"
"Nein....", setzte ich an. Hinter Serge ging eine Türe auf, er drehte sich um.
"Was zum Teufel", setzte er an. Drei Männer stürzten in den Raum.
"Hau ab", schrie ich. Ein nutzloser Vorschlag. Serge war hoffnungslos unterlegen. Zwei stürzten sich auf ihn. Einer stürzte sich auf das Visiophon und trennte die Verbindung. Ich war schnell aus dem Sichtbereich der Kamera getreten, er konnte mein Gesicht nicht gesehen haben. Ich hatte dafür seines gesehen.
Wie konnte ich Serge helfen? Serges Wohnung lag etwa eine halbe Stunde Fahrt von meiner Visiophonsäule entfernt. Wohin würden sie mit ihm gehen? Es konnte jede x-beliebige Wohnung sein. Nein, halt, wenn sie ihn wirklich durch die Lupe drehen wollten, gab es nur wenige Möglichkeiten. Denn die Einrichtung für die Lupe beanspruchte, soweit ich die Gerüchte darüber kannte, eine Menge Platz. Man brauchte für so eine höchst illegale Apparatur schon ein eigenes Haus. Von Schneider wußte ich, daß Brandon hier in der Nähe ein Privathaus hatte. Würde er wirklich sein eigenes Haus verwenden, oder hätte er eines gemietet. Aber auch das wäre riskant, denn die Apparatur mußte ja installiert werden und die Vermieter wachten aufmerksam über ihre Häuser, daß man sie nicht geschäftlich nutzte, was die Miete deutlich erhöht hätte. Also Brandons Haus. Aber allein und unbewaffnet? Schneider selber war nicht in der Stadt, wie mir gerade einfiel, die Zeitungen hatten davon berichtet. Es blieb nur noch Hardy. Hoffentlich würde er mich erkennen. Ich stieg wieder in meine Magnetbahn und fuhr zu der Kneipe. Ständig vergewisserte ich mich, daß mir niemand folgte. Zwei Straßen vor der Kneipe stellte ich die Magnetbahn ab und ging den Rest zu Fuß. Mir war klar, daß ich meine neue Identität in Gefahr brachte, aber Serges Leben war wichtiger.
Ich betrat die Kneipe. Hardy saß wie gewöhnlich um diese Uhrzeit an seinem Platz, vor sich ein Glas Bier. Ich schlüpfte auf den Stuhl neben ihm. Hardy sah kaum hoch.

"Ich bin's, Cliff", raunte ich.

Hardy hob eine Augenbraue und schüttelte den Kopf.

"Du hast mir doch vor zwei Monaten geholfen, den Grasfröschen zu entkommen, Schneider hat mir eine neue Identität verschafft. Ich bin's wirklich."

"Es gibt nicht viele Leute, die von den Grasfröschen wissen. Angenommen, Sie sind es, was wollen Sie."

Hardy war sehr mißtrauisch.

"Erstens, erinnerst du dich an das Saufgelage vor zwei Jahren, wo du nur mit einem Leintuch bekleidet durch den Vargas-Park gerannt bist und 'Vene, vidi, vici' gerufen hast. Und zweitens brauche ich deine Hilfe, sie wollen Serge, äh, Wal durch die Lupe ziehen."

Hardy grinste.

"Du bist's wohl wirkl..." Seine Gesichtszüge erstarrten.

"Durch die Lupe?", rief er entsetzt.

"Schschschscht", machte ich und legte ihm die Hand auf den Mund.

"Weißt du wo?", fragte er leise.

"Ich habe so eine Ahnung."

Wortlos warf Hardy einen Geldschein auf die Theke und stürmte aus dem Lokal.

"Wir nehmen meine Bahn", entschied er. Seine Augen glitzerten kalt. So hatte ich ihn noch nie gesehen. Ich hatte erwartet, daß ich ihn hätte überreden müssen, aber diese spontane Reaktion überraschte mich über alle Maßen. Wir stiegen in seine Magnetbahn, es schien eine andere als beim letzten Mal, aber auch sie war luxuriös eingerichtet.

"Wohin?", fragte Hardy knapp.

Ich nannte ihm die Koordinaten von Brandons Haus.

"Sieh da, Brandons Privatvilla, na ja, wo wohl auch sonst."

Diesmal war ich nicht überrascht, Hardy wußte einfach alles. Ein Punkt störte mich noch.

"Willst du da jetzt einfach so hinfahren?"

"Durchaus nicht."

Er drückte zwei Knöpfe auf seiner Armbanduhr. Das Schloß des Wertsachenfaches klickte und ich staunte. Normalerweise worden diese Schlösser von einem magnetischen Schlüssel betätigt. Er nahm das Schloß ab, holte ein Päckchen heraus und wickelte es auf.

"Eine für dich, eine für mich und eine zur Sicherheit."

Ich schluckte. In meiner Hand lag eine Apo mit randvollen Speichern. Zwei weitere verschwanden gerade in Hardys Jackentaschen. Ich hatte ihm viel zugetraut, aber drei, absolut illegale, Apos in der Magnetbahn spazieren zu fahren, das war stark.
"Du kennst dich aus?", fragte Hardy kurz. Ich nickte.
"Wir sind gleich da, mach' dich bereit!"
Hardy mußte im Geld schwimmen, diese Fahrt war sehr schnell und superteuer gewesen. Ich kam aus dem Staunen gar nicht mehr heraus.
Die Magnetbahn hielt ruckartig. Hardy sprang heraus, ich folgte. Hinter uns summte die Magnetbahn automatisch davon.
Wir standen vor einem schmiedeeisernen Gitter, das die Auffahrt zu der weit im Grundstück gelegenen Villa verschloß.
"Sollen wir klingeln?", fragte ich.
Hardy sah mich mitleidig an und zog die Apo.
"Und wenn wir falsch sind?" Ich bekam plötzlich Angst.
Man wird sich nur an das Inferno erinnern, nicht aber an uns", sagte Hardy, ging in Deckung und drückte ab.
Die direkte Einwirkung des Plasmastrahls der Apo beeindruckte. Das Tor löste sich augenblicklich in seine Atome auf. Hardy stürmte aus der Deckung auf das Haus zu. Ich hinterher. Wir bauten auf den Überraschungseffekt, denn man brauchte keine Genie zu sein, um mit zahlenmäßiger Überlegenheit des Gegners zu rechnen. Noch im Laufen schoß Hardy auf die Haustüre. Statt ihrer klaffte nun ein fünf Meter breites Loch in der Wand. Wir stürmten hindurch und standen in einer schönen Halle, in deren Mitte ein kleiner Garten angelegt war, er sah momentan nur etwas zerfleddert aus. Im ersten Stock verlief eine Galerie aus Marmor, auf der gerade zwei Gestalten erschienen. Hardy schoß sofort.
"Nein", schrie ich. Marmorbrocken flogen umher, einer traf mich am Arm.
"Du sicherst die Halle, ich gehe nach oben", rief Hardy und rannte die Wendeltreppe nach oben, die am Ende der Halle entdeckt hatte. Man hörte Türenschlagen. Hardy untersuchte die Räumlichkeiten. Auch ich machte mich daran, die unteren Räume zu durchsuchen. Es gab vier Türen, drei von ihnen führten in geschmackvoll eingerichtete, aber leere Wohn- und Arbeitszimmer. Die vierte Tür führte wohl in den Keller, sie öffnete sich schlagartig und ein Mann im weißen Kittel und ein weiterer

stürmten mit gezogenen Waffen heraus. Sorgfältig zielte ich auf den Boden vor ihnen. Die Druckwelle der Explosivkugel warf mich um. Mühsam rappelte ich mich auf und rannte zu den beiden hinüber. Sie schienen friedlich zu schlafen. Ich rannte durch die vierte Türe, sie führte tatsächlich in den Keller. Aus einem der Räume drang leises Stöhnen. Ich trat durch die Tür. Inmitten von mannshohen Schränken, Computern und Bildschirmen lag Serge auf einer Liege. Eine Art Lampenschirm war auf seinen Kopf gerichtet. Er war in einer Art Trance. Ich rüttelte ihn, aber er reagierte nicht.

"Diese Schweine", fluchte ich, da bemerkte ich ein digitales Aufzeichnungsgerät, was noch lief. Ich ließ es ein wenig zurückspringen und schaltete auf Wiedergabe:

"Warum dauert das so lang?", fragte eine Stimme.

"Ich muß den Lupenbeam erst einmal mit seinen Gehirnströmen synchronisieren, das dauert eine Weile", antwortete eine zweite Stimme, die gelehrt klang. Sie gehörte wohl dem Mann im weißen Kittel.

"Der Chef will in zwei Stunden Ergebnisse sehen, wenn er kommt. Also beeilen Sie sich", herrschte die erste Stimme.

 "Ja, ja."

Eine dumpfe Explosion ertönte.

"Was war das?", rief die zweite Stimme ängstlich. Ich schaltete ab, was jetzt kam, kannte ich schon.

"Ich glaube nicht, daß der Chef noch kommt", sagte Hardy von der Tür her. Ich drehte mich um.

"Wieso nicht?"

"Weil in dem Raum nebenan eine Detonator steht. Wenn die hochgeht, stehen in diesem Kellerraum nur noch die Stützsäulen. Wie geht es dem Doc?"

"Sie haben noch nicht angefangen, aber er scheint unter Drogen zu stehen."

"Schnapp' ihn dir, wir verschwinden", befahl Hardy. Ich legte mir Serge über die Schulter und trat zur Tür. Hardy feuerte mit seiner Apo in die Geräte. Plastikteile flogen umher.

"Teufelszeug", fluchte er.

Ich schüttelte den Kopf. Hardy mußte irgendeinen Grund für seinen Haß haben.

"He", begann ich, "warum vernichtest du denn Beweise?"

"Weil sie in zwei, drei Stunden sowieso vernichtet werden."
"Was?"
"Eine Detonator kann man fernzünden, aber 24 Stunden nach dem Scharfmachen geht sie auf jeden Fall hoch. Und nach dem Blinkrhythmus der Lampe auf der Bombe ist das demnächst soweit."
"Wir müssen sie entschärfen", sagte ich heftig.
Hardy schüttelte den Kopf. Wir traten in die Halle.
"Eine scharfe Detonator schaut man nicht einmal schief an. Ist ein ikareisches Produkt, da hilft nur noch rennen."
Hardy grinste spöttisch.
Es paßte zusammen. In Brandons Haus fand sich verbotene Technik, die er bestimmt samt und sonders von Ikarus bezogen hatte. Aber die Tatsache, daß wir nichts davon als Beweis verwenden konnten, schmeckte mir nicht.
"Können wir nicht Fotos machen?", schlug ich vor.
Hardy wurde ärgerlich.
"Schluß jetzt, in ein paar Minuten sind Mengen von Grasfröschen hier und du willst fotografieren?"
Er schnappte sich den Weißkittel und legte ihn über die Schulter.
"Mal sehen, was er uns noch erzählt."
Mittels eines Knopfes an der Armbanduhr rief er die Magnetbahn herbei. Er spähte durch das Loch in der Wand.
"Teufel, da stehen schon Leute herum, um die Uhrzeit", fluchte er, "Los, mach' mir nach."
Er rannte schreiend die Auffahrt hinunter. Ich folgte mit meinem Paket so schnell ich konnte.
"Der Verrückte ist noch drin, rennt schnell weg", brüllte Hardy die schweigende Menge an.
Ich keuchte heran. Hardy nahm sein Paket von der Schulter. Das bleiche, blutverschmierte Gesicht erschreckte einige. Hardy schrie die Menge an:
"Wollt ihr auch so enden, haut endlich ab."
Das zog, die meisten machten, daß sie wegkamen. Hardy stieß den Weißkittel in die Magnetbahn, ich legte Serge vorsichtig hinein. Hardy ließ mich einsteigen, folgte mir und knallte die Türe zu. Er drückte den Fahrtknopf, die Magnetbahn stürmte laut brummend los. Ich war pessimistisch.

"Was sollte das Geschrei, sie werden sich an alles erinnern und es der Polizei erzählen."
"Sie werden sich nur an das Geschrei erinnern, für unsere Gesichter war zu dunkel und der Lärm erschreckt die Leute. Und ich wette, daß jeder den Grasfröschen sowieso etwas anderes erzählt."
"Die Leute werden sich an die Magnetbahn erinnern."
Hardy zuckte die Schultern.
"Die ist sowieso geklaut."
Mir blieb der Mund offen. Ich hatte Hardy für einen gemütlichen, interessierten, gutinformierten Szeneinsider gehalten, einen Mann mit vielen Freunden. Heute hatte ich den völlig anderen Hardy erlebt, einen erfahrenen, kompromißlosen Kämpfer, der mir Angst einjagte. Ich hatte mich oft gewundert, womit er sein Geld verdiente, es mußte wohl ein besonderer Beruf sein. Und seine Reaktion auf die Lupe. Ich schüttelte den Kopf und kümmerte mich um Serge.

-- Kapitel Zwei ---

"Die Dunkelheit wird uns helfen", sagte Hardy. Er starrte auf die Anzeigen der Magnetbahn, schien sie aber nicht zu registrieren.
"Serge schläft", stellte ich fest, "der andere ist nur leicht verletzt, ein paar Schnittwunden. Hast du einen Verbandskasten?"
"Am besten, wir wechseln in der nächsten Garage die Magnetbahn", brummte Hardy vor sich hin. Er hatte mich nicht gehört.
Was war eigentlich mit den Leuten um mich herum los? Oder stimmte etwas mit mir nicht? Aggressionen, Gesetzesübertretungen, sich einen Dreck um andere kümmern. Und ich, der ich noch vor ein paar Wochen ein Kriegsschiff geflogen war, mich davor geprügelt hatte, in Schießereien verwickelt war, ich empfand plötzlich nur noch Abscheu für die Gewalt. Und jetzt fingen sogar meine Freunde an. Hardy hörte nur das Wort Lupe und griff zur Apo, um zwei Menschen zu erschießen. Und ich hatte zwei Menschen verletzt, Wahnsinn. Ich betrachtete Hardy von der Seite. Er war ruhig, hochkonzentriert. Er machte so etwas bestimmt nicht zum ersten Mal.
"Wer bist du wirklich?", fragte ich.
"Willst du das wirklich wissen?"

Ich schwieg. Vielleicht hatte er recht. Vielleicht war es besser, wenn ich es nicht wußte.

Nach einer Weile sagte Hardy:

"Wir wechseln die Magnetbahn in der Tiefgarage des Warenzentrums da drüben."

Er tippte ein paar Zahlen auf der Konsole und sofort schnurrte die Magnetbahn die Rampe hinunter in die Tiefgarage. Direkt neben einem sehr noblen Modell blieben wir stehen.

"Oh, prima, so eine wollte ich immer schon einmal haben", freute sich Hardy. Er steig aus und sah sich um. Die Tiefgarage war menschenleer. Hardy zog ein kleines Kästchen aus der Tasche und drückte es auf die Außenhaut der Magnetbahn. Lautlos schob sich die Tür auf.

"Und ich dachte, Magnetbahnen sind diebstahlsicher", stöhnte ich.

"Sind sie auch, das ist ein Not-Vorangschlüssel."

"Ein was?"

"Ein Not-Vorangschlüssel. Funktioniert bei jeder Magnetbahn. Ist aber ein Herstellergeheimnis."

"Und wer bekommt so ein Ding?"

"Los, komm schon."

Wal schnappte sich den Weißkittel und zerrte ihn in die Magnetbahn hinüber. Ich lud Serge vorsichtig um, langsam kam er zu sich. Die Magnetbahn war das luxuriöseste Modell, das ich je gesehen hatte, sogar Schneiders Magnetbahn wirkte dagegen karg. Lauter seltene Hölzer und feines Leder. Hardy hatte bereits einen Kurs programmiert und die Magnetbahn summte die Rampe hinauf.

"Bist du wahnsinnig, so eine noble M-Bahn zu klauen. Man wird uns problemlos identifizieren können, alle Bahnen werden doch im Computer gespeichert."

"Aber nur solange sie nicht im Vorrangbetrieb laufen", grinste mich Hardy an.

Serge stöhnte. Hardy hob eines seiner Augenlider, zuckte mit den Schultern und brummte:

"Mann, muß der auf einem Trip sein, sie haben ihn mit Verital vollgepumpt. Wenn du irgendwas von ihm wissen willst, dann frage ihn jetzt."

"Wozu noch Verital, sie hatten doch die Lupe."

"Mit Lupe und Verital erinnert er sich sogar an seine Zeugung."

Hardys Humor paßte mir gerade überhaupt nicht. Ich schüttelte den Kopf.

"Sag mal, bist du bescheuert, du hast zwei Leute umgelegt, mit 'ner verbotenen Waffe, mein bester Freund liegt da, gerade noch vor dem Abkratzen gerettet, du klaust einfach so zwei Magnetbahnen und reißt dann noch blöde Witze?"

Hardy schien über meinen Ausbruch verblüfft.

"Ich fahre nur mit geklauten Magnetbahnen, aber ich glaube, du braucht einen Drink."

"Ich will mich jetzt nicht betäuben, ich will wieder aufwachen aus diesem Alptraum", sagte ich heftig.

"Wir fahren zu mir, versorgen den Doc und dieses Früchtchen und dann erzähle ich dir eine Geschichte, ok?"

"Ich muß in die Firma zurück."

"Du arbeitest um diese Uhrzeit."

"Ich hacke gerade am Albula-Terminal. Deswegen wußte ich ja von Serge."

"So was schreiben die in ihren Computer. Die sind ja wahnsinnig."

"War alles geschützt."

"Pffff, Paßwortschutz, Codes, lächerlich, für diesen Leichtsinn gehören sie bestraft."

"Deswegen muß ich zurück, heute habe ich einen Vorwand am Terminal zu arbeiten."

"Du bei Albula?"

Ich erzählte ihm von meinem neuen Job.

"Ich setze dich bei deiner Magnetbahn ab, wir treffen uns dann bei mir", schlug Hardy vor.

"Ich weiß gar nicht, wo du wohnst."

Er nannte mir die Adresse. Hardy setzte mich bei meiner Magnetbahn ab und ich fuhr zur Firma zurück. Der Nachtpförtner nickte mir zu. Ich sah auf die Uhr. Nicht zu fassen, ich war gerade dreißig Minuten weg gewesen. Ich grinste den Pförtner an, ging in den Rechnerraum und ließ mich in den Sessel sinken. Aber ich konnte mich nicht konzentrieren. Zuviel spukte mir im Kopf herum. Vor allem die Sorge um Serge. Sein Zustand war nicht gefährlich, aber er würde die Auswirkungen des Drogenrausches noch über Tage spüren. Ich entschied, zu Hardy zu gehen und mich um Serge zu kümmern. Ich wollte gerade gehen, da fiel mir noch etwas ein. Ich aktualisierte die Uhrzeit an meiner Konstruktion auf dem Computer, man kann ja nie wissen. Eine kleine Unachtsamkeit konnte genügen und die Häscher waren wieder hinter einem her. Ich verließ die Firma und programmierte in meiner Magnetbahn die von Hardy genannte Adresse. Nach allem, was ich erlebt hatte, würde mich nicht wundern, wenn das Haus ihm nicht gehören würde. Die Fahrt dauerte etwas eine halbe Stunde. Die Magnetbahn glitt durch ein nobles Viertel der Stadt. Keine Frage, Hardy wußte gut zu leben. Plötzlich bog die Magnetbahn ab und glitt die Rampe zu einer Tiefgarage hinunter, die unter einer mittelgroßen Villa lag. Mit dem Aufzug fuhr ich in die Wohnräume.

"Wenn ich noch ein bißchen weiter mache, erzählst du mir Sachen, von denen du gar nicht wußtest, das du sie gewußt hast", sagte eine Stimme, leise und gefährlich. Hardys Stimme.

Im Vergleich zu seinem früheren Verhalten kam er mir wie ein Amokläufer vor. Ich stürmte in den Raum, aus dem Lichtschimmer auf den Flur fiel. Ein geschmackvoll eingerichtetes Wohnzimmer. Möbel aus echtem Holz standen auf kostbaren Teppichen, die den Boden ganz bedeckten. Eine Wand war ganz aus Glas und führte, wie ich vermutete auf eine Terrasse, der Vorhang verdeckte die Sicht nach draußen. Zwei Wandlampen mit seltsam geformten Schirmen warfen ein gedämpftes Licht auf die Szene. Der Weißkittel lag am Boden, die Kleidung zerrissen und mit Blut bespritzt.

"Sag mal, bist du wahnsinnig", schrie ich Hardy an.

"Halt dich da raus, das ist eine Sache, die nur mich angeht", fauchte er zurück. Er war ganz bestimmt nicht wahnsinnig. Er war bei klarem Verstand, aber vor Wut außer sich.

"Serge ist mein Freund", wandte ich ein.

"Es geht nicht um Serge." Das nahm mir den Wind aus den Segeln. Es mußte die Lupe sein. Die Lupe brachte ihn unheimlich in Rage. Ich zögerte.

"Helfen Sie mir", flehte mich der Mann am Boden an, es war die gelehrte Stimme vom Aufzeichnungsgerät, aber sie klang undeutlich, "der Irre bringt mich um."

"Ihnen helfen", ich schwankte zwischen Ärger und Haß, "sie wollten meinen besten Freund durch die Lupe ziehen."

"Mein Jeinar, ich wurde gezwungen. Meine Familie wird bedroht. Ich

wollte das nicht. Ich wollte das nicht."
Die letzten Worte gingen in hysterischem Kreischen unter. Hardy ging
hin und schlug ihm auf die Wange.
"Nicht mehr schlagen", wimmerte der Weißkittel, "bitte, nicht mehr
schlagen."
Hardy drehte sich um, er wirkte wieder sehr konzentriert.
"Ich habe ihm kaum was getan, der mit den Nerven völlig runter",
brummte er, als wolle er sich vor mir rechtfertigen.
Der Weißkittel kauerte am Boden. Hardy kniete neben ihm nieder und
umfaßte seine Schulter.
"Na, kommen Sie, erzählen Sie mir Ihr Problem."
Der Weißkittel nickte und schniefte. Erst langsam, dann immer schneller
begann er zu reden.
"Ich bin Physiker bei Albula, ich habe auf Ikarus gearbeitet, es war wie
in einem Lager, ich wußte gar nichts davon, man hat mir nur gesagt,
versetzt ins neue Forschungszentrum. Dort habe ich schnell
spitzgekriegt, woher Ikarus die Waffen hatte. Bei dem imperialen
Angriff sind die meisten von uns ums Leben gekommen. Nur ich und
noch einer hatten uns abgesetzt. Wir sind aber geschnappt worden."
Der Weißkittel holte tief Luft. Seine Stimme hatte jeden gelehrten
Unterton verloren. Etwas zusammenhanglos erzählte er weiter.
"Meine Familie war auf der Erde geblieben. Sie sollte später
nachkommen, wenn ich eingearbeitet wäre." Er schluchzte.
"Es war so in gutes Angebot, verdammt, ich hätte meinen Kindern eine
schöne Zukunft bieten können."
Ich wollte eine Frage stellen, aber Hardy winkte ab.
"Wir sind also geschnappt worden, da waren wir schon auf der Erde",
kam der Weißkittel zum Thema zurück, "den anderen haben sie
erschossen, mich haben sie in der Villa eingesperrt, ich sollte die Lupe
installieren, sie sagte mir, daß sie meine Familie hätten. Sie zeigten mir
Fotos und Filme, ich habe ihnen geglaubt. Ich habe diese Lupe
aufgebaut, wir haben sie an zwei Leuten getestet, die die anderen
angeschleppt hatten. Ich habe zweimal versucht zu fliehen, aber ich
hatte keine Chance. Sie waren immer mindestens zu dritt. Dann kam ihr
Freund und jetzt sitze ich schon wieder in der Falle..." Er begann
hemmungslos zu weinen. Hardy seufzte und richtete die Augen gegen
die Decke.

"Jetzt haben wir noch einen, den man vor Albulas Zorn schützen muß.
Nur haben wir keinen Beweis. Sch..."
"Nur langsam", sagte ich, setzte mich auf den Boden und sah dem
weinenden Mann in die Augen. Er war vielleicht fünfunddreißig Jahre
alt, sah aber jetzt aus wie fünfundfünfzig. Ich griff ihn vorsichtig am
Arm.
"Hören Sie", sagte ich leise, "wer ist sie, wer waren diese Leute."
"Brandons Leute. Er hat die Befehle, die er gekriegt hat, an sie
weitergegeben."
"Brandon bekam Befehle?" Hardy runzelte die Stirn.
"Ja, bevor sie mich ins Lager steckten, war ich Brandons
wissenschaftlicher Assistent. Aber er führte auch nur aus. Als ich zu
viele Fragen stellte, haben sie mich ins Lager gesteckt. Ich war so ein
naiver Idiot." Er begann wieder zu weinen.
"Die Sache bekommt langsam Farbe", murmelte Hardy, und an den
Weißkittel gewandt, "von wem bekam Brandon die Befehle?"
Der schniefte.
"Haben Sie ein Taschentuch für mich?"
Hardy und ich durchsuchten unsere Taschen. Kein Taschentuch. Hardy
griff nach hinten, um ein Stück Vorhang abzureißen. Sein Blick fiel
nach draußen.
"Oh, Mann", stöhnte er.

-- Kapitel Drei ---

"Was ist?", fragte ich, böses ahnend.
"Hast du die hergelockt", fragte mich Hardy, ohne den Blick vom
Fenster zu nehmen.
"Wen?"
Statt einer Antwort warf sich Hardy zur Seite.
"Köpfe runter", brüllte er.
Da ich schon kniete. hatte ich es nicht weit nach unten. Ich drückte den
Weißkittel zu Boden. Das Inferno kam ohne Vorwarnung. Plötzlich
stand das ganze Zimmer in Flammen. Raus, nichts wie raus. Ich zerrte
den Weißkittel, der wie gelähmt war, hinter mir her. An den Wänden
züngelten Flammen empor. Die schönen Holzmöbel brannten lichterloh.

Durch die Hosentasche hindurch drückte ich den Türgriff. Ich verbrannte mir trotzdem die Finger. Auch die Tür begann bereits zu brennen. Im Flur ließ ich den Weißkittel los und spähte in den Raum zurück. Eine einzige Flammenwand. Hardy hatte keine Chance mehr. Und keiner konnte ihm helfen. Aber wo war Serge? Das Feuer fraß sich bereits auf den Gang.
"Versuchen Sie in die Garage zu kommen", schrie ich dem immer noch benommen am Boden liegenden Physiker zu und rannte den Gang entlang. Hinter den Türen lagen schön eingerichtete Zimmer, aber alle leer. Die Explosion hatte die Fensterscheiben zersplittert und die Vorhänge zerrissen. Das letzte Zimmer des Ganges war ein Schlafzimmer. Serge lag auf dem Bett. Er war immer noch nicht richtig bei Bewußtsein. Ich lud ihn mir auf die Schultern und wollte den Gang zurück rennen. Zu spät, die Flammen hatten den Weg zum Aufzug bereits versperrt. Der Weißkittel war verschwunden. Ich erinnerte mich der zersplitterten Fenster. Zum Glück waren die Räume im Erdgeschoß. Ich ließ Serge so vorsichtig wie möglich durch eines der Fenster gleiten und kletterte hinterher. In den umliegenden Häusern brannte plötzlich Licht. In den Fenstern sah man die Silhouetten von Menschen. Ich packte Serge wieder und rannte zur Straße. Von den Leuten, die das Inferno verursacht hatten, war nichts zu sehen. Ich rannte mit meinem Paket die Rampe zur Tiefgarage hinunter. Was hatte ich Serge heute schon herumgetragen. In der Tiefgarage spürte man das Feuer nicht. Nur der Geruch nach Rauch und verbrennenden Kunststoffen hing in der Luft. Hardys Magnetbahn stand noch da, daneben meine. Ich rannte zum Einstieg meiner Magnetbahn und hielt in der Bewegung inne. An Hardys Magnetbahn hockte ein Gespenst, mit den Rücken an die Außenhaut gelehnt. Der Weißkittel kniete davor. Das Gespenst stöhnte: "Schaff' mich in die Bahn, du jeinarverdammter Idiot."
Der Weißkittel reagierte nicht. Ich ließ Serge herunter und durchsuchte das Gespenst - Hardy hatte es tatsächlich aus der Wohnung geschafft - nach dem Vorrangschlüssel. Die Bahn öffnete sich und ich hob Hardy in die Bahn hinein. Er sah furchtbar aus. Seine Kleidung hing in schwarzen Fetzen an ihm herunter, seine Haut war großflächig verbrannt. Er mußte schnell in ein SanAreal, dort konnte ihm geholfen werden. Aber was den Leuten dort erzählen. Der Weißkittel hatte sich inzwischen Mühe gegeben, Serge in die Bahn zu zerren. Ich schloß die Klappe und

programmierte irgendein Ziel, möglichst weit weg und möglichst schnell. Die Bahn setzte sich zügig in Bewegung. Schnell entfernten wir uns von dem brennenden Haus. Das Feuer hatte sich bereits in den ersten Stock gefressen. Das ganze Haus würde ein Opfer der Flammen werden.

"Du bringst mich nicht ins SanAreal, klar", stöhnte Hardy.

"Wohin sonst?"

"Egal, aber nicht in ein SanAreal."

Also Schneider. Aber er war nicht in der Stadt. Wir mußten es trotzdem versuchen. Hardy brauchte schnelle Hilfe. Ich tippte Schneiders Adresse ein. Die Magnetbahn huschte eilig über die leeren Wege. Auf dem Schirm versuchte ich festzustellen, ob uns eine Magnetbahn folgte. Aber es war nichts zu sehen.

In Schneiders Tiefgarage läutete ich Sturm an der Empfangsanlage. Nach einer Minute erschien einer der Assistenten auf dem Bildschirm, er war sichtlich aus dem Schlaf gerissen worden. Als er mein Gesicht erkannte, bekam er große Augen.

"SIE? Sie sollten doch nicht mehr herkommen."

"Das ist ein Notfall. Holen Sie einen Spezialisten für Verbrennungen und zwar schnell. Und dann lassen Sie uns rein. Ich habe einen Schwerverletzten."

Der Sekretär reagierte. Er drückte den Türöffnungsknopf. Hardy hatte inzwischen halb das Bewußtsein verloren, aber egal wie ich ihn anfaßte, schrie er auf. Er mußte Verbrennungen am ganzen Körper haben.

"Tut mir leid", murmelte ich und packte den vor Schmerz laut aufstöhnenden und lud ihn mir auf die Schulter. Der Weißkittel sah mir staunend zu.

"Na los, machen Sie sich nützlich", herrschte ich ihn an, "Sie tragen ihn."

Mit dem Kopf wies ich auf Serge, der seinen Dämmerzustand noch nicht hinter sich hatte. Ich schleppte Hardy in den Aufzug, der Weißkittel folgte mir ächzend und stöhnend. Oben erwartete uns der Sekretär. Bei Hardys Anblick schwankte er kurz, aber er faßte sich.

"Ich habe Doktor Garreau angerufen, er ist Schneiders Vertrauter. Kommen Sie in den SanBereich", sagte er und wies uns den Weg in die Zimmerflucht, in der ich vor ein paar Monaten meine Identität gewechselt hatte. Ein merkwürdiges Gefühl überkam mich. Meine

Gedanken glitten ab. Wie hatte Clifford Stanton denn ausgesehen? Ich konnte mich gar nicht richtig erinnern. Ich wußte nur noch die Haarfarbe. Merkwürdig, wie kann man ein Gesicht so einfach vergessen, noch dazu das eigene. Aber oft hatte ich mein Gesicht ja nicht gesehen. Ein flüchtiger Blick in den Spiegel, ein paar Fotos, das war alles. Trotzdem wurde mir bei dem Gedanken ganz seltsam. Ich spürte eine merkwürdige Erschöpfung, als ich Hardy vorsichtig auf dem OP-Tisch abgelegt hatte. Er hatte aufgehört zu wimmern, die Natur hatte ein Einsehen mit ihm gehabt und ihm den Vorhang heruntergelassen. Meine Augen suchten einen Stuhl oder etwas ähnliches, meine Knie würden mich nicht mehr lange halten.

"Fehlt Ihnen was?", fragte der Sekretär besorgt. Auf mich wirkte seine Frage einfältig.

Konnte dieser Mann denn nicht sehen, was mir fehlte. Ein bißchen Ruhe und endlich Frieden. Kein Leben auf der Flucht, auf dem Sprung. Keine ständigen Angriffe, sondern ein einfaches, stinklangweiliges Leben. Ein paar gute Freunde hatte ich schon, das Problem stellten die guten Feinde dar. Sie waren zu mächtig. Plötzlich wurde mir klar, daß es demnächst so oder so zur Entscheidung kommen mußte. Einen zweiten Identitätswechsel würde ich nicht mitmachen. Aber die neue Identität des Peter Strehlau war enttarnt, oder etwa nicht? Was war eigentlich geschehen. Ich erinnerte mich an Hardys letzten Satz. 'Hast du die hergelockt?', hatte er gesagt. Diese Worte kreisten in meinem Kopf. War ich verfolgt worden, als ich die Firma verlassen hatte? War man meinen Computermanipulationen auf die Spur gekommen? Oder waren wir in Brandons Haus in eine Falle gelaufen? Versteckte Kameras, Identitätsmerkmale, die wir zurückgelassen hatten? Das mußte die Erklärung sein. Wir waren einfach zu weit gegangen. Aber immerhin lebte Serge noch. War das nicht wichtiger? Und ob! Also war ich wieder Freiwild, war Peter Strehlau jetzt genauso weit, wie es Clifford Stanton gewesen war. Es gab nur zwei Möglichkeiten, die oder ich. Aber wie. Die Einschleusungsaktion in die Firma hatte keine greifbaren Ergebnisse erbracht, war völlig im Sande verlaufen. Ich stand mit völlig leeren Händen da. Ich konnte mir Schneiders Reaktion auf diese Neuigkeiten vorstellen. Er würde stinksauer werden, als Geschäftsmann hatte er sich von seiner Investition einen Gewinn versprochen. Dieser Gewinn war in genauso weiter Ferne wie zuvor.

Die Ankunft des Arztes brachte mich in die Realität zurück. Als er Hardy sah, preßte er kurz die Hand auf den Mund und begann sich umzuziehen. Ein Segen, daß Schneider in der Branche tätig war, alle benötigten Geräte waren in Kürze greifbar. Mittels eines kleinen unverbrannten Hautstückchens von Hardy und diversen bioaktiven Reagenzien züchtete der Arzt in einem aquariumsähnlichen, aseptischen Glaskasten einen großen Lappen Haut heran. Dieser Lappen hatte den Vorteil, daß es keinerlei Abstoßungsreaktionen gab. Der neue Hautlappen wurde auf das vorbehandelte nackte Fleisch aufgelegt und mit Salben quasi aufgeklebt. Nach drei Stunden Operation kam der Arzt erschöpft aus dem OP und lächelte mir, der ich auf einem Stuhl gewartet hatte, zu.
"Er ist über den Berg."
Ich dankte ihm mit letzter Kraft, schleppte mich zum nächsten Sofa und fiel in einen tiefen traumlosen Schlaf.

Als ich erwachte, schien im Haus geschäftiges Treiben zu herrschen. Geräusche von Stimmen und Schritten drangen an mein Ohr. Eindeutig konnte ich Schneiders sonoren Baß heraushören. Ich stand auf und sah an mir herunter. So konnte ich ihm doch kaum gegenübertreten. Meine Kleidung hing schwarz und in Fetzen an mir herunter. Meine rechte Hand schmerzte immer noch ein bißchen von der Verbrennung.
"Zum Teufel mit dem Aussehen", knurrte ich und trat aus dem Zimmer. Schneider stand auf dem Gang und drehte sich gerade zu mir um.
"Herr Strehlau", rief er aus. Ich rechnete mit dem schlimmsten. Schneider stürzte auf mich zu.
"Jeinarseidank, Ihnen ist nichts passiert, ich hatte mir die größte Sorgen gemacht. Wie sehen Sie denn aus? Kommen Sie nehmen Sie ein Bad. Ich lasse Ihnen frische Kleider besorgen."
Völlig überrascht und willenlos ließ ich die herzliche Begrüßung über mich ergehen. Schneider schob mich in eines der Bäder und sagte beim Herausgehen:
"In einer Stunde ist großer Kriegsrat in der Bibliothek. Sehen Sie zu, daß Sie fertig werden."
Ich ließ mich jedoch nicht in Eile bringen. Ein dienstbarer Geist brachte frische Sachen, während ich mich in einem SprudelSchaumBad vergnügte. Die ganze Last der Probleme fiel von mir ab und ich

planschte wie ein kleines Kind. Ein herrliches Gefühl. Doch die Uhr mahnte. Ich machte mich fertig und trat auf den Gang. Dort stieß ich auf Serge, der wieder aus seinem Verital-Rausch aufgewacht war. Er machte einen besorgten Eindruck.
"Hallo, Pit, danke, danke für alles", sagte er und umarmte mich.
Ich wußte nicht was ich sagen sollte, also klopfte ich Serge nur beruhigend auf die Schulter.
"Ich habe immer noch keine Nachricht von Pat und Tim", begann Serge mit tränenerstickter Stimme. Es traf mich wie ein Schock. Seit Monaten waren die beiden verschwunden, ohne das geringste Lebenszeichen.
"Hat sich denn nichts mehr ergeben?"
"Nein, seitdem sie auf Cypres 6 gewesen sind, hat man sie nicht mehr gesehen. Was ich in letzter Zeit herumgesucht habe, geht auf keine Kuhhaut."
"So hast du also deine Tarnung zerstört."
"Ich konnte einfach nicht anders."
Ich verstand. Für Serge waren Pat und Tim seine Kinder. Nichts konnte ihn daran hindern sich zu vergewissern, ob es ihnen gutging. Aber wo konnten sie nur geblieben sein. Wären sie entführt worden, hätten sich doch die Entführer längst gemeldet.
"Gehen wir in die Bibliothek", sagte Serge. Er wirkte resigniert. Gemeinsam betraten wir den geschmackvollen Raum im ersten Stockwerk von Schneiders Haus. Drei der Wände waren mit Regalen ganz bedeckt, die richtige, auf feinem Papier gedruckte Bücher enthielten. Es gab aber auch noch ein OnLine-Lesegerät, natürlich auf dem letzten technischen Stand. Die anderen saßen bereits. Der Weißkittel, inzwischen wußte ich seinen Namen, Ruud van Haregem, saß neben Schneider, der in einem gemütlichen Ohrensessel Platz genommen hatte. Auch Hardy war da, die Möglichkeiten der modernen Medizin faszinierten mich. Er saß dick bandagiert in einem AutomobSessel, aber seine Augen strahlten wie die eines Mannes, der gerade vom Galgen abgenommen worden war und sein Glück immer noch nicht fassen konnte. Ich nahm rechts von Hardy Platz, Serge setzte sich neben Schneider. Schneider ergriff, an mich gerichtet, das Wort:
"Ich erspare mir die lange Vorrede. Ihr Freund Hardy, Jeinarseidank wird er wieder völlig gesund werden, wie mir der Arzt versichert hat, hat mir erzählt, daß sie gerade eine Unterhaltung mit Herrn van

Haregem hatten, als sie angegriffen wurden. Ich bin soweit informiert und schlage vor, daß wir mit der Befragung von Herrn van Haregem fortfahren."
Ich nickte.
"Bitte."
"Wo waren wir stehengeblieben?", fragte van Haregem, der heute einen viel besseren Eindruck machte. Seine Stimme hatte wieder diesen gelehrten Klang.
"Wir waren gerade dabei stehengeblieben, von wem Brandon die Befehle bekam", kam es von Hardy wie aus der Pistole geschossen, obwohl es sich wegen der Verbände noch ein bißchen undeutlich anhörte. Van Haregem wiegte den Kopf hin und her.
"Es gab da einen Dr. Haugst. Aber er war nur der Übermittler. Brandon ließ es keinen wissen, daß er nur auf Anweisung handelte. Er ist sehr ehrgeizig. Aber da ich seine rechte Hand war. bekam ich doch einiges mit."
"Was war mit Haugst?", Hardy blieb hartnäckig am Thema.
"Er kam zweimal die Woche, ich weiß nicht einmal von wo. Offiziell war er unser Auftraggeber. Er hatte immer ein Köfferchen bei sich, das Strategiepapier. Immer wenn Dr. Haugst ankam, gab es eine Besprechung zwischen Brandon und Dr. Haugst, sie fand hinter verschlossenen Türen statt."
"Und Sie haben nicht einmal versucht herauszubekommen, was da besprochen wurde?"
"Nein, diese Sitzungen waren geheim. Es wurden auch nicht die sonst üblichen Videoaufzeichnungen gemacht."
"Wie lange haben diese Sitzungen gedauert?", wollte Schneider wissen.
"Meistens etwa zwei Stunden. Dr. Haugst ist danach immer gleich wieder gegangen."
"Woher wollen Sie eigentlich wissen, daß Brandon von Haugst Befehle bekam", Serge formulierte den Gedanken, den ich gerade gewälzt hatte.
"Ganz einfach, Brandon hat Dr. Haugst nicht wie einen Auftraggeber, sondern wie einen Vorgesetzten behandelt. Er hätte das natürlich nie offen gesagt, aber man spürte einen feinen Unterschied in der Art, wie er ihn behandelt hat."
'Er muß einen Heidenrespekt vor diesem Haugst haben', dachte ich. Bei der Erwähnung dieses Namens stand der Physiker innerlich stramm.

Hardy, der die letzte Minute gar nichts mehr gesagt hatte, legte sein Gesicht, vielmehr das, was davon unter den Verbänden zu sehen war, in nachdenkliche Falten.

"Ich kenne diesen Haugst nicht", er schüttelte den Kopf, "nie gehört."

Ich war vom Donner gerührt, meine Kinnlade klappte nach unten. Hardy kannte eigentlich jeden, vor allem in dieser exponierten Stellung. Außerdem wußte er bei Brandon und seinesgleichen doch bestens Bescheid.

"Beschreiben Sie ihn", forderte Hardy van Haregem auf.

"Na, ja, etwa einsachtzig groß, sehr massiv gebaut, aber mehr Muskeln als Fett, Haare, hm", er überlegte, "ich glaube blond und braune Augen, ja, stechende braune Augen. Und er trug immer einen Mittelscheitel."

"Giorgos, Jon Giorgos. Das gibt's doch nicht", fuhr Hardy auf, er lachte verächtlich, "einen Doktortitel, das paßt zu dieser Figur. Und der war bei Brandon?"

"Ich weiß nichts von Giorgos, oder so", antwortete van Haregem verwirrt.

"Das wirft ein ganz neues Licht auf die Sache", sagte Hardy.

"Der Name kommt mir bekannt vor, ich glaube, ich kenne ihn sogar persönlich", dachte Schneider laut nach.

"Erfahren wir jetzt auch, worum es geht?", wollte Serge nicht ohne Ungeduld wissen.

"Offiziell ist Giorgos ein respektabler Geschäftsmann", begann Hardy, immer leiser sprechend. Er starrte vor sich hin. Es schien als wäre er weit weg und würde sich an eine lange zurückliegende Begebenheit erinnern.

"Sind Sie in Ordnung", fragte Schneider besorgt.

Hardy fuhr auf.

"Ja, ja, alles in Ordnung."

"Sie sprachen von offiziell. Was ist Giorgos, denn inoffiziell von Beruf."

"Er führt ein Doppelleben, ein höchst kriminelles sogar. Es heißt er sei der Kopf der CYSTRA."

Alle verzogen mehr oder weniger das Gesicht. Die CYSTRA stellte die Nachfolgeorganisation dessen dar, was vor langer Zeit auf der Erde als Mafia klein angefangen hatte. Schneider verzog das Gesicht am meisten. Der Imperiale Rat und seine Exekutivorgane versuchten seit etwa einhundert Jahren die CYSTRA ein für allemal auszurotten. Doch wie

schon bei der Mafia erwiesen sich alle Versuche als aussichtslos. Die Zentralen der CYSTRA lagen auf der Erde und Ikarus. Ein Gedanke begann leise in mir zu kreisen.
"Woher stammt Giorgos?", fragte ich Hardy.
"Er ist von der Erde", er stutzte, "hast du mit der Frage einen Hintergedanken?"
"Allerdings, es ist mir schleierhaft, wieso eine Organisation von der kalten Professionalität der CYSTRA ihr zweites Hauptquartier in die Luft sprengt bzw. sprengen läßt."
Hardy nickte.
"Interplanetarer Bandenkrieg. Das wäre mal etwas ganz neues."
"Bevor wir jetzt wild anfangen zu spekulieren", unterbrach Schneider und sprach zu Hardy, "sollten wir erst einmal sichergehen, das es sich bei Dr. Haugst tatsächlich um Jon Giorgos handelt. Sie wollen ihn aufgrund einer vagen Beschreibung erkannt haben, Hardy, das ist mir zu dünn."
"Mittelscheitel in Verbindung mit massigen einsachtzig und braunen stechenden Augen ist nicht allzu häufig", wandte der ein.
"Wenn Giorgos wirklich ein angesehener Geschäftsmann ist, könnte er ein Kunde von mir sein, damit steht er mit einem Foto in meiner Datei. Wenn sie mich einen Moment entschuldigen würden."
Schneider stand auf und setzte sich an sein Lesegerät, das sich als Multiterminal entpuppte. Schneider blätterte eine Weile in seiner Kartei und rief dann herüber:
"Ist er das?"
Van Haregem ging und Hardy rollte hinüber.
"Klarer Fall, ja", sagte Hardy sofort.
Van Haregem zögerte.
"Nun, es wäre möglich", er wandte sich wie ein Wurm.
"Ja oder ja?", forderte Hardy ihn auf.
"Doch, wenn man sich den Bart wegdenkt, dann ist er es wohl."
"Ich finde das unvorsichtig", warf Serge ein, "einfach so zu Brandon spazieren."
"Dr. Haugst kam auch immer erst sehr spät in die Firma", sagte van Haregem.
"Das läßt sich doch hervorragend begründen, der erfolgreiche Geschäftsmann und der Manager einer Imperialfirma treffen sich zum

Geschäftsgespräch", antwortete Hardy.
"Hinter verschlossenen Türen?"
"Das ist heute eher die Regel. Die ständigen Videomitschnitte haben die Leute mit der Zeit so abstumpfen lassen, vor allem was Geheimhaltung angeht, daß die Firmen heute ihre Leitenden sogar dazu anhalten, wichtige Firmenangelegenheiten ohne Video zu besprechen."
Auch mir was das alles noch zu einfach.
"Was kann Giorgos Brandon geboten haben, daß sich dieser so vor dessen Karren spannen ließ. Geld kann es nicht gewesen sein. Macht auch nicht", brachte ich meine Zweifel vor.
"Warum nicht Macht. Giorgos hat Brandon irgendeine Position versprochen", Hardy war um keine Antwort verlegen.
"Glaubst du, ein Mann wie Brandon, der sich von unten so weit hochgearbeitet hat, verläßt sich auf das Wort eines Kriminellen?"
Hardy zögerte. Er wackelte mit dem Kopf, verzog aber gleich darauf vor Schmerzen das Gesicht.
"Er hat schon mehr Fehler gemacht. Die Lupe im eigenen Haus, ständig schießen seine Leute daneben."
"Nein, nein, so einfach ist die Welt nicht. Wäre es nicht möglich, daß wir Brandon auf dem Präsentierteller serviert bekommen. Ständig taucht sein Name auf, ständig. Mir ist das verdächtig."
Endlich hatte ich ausgesprochen, was ich seit einiger Zeit mit mir herumtrug.
"Du meinst Brandon ist gar nicht der Hauptkriminelle."
"Vielleicht ist er auch ein Opfer."
"Erpressung?"
"Zum Beispiel. Er hat viel zu verlieren."
Die Stille, die im Raum hing, wirkte unheimlich. Jeder wälzte den neuen Gedanken, prüfte ihn, versuchte Pro- oder Contra-Argumente zu finden. Schneider brach das Schweigen als erster.
"Der Gedanke gefällt mir persönlich zwar gar nicht, aber sie könnten recht haben."
"Ist es denn nicht schon kompliziert genug? Muß es jetzt noch komplizierter werden", sagte Serge mit gespielt anklagender Stimme. Die anderen grinsten.
"Vielleicht muß es das", sagte Hardy nachdenklich.
"Was für eine Konsequenz könnten wir daraus ziehen?", wollte

Schneider wissen.

"Wir könnten uns mit ihm verbünden", sagte ich. Den anderen fiel die Kinnlade herunter.

Ein sehr abrupter Sprung. Vor Minuten hatten wir noch beraten, wie wir Brandon treffen könnten und nun sollten wir uns mit ihm verbünden? Die Reaktionen waren entsprechend.

"Laß die blöden Witze", knurrte Hardy.

"Niemals", rief van Haregem aus.

"Nein", sagte Schneider und schüttelte energisch den Kopf.

"Und selbst wenn", ereiferte sich van Haregem, "was sollten Sie ihm denn schon bieten können?"

"Unser Schweigen. Immerhin sind wir hinter seine schmutzigen Geschäfte gekommen und trotz aller gegenteiliger Bemühungen auch immer noch am Leben", erwiderte ich, nicht mehr sicher, ob ich nicht zu weit gegangen war.

"Unsinn", fuhr Hardy auf, "wir können nichts beweisen."

"Jaaa", sagte Serge langgezogen, meine Partei ergreifend, "aber das weiß Brandon nicht."

"Das muß er aber annehmen, da er nichts von uns hört. Weder Erpressung noch Offenlegung."

"Wenn dem so wäre, müßte er nicht ständig versuchen, Pit und mich umzubringen."

Hardy wollte noch etwas sagen, hielt aber inne.

"So kommen wir nicht weiter", sagte er ärgerlich.

"Richtig", fiel Schneider ein, "und so leid es mir tut, ich muß die Diskussion hier abbrechen, meine Geschäfte rufen mich. Ich werde morgen wieder anwesend sein, am Abend. Ich schlage vor, wir diskutieren dann weiter."

Die anderen nickten.

"Etwas muß ich noch vorbringen", sagte ich, mir war plötzlich das Computerdokument eingefallen, "sie wissen von Serges Verbindung zu Schneider. Müssen wir nicht damit rechnen, daß sie auch hierher kommen werden, kurz über lang."

"Hier sind Sie sicher", sagte Schneider schnell.

"Vielleicht nur so lange, wie Sie da sind."

"Nein, das würden sie nicht wagen. Bleiben Sie hier, auf jeden Fall."

Ich nickte zustimmend, aber innerlich war ich ganz anderer Meinung.

"Also, bis morgen abend", sagte Schneider und verließ den Raum.

"Du bist gut", blaffte mich Hardy an, "erst erzählst du Schauermärchen von Verbündeten und jetzt zweifelst du auch noch den einzigen Ort auf der Welt an, auf dem du noch wirklich sicher bist."

Ich war über seinen Ausbruch verblüfft. Irgend etwas stimmte mit ihm nicht. Es war nicht seine Art andere Leute so anzufahren. Ich schob es auf seine Verletzungen und die Medikamente, die ihn schmerzfrei halten sollten, also sagte ich nichts.

"Mich wundert, daß er uns nicht einfach rausgeschmissen hat. Er bringt sich wegen uns in große Gefahr", fuhr Hardy fort.

"Er muß einen guten Grund haben", sagte Serge.

"Oh, ja", Hardy nickte bedeutungsvoll mit dem Kopf.

Da begriff ich. Sie mußten alle einen besonderen Grund haben. Bei van Haregem und Serge war es quasi derselbe. Ihre Familie war bedroht. Aber Schneider und vor allem Hardy? Mit Hardy war eine merkwürdige Veränderung vorgegangen. Bis zu Serges Entführung hatte er mir als Freund geholfen, seitdem verfolgte er eigene Ziele. Und er verfolgte sie mit der ihm eigenen Hartnäckigkeit. Sein besonderer Grund mußte mit der Lupe zu tun haben. Seine Reaktion darauf war sehr stark gewesen, sehr stark und sehr emotional. Und Schneider? Die Begründung, die er mir vor langer Zeit, oder waren es erst drei Monate, gegeben hatte, daß er Brandon aus politischen Gründen ablehnte, reichte einfach nicht für den Einsatz, den er brachte. Ich war versucht, Hardy nach seinem Grund zu fragen, aber ich traute mich nicht.

Was war eigentlich mein Grund? Hatte ich einen besonderen Grund? Natürlich waren Pat und Tim auch ein bißchen meine Jungs, aber bei weitem nicht so stark, wie für Serge. War es einfach nur die Tatsache, daß ich das ganze Schlamassel erst aufgerührt hatte? Daß ich von Anfang an dabei war? Reichte das? Ich horchte in mich hinein, bekam aber keine klare Antwort zusammen. War es bei mir nur die Tatsache, daß ich gar nicht aussteigen konnte, selbst wenn ich gewollt hätte? Kein guter Grund, sondern Notwendigkeit. Dieser Gedanke bedrückte mich, er bedeutete, daß ich die letzten Monate immer nur reagiert hatte, nie agiert. Diesen Gedanken und das Vorhaben, das zu ändern, nahm ich mit hinüber in einen tiefen traumlosen Schlaf.

-- Kapitel Vier ---

Am nächsten Morgen erwachte ich und fühlte mich einfach besser. Ich
würde wieder handeln, notfalls alleine. Ich würde mich nicht mehr
verstecken. Hardy und van Haregem ging ich den ganzen Tag aus dem
Weg. Sie stellten für mich die Passiven dar, die, die weiterhin nur
reagieren würden. Alleine mit Serge verband mich etwas besonderes,
das aus unserer langen Freundschaft resultierte. Auch er hatte versucht
zu handeln, versucht Pat und Tim zu finden. Ich war mir sogar sicher,
daß unsere Probleme miteinander verknüpft waren. Löste sich das eine,
so würde sich das andere ebenfalls lösen.
Kurz bevor ich am Abend in die Bibliothek ging, sammelte ich noch
einmal meine Kräfte.
Ich richtete mich auf Wortgefechte mit Schneider und Hardy ein.
Regelrecht kampflustig betrat ich die Bibliothek. Die anderen hatten es
sich schon bequem gemacht. Ich nahm auf dem einzigen noch freien
Sessel neben Serge Platz.
"Na, immer noch auf dem Bündnistrip", fragte mich Hardy freundlich,
aber seine Stimme hatte einen gefährlichen Unterton. Ich lächelte nur.
Nicht gleich die Muskeln spielen lassen.
"Natürlich, es ist der einzig sinnvolle Vorschlag. Konzentration der
Kräfte."
"Du bist total verrückt."
"Ich bin der Jagd müde."
"Du bist lebensmüde."
"Ich sage das nicht gerne", begann ich, "aber wenn ihr nicht mitzieht,
dann gehen Serge und ich alleine."
Jetzt hatte ich eine Bombe gezündet. Zunächst noch eine lautlose
Bombe, denn allen war der Kiefer heruntergeklappt. Doch das entsetzte
Schweigen dauerte nicht lange, ein Sturm der Entrüstung und des
Protests folgte.
"Wahnsinnig ... verrückt ... nicht fair deinen Freunden gegenüber ...
irre", waren die Wortfetzen, die ich identifizieren konnte.
"Was heißt nicht fair", verteidigte ich mich, ein bißchen unsicher war
ich schon geworden, "ich habe es satt, immer nur davonzulaufen."
"Aber du kannst dich doch nicht einfach vor Brandon hinstellen und
dein Sprüchlein aufsagen, er wird dich sofort umlegen lassen", ereiferte

sich Hardy.

"Ich dachte, du hättest mich für intelligenter gehalten."

Hardy grinste kurz.

"Na, erzähl schon, was du vorhast."

"Ich schnappe mir Brandon und setze ihm die Pistole auf die Brust. Bildlich und figürlich gesprochen."

"Ach so", sagte Hardy spöttisch, "du schnappst dir einfach den größten Industriemagnaten des Imperiums, einfach so."

"Genau, alles was ich brauche, ist ein schnelles Raumschiff."

Jetzt lächelte Schneider.

"Abgesehen von der Tatsache, daß ich so eine Wahnsinnstat von Ihrer Seite nicht erlauben würde, hat Peter Strehlau keine Pilotenlizenz", sagte er, mit einem Ton, wie jemand, der weiß das er gewonnen hat.

Er hatte auch fast gewonnen, denn diesen Punkt hatte ich ganz außer acht gelassen. Ohne Pilotenlizenz zu fliegen, das war schwieriger als ohne Eintrittskarte in die TraumShow zu kommen, der beliebtesten Publikumsveranstaltung des Imperiums.

Schneider Lächeln wurde breiter, als er mein Mienenspiel studierte.

Es mußte einen anderen Weg geben. Ich versuchte meine Gedanken zu sammeln, aber es wollte mir nicht gelingen. Die anderen hatten eine lebhafte Diskussion über die neue Strategie begonnen, aber ich hörte gar nicht hin. Serge verfolgte die Diskussion, schaltete sich aber nicht ein. Im Laufe der Zeit begann ein Gedanke in mir zu keimen. Ein unbehagliches Gefühl hatte ich schon, aber ich mußte es einfach probieren, es war wie ein Zwang, ich konnte mich nicht dagegen wehren. Ich beugte mich zu Serge und flüsterte ihm meine Idee ins Ohr. Zunächst schien er nicht sonderlich begeistert, aber nach und nach begann ihm der Gedanke zu gefallen. Auf seine Unterstützung konnte ich also zählen. Die Diskussion verlief noch eine Weile weiter, keiner sprach mehr vom Verbünden, und es kam auch nichts dabei heraus. Man verabredete sich für nächsten Vormittag. Ich zog mich zurück.

"Um halb zwei also", flüsterte Serge zum Abschied.

Um halb zwei kratzte es an meiner Zimmertür. Serge und Pünktlichkeit gehörten einfach zusammen. Ich machte mich schnell fertig und trat auf den Gang. Möglichst ohne jeden Lärm versuchten wir die Tiefgarage zu erreichen und wider Erwarten gelang es uns auch. Es war genau, wie ich gehofft hatte. Keine der Magnetbahnen, die in Schneiders Garage standen, war verriegelt. Serge und ich suchten uns ein unauffälliges Modell aus, ich programmierte den Raumhafen als Ziel.

Die Stadt lag in tiefem Schlaf, als sich die Magnetbahn dem hellerleuchteten Raumhafen näherte, auf dem es keine Tageszeiten gab. Ich hatte plötzlich das unbestimmte Gefühl, verfolgt zu werden, aber der Schirm war leer. Ich schüttelte die unguten Gedanken ab und schrieb sie meinem flauen Gefühl zu, denn ich betrog hiermit die Leute, die für mich gekämpft hatten und denen ich mehrfach mein Leben verdankte. Ich hoffte, ich würde es Ihnen einmal erklären können.

Ein Raumschiff zu mieten, war die einfachste Sache der Welt, sofern man einen Pilotenschein besaß. Serge hatte nie einen besessen und meiner war mit der Identität Cliff Stantons verlorengegangen. Es gab jedoch eine Möglichkeit. Serge und ich steuerten auf den Bereich zu, in dem Richard Sandersen sein Büro hatte. Von Rick wußte ich, daß er eine Lizenz hatte. Serge verzog das Gesicht.

"Wir gefährden damit unsere Identität", wand er ein.

"Die ist wohl schon im Eimer", sagte ich etwas ungehalten, "oder glaubst du, die Explosion die uns beinahe getötet hätte, war ein dummer Zufall."

In manchen Dingen dachte er einfach nicht mit.

"Nein, ich meinte, daß Sie jetzt, nachdem Sie wissen, wer wir nun sind, vielleicht wieder unsere alten Freunde überwachen."

Ich nahm alles zurück, Serge hatte mitgedacht. Ich hielt seinen Einwand jedoch für unbegründet.

"Warum sollten wir uns gerade jetzt an alte Freunde wenden. Es besteht natürlich die Gefahr, daß Rick immer noch überwacht wird. Aber das müssen wir riskieren."

Serge schien zufrieden. Hoffentlich hatte Rick heute Nachtschicht, ansonsten müßte ich seine Nachtruhe empfindlich stören.

Wir hatten Glück, er saß in seinem Büro. Für einen Moment ging es mir, als hätte sich überhaupt nichts geändert und wir kämen auf einen Plausch vorbei. Aber es war nichts so, wie es früher war. Rick sah auf als wir eintraten und schaute uns verblüfft an.

"Ja, bitte, kann ich Ihnen helfen", sagte er, nicht eine Spur müde klingend.

"Hallo, Rick", begann Serge, den er noch am ehesten erkennen konnte, "ich bin's, Wal."

Ricks Augen begannen sich zu weiten.

"Du", er zog das 'u' unnatürlich in die Länge, "Mann, wo hast du gesteckt. Und wo ist Cliff?"

Serge wies mit der Hand auf mich.

"Das ist/war Cliff. Er heißt jetzt Peter."

Rick starrte mich an, seine Kinnlade klappte nach unten. Es war wohl alles ein bißchen viel auf einmal.

"Wir sind in Schwierigkeiten, Rick, kannst du uns helfen", warf ich ein. Rick schüttelte den Kopf.

"Das ist nie und nimmer Cliff, es ist nicht einmal seine Stimme."

"Es ist Cliff und er heißt jetzt Peter", sagte Serge ruhig, "und wir sind wirklich in Schwierigkeiten. Bitte, hilf uns."

"Moment, Moment, hier kommen zwei Leute morgens um drei hereingestürmt und ..." Er brach ab.

"Großer Jeinar, habe ich mir Sorgen um euch gemacht." Er sprang auf und umarmte Serge und mich.

"Ihr müßt mir alles erzählen, auf, gehen wir einen Oraqua trinken."

"Du hast uns nicht verstanden, wir sind in Schwierigkeiten und in Eile, bitte verstehe das", sagte ich eindringlich. Rick nickte.

"Aber um die Erzählung kommt ihr nicht rum. Was braucht ihr?"

"Du mußt uns eine Mitara mieten, auf deine Lizenz."

"Eine Mitara", protestierte Serge, "die ist viel zu teuer."

Ich wischte seinen Einwand mit einer Handbewegung beiseite.

"Das ist mir egal. Ich will das beste Schiff, das es für Geld gibt. Und zweitens geht das nicht auf unser Geschäftskonto."

Serge grinste.

"Gut, da ist nämlich noch einiges drauf."

Rick grinste auch. Ich schob ihn zum Schreibtisch und hielt ihn mit einer Handbewegung zum Arbeiten an. Rick wählte eine Nummer auf dem Visiophon. Dieser Verleih hatte keine Mitara bei der Hand, der nächste hatte nie eine gehabt, beim dritten Verleih wurden wir fündig. Rick buchte die Mitara und ich drückte ihm einige Einheiten in die Hand.

"Wenn es nicht reichen sollte, melde dich."

"Das reicht fast ewig, aber was machst du, wenn die Sprungstation nach deinem Lizenzcode fragt?"

"Dann gebe ich den von Cliff Stanton an, der lebt offiziell noch."

"Dann viel Glück", sagte Rick und wollte sich setzen, als er plötzlich wieder auffuhr. Er schlug sich gegen die Stirn.

"Das hätte ich fast vergessen. Ich habe einen ganz komischen Brief bekommen."

Bei Serge läutete eine Alarmglocke. Er fuhr herum.

"Von Pat und Tim?", fragte er atemlos.

"Ja", sagte Rick perplex, "woher..."

"Zeig' ihn mir."

Rick begann in seinem Schreibtisch zu wühlen. Serge sah ihm mit wachsender Ungeduld zu. Auch ich war gespannt. Endlich hatte Rick seine Suche beendet. Serge riß ihm den Brief aus der Hand und begann laut zu lesen:

"Hallo, Rick. Wir sind ziemlich verzweifelt, du bist unsere letzte Hilfe. Von Cliff und Wal bekommen wir keine Antwort. Hier auf der Station hat man uns gesagt, sie seien tot. Ein Mann, er nannte sich Dr. Haugst, hat uns das gesagt und uns eingeladen. Jetzt sitzen wir auf seiner Station quasi fest. Wir arbeiten und bekommen Lohn, aber wir dürfen nicht auf die Erde. Wir haben da einen Vertrag unterschrieben, ist irgendwie komisch gelaufen. Wir müssen drei Monate arbeiten, bevor wir Urlaub bekommen. Bitte schreib uns. Patrick und Timothy."

„Diese dummen Jungs, ausgerechnet Haugst müssen sie in die Arme laufen." Serge warf den Brief auf den Tisch. Ich nahm mir das Schreiben, es war sechs Wochen alt. Warum hatten die Jungs drei Wochen gebraucht, um diesen Brief zu schreiben? Warum hatten sie Haugsts Einladung überhaupt angenommen? Allerdings erklärte sich, warum selbst Andrew Watts ihre Spur auf Cypres 6 nicht verfolgen konnte.

"Hast du zurückgeschrieben?", fragte ich Rick.

"Wie denn", rief er, immer noch im Schreibtisch wühlend und einen Umschlag hervorbringend, "schau dir das an. Deswegen sagte ich ja, ein komischer Brief."

Ich schaute es mir an. Wie ich den Umschlag auch drehte und wendete, es war kein Absender zu finden. Hatten die Jungs etwa vergessen, den Absender draufzuschreiben. Es sah so aus. Serge drehte die Augen zur Decke. Rick zuckte die Schultern.

"So verdreht sind sie nicht", sagte ich, "sie müssen unter Drogen stehen."

Serge fletschte die Zähne. Er beherrschte sich nur mühsam.
"Ich habe herausbekommen, aus welchen System der Brief kam. Der Transportcode stammt von Axus", sagte Rick.
"Auf nach Axus", knurrte Serge und drängte mich aus dem Büro. Ich konnte Rick gerade noch ein schnelles Dankeschön zurufen, da war ich schon auf dem Gang.
Mit dem Raumschiff gab es keine Probleme. Wir bekamen den Magnetschlüssel, niemand fragte nach Lizenz oder Papieren. Das Schiff war vorbestellt und bezahlt. Ich kletterte ins Cockpit, machte mit dem Tower die Startformalitäten klar und ließ das Triebwerk anspringen. Pfeilschnell schoß die Mitara in den Nachthimmel. Nach nur wenigen Sekunden waren wir im All.

-- Kapitel Fünf ---

An den Sprungstationen nach Axus hatten wir keine Probleme. Niemand fragte irgend etwas nach irgend jemand. Die Mitara war ein tolles Schiff, natürlich mit eigenem SW-Antrieb, und sehr komfortabel ausgestattet. Auch an Abtast- und Meßgeräten war alles vorhanden, was das Herz begehrte. Zwischen den Sprüngen verbrachte ich die meiste Zeit damit, mich mittels eines Lernprogramms in die zahlreichen Computer einzuarbeiten. Alle Rechner wurden von einem Zentralcomputer gesteuert, der über phonetische Befehlseingabe und -ausgabe verfügte. Dies war etwas besonderes. Die Technik zur Sprachverarbeitung war älter als ich selber, aber sie hatte sich nicht durchgesetzt, obwohl sie keine Schwachstellen mehr aufwies. Der Grund war psychologischer Natur, die Leute hatten vor einem sprechenden Computer einfach Angst. Es gab nur sehr wenige Systeme, aber wegen der geringen Nachfrage waren sie sehr teuer. Dadurch, daß man sich mit dem Computer in Umgangssprache unterhalten konnte, war die Bedienung sehr einfach.
Serge rannte unruhig hin und her, die Sorge um seine Jungs schien ihn aufzufressen. Endlich war es mir gelungen, Serge zu überreden, doch ein Dormirat zu nehmen. In aller Ruhe plauderte ich mit dem Zentralrechner, ich muß sagen, daß es mir sogar ziemlichen Spaß machte, auszuprobieren, inwieweit ein Computer Humor haben konnte.

Aber die Programmierer hatten an alles gedacht. Der Computer lachte (!) gerade über eine Bemerkung von mir, als plötzlich meine Gedanken davondrifteten.

Was würden wir auf Axus machen? Wen sollten wir fragen? Sicherlich wären Giorgos und Brandon nicht so dumm, auf einer offiziellen Station Geiseln gefangen zu halten. Oder doch? Die unauffälligste Tarnung ist immer die beste, also mußte die Station auf jeden Fall angemeldet sein. Wir würden uns also eine Liste aller angemeldeten Stationen besorgen.

Wie sich herausstelle, brauchten wir nicht einmal auf Axus zu landen, um die gewünschte Information zu erhalten, der Schiffscomputer der Mitara machte eine Anfrage bei der Militärmeldestelle, und deren Computer sandte uns die Liste über Telekommunikation zu. Als ich die Liste sah, sank mein Mut jedoch. Die Liste bestand aus über zweitausendfünfhundert Stationen. Serge und ich nahmen uns jeder ein Terminal und begannen die Daten zu studieren. Zuvor hatten wir lange diskutiert, nach was wir eigentlich zu suchen hatten. Während ich für eine mittelgroße Station plädierte, hatte Serge eine ganz andere Philosophie.

"Wir müssen eine relativ kleine Station suchen", hatte er erklärt, "am besten eine vollautomatische, denn Brandon und Giorgos werden keine unnötigen Mitwisser brauchen können. Also wird das Personal der Station mit 0-3 Personen angegeben sein, denn jemand muß auf die beiden ja aufpassen."

Dagegen hatte ich einen Einwand.

"Wenn diese Station aber nun das Hauptquartier von Giorgos' Gangsterbande ist, dann ist sie wohl wesentlich größer."

Serge lachte.

"Du nennst die CYSTRA eine Gangsterbande. Das ist gut. Nein, niemand wäre so blöde, sein Hauptquartier in einen vom Militär kontrollierten Raum zu legen."

Da hatte er natürlich recht. Der Weltraum stand unter der Oberaufsicht des Militärs, auf einem Planeten war ein illegales Hauptquartier viel einfacher zu verstecken. Oder die Station war doch nicht angemeldet. Serge schüttelte den Kopf.

"Das Risiko, entdeckt zu werden ist viel zu groß."

"Weißt du überhaupt, wie unendlich weit der Raum ist. Du könntest Jahrhunderte ein Sonnensystem abfliegen, ohne eine bestimmte Station zu treffen."

"Aber du brauchst nur Minuten, um die vom einem großen Radar entdeckten Stationen mit der Liste zu vergleichen..."

Ich mußte ihm recht geben. Schon wieder. Ich wunderte mich doch ein wenig über Serge. War er auf der einen Seite völlig naiv, so brillierte er, wenn es um Logik ging.

Wir ließen die Liste durch den Schiffscomputer laufen, übrig blieben etwa 250 automatische bzw. mit kleiner Besatzung betriebene Stationen.

"Klasse", stieß ich ärgerlich hervor, "die können wir jetzt alle abklappern, oder was?"

"Nun reg' dich wieder ab", beruhigte Serge, "es ist schon 90% weniger geworden."

Wieder hatte er recht. So betrachtet sah es gar nicht so schlecht aus.

"Ein weiteres Suchkriterium müßte uns jetzt noch einfallen", sinnierte Serge. Ich strengte meinen grauen Zellen krampfhaft an, schließlich wollte ich auch etwas zum Gelingen des Unternehmens beitragen. Ein fast kindischer Ehrgeiz erwachte bei mir, es Serge auf dem logischen Sektor einmal zu zeigen.

"Wie würdest du Brandon und Giorgos einschätzen, als was sie so eine Station tarnen würden?", fragte ich.

"Schwer zu sagen, aber eine Forschungsstation würde ich ausschließen."

"Warum?"

"Rein gefühlsmäßig, es wäre nicht ihre Art."

Serge und Gefühle? Ich hob eine Augenbraue. Das konnte ich auch.

"Und ich würde eine Wohnstation ausschließen."

Serge schien verblüfft.

"Wie kommst du darauf?"

"Rein logisch", grinste ich, "denn Wohnstationen haben im Allgemeinen nur zwei Landedecks. Und ich glaube nicht, daß das der CYSTRA ausreicht."

"Das ist gut", sagte Serge eifrig, "wir schließen also alle Forschungsstationen und alle Stationen mit weniger als drei Landedecks aus."

Ich konnte mir ein selbstzufriedenes Grinsen nur mühselig verkneifen, als ich unsere neuen Erkenntnisse in den Computer eingab. Der Rechner spuckte augenblicklich fünf Stationen aus.

"Fantastisch", freute sich Serge, "die können wir alle abklappern, dann

haben wir die Jungs."
"Moment", warf ich ein, "wir haben willkürliche Annahmen getroffen, niemand garantiert uns, daß unser Kunde darunter ist."
"Ich glaube es einfach."
Dem war nichts hinzuzufügen. Ich programmierte die Mitara auf die erste der fünf Stationen.

Drei Raumstationen später war Serge nicht mehr so zuversichtlich. Die ersten beiden Stationen waren verwaist gewesen, sie schienen seit mehreren Jahren nicht mehr benutzt worden zu sein. An der dritten Station hatte uns ein Einweisungscomputer begrüßt, er gab an, daß die letzte Landung vor vier Monaten stattgefunden hatte. Serge war mutlos.
"Lauter Leichen. Sowas gehört einfach gesprengt", schimpfte er vor sich hin.
Ich grinste in mich hinein. Zwischen Himmelhoch jauchzend und zu Tode betrübt lagen bei Serge oft nur Minuten. Wir hatten immerhin noch zwei Stationen vor uns. Der ersten näherten wir uns gerade. Noch waren wir relativ weit weg, aber ich versuchte mir mit den Kamerasystemen der Mitara bereits ein Bild zu machen. Auf dem Schirm erschien eine relativ kleine Station, die aber über vier Landedecks verfügte. Zwei der Decks waren nachträglich angebracht worden. Auf den direkt vor dem Stationsgebäude liegenden Decks standen zwei Raumschiffe modernster Bauart. Gerade wurden die Registriernummern der Schiffe sichtbar. Während Serge die Nummern am Computer überprüfte, studierte ich die Station am Bildschirm. Von der Ferne sah die Station wie ein Karo aus. In der Mitte des Karos lagen die beiden Landedecks auf denen die beiden Schiffe standen. Die Wohndecks erhoben sich über die Schiffe, sie waren würfelförmig angeordnet. Unterhalb des Landedecks lagen die Maschinen- und Versorgungsräume. An beiden Seiten des Karos, jeweils in Höhe der ersten beiden Landedecks waren Plattformen montiert, die beide über einen klimatisierten Zugang zur Station verfügten. Wie bei dieser Stationsklasse üblich, waren die beiden Standarddecks an die Stationsatmosphäre angeschlossen. Ein Feld verhinderte, daß die Luftpartikel in den Raum entschwanden. Man konnte also ohne Raumanzug die Schiffe verlassen und betreten. Hinter mir pfiff Serge durch die Zähne. Ich wandte mich ihm zu.

"Bingo", sagte er, "die Schiffe sind beide auf einen Dr. Haugst zugelassen."

Er strahlte.

"Mensch, wir haben die Jungs gefunden", brüllte er los und klopfte mir auf die Schulter. Dann rannte er freudestrahlend in der Zentrale auf und ab. Ich konnte seine Freude noch nicht so richtig teilen.

"Was denkst du dir eigentlich", begann ich, "sollen wir jetzt da so einfach reinspazieren und sagen: 'Hallo Freunde, wir kommen die Jungs abholen. Danke. Tschüß', oder was?"

Serges Freude war wie weggeblasen. Er legte seine Stirn in breite Falten und überlegte.

"Warum nicht?"

Ich barg mein Gesicht in den Händen. Wie konnte ein erwachsener Mann nur so naiv sein.

"Darf ich dich daran erinnern, daß wir gerade einen Mordanschlag von diesem Herrn überlebt haben."

Serge wackelte mit dem Kopf.

"Man müßte natürlich ein Druckmittel haben."

"Wir haben aber keines..." Ich stutzte. War das die Lösung? Nein, das war zu verrückt.

"Was ist?", fragte Serge.

"Nichts, nichts."

"Raus mit der Sprache."

"Man könnte versuchen, die beiden Raumschiffe fluguntauglich zu machen. Das wäre ein hervorragendes Druckmittel."

"Bist du wahnsinnig. Er bringt die Jungs glatt um, wenn wir das versuchen."

"Das glaube ich nicht."

"Und wenn er Verstärkung holt?"

"Dann müssen wir die Antenne als erstes zerstören."

Serge überlegte.

"Wie willst du das machen?"

Ich zeigte auf den Bildschirm.

"Die Antennen sitzen oberhalb des rechten Landedecks. Ich fliege einfach durch die Antenne hindurch."

"Schaffst du das?"

"Klar", antwortete ich großspurig.

"Worauf wartest du dann noch", rief Serge energisch. Ich hob eine Augenbraue. Jetzt hatte er es aber eilig. Ich setzte mich im Sessel zurecht und wollte auf Handsteuerung schalten, da fiel mir etwas ein:
"Halt. Zuerst ziehen wir einen Raumanzug an."
"Wieso denn das?"
"Weil. Wenn etwas schief geht und wir einen Riß in die Außenhaut kriegen, ..."
Ich unterstrich den Satz durch eine Handbewegung. Serge begriff. Wir zogen uns beide einen Raumanzug an. Er entsprach den Modellen auf der Adonis. Es gibt eben nur eine gute Lösung. Ich stülpte mir den Helm über und verriegelte ihn.
"Alles klar?", fragte ich nach hinten.
"Ja, mach los."
Ich schnallte mich an, sagte dem Computer: "Handsteuerung" und drückte den Beschleunigungshebel weit nach vorne. Sanft wurde ich in den Sessel gedrückt. Die Mitara verfügte über hochwirksame Abschwächer. Ich begann im weiten Bogen auf die Station zuzufliegen. Da meldete sich der Bordcomputer:
"Ich erhalte soeben die Aufforderung zur Identifikation, was soll ich antworten?"
"Nichts", sagte ich knapp und konzentrierte mich. Giorgos hatte uns entdeckt und wohl die richtigen Schlüsse gezogen. Scharf zielte ich auf die Antenne.
"Wenn Sie so weiterfliegen gefährden Sie das Schiff", sagte der Schiffscomputer sanft.
"Halt dich da raus."
"Bitte, es ist Ihr Leben", sagte der Computer lakonisch.
Ich konzentrierte mich. Kurz vor der Station bremste ich die Mitara leicht ab. Schnell korrigierte ich den Kurs. Halt, zuviel. Zurück. Mist, Mist, Mist. Ein scharfer Schlag grollte durch die Mitara, augenblicklich begann das Schiff zu trudeln.
"Wir stürzen ab", schrie Serge.
'Wohin denn?', dachte ich, "hier ist doch nichts."
Instinktiv zog ich am Steuerknüppel. Meine Anzeigen sagte mir, daß es kaum reagierte. Der Computer begann monoton Schadensmeldungen aufzusagen, darunter etliche Einheiten der Steuerung. Immer noch zerrte ich am Steuerknüppel. Plötzlich tauchte auf dem Bildschirm riesenhaft

die Station auf. Irgendwie hatte die Mitara eine Schleife geflogen. Krampfhaft versuchte ich der Situation Herr zu werden, die Kollision zu verhindern.

"Einschlag in zwei Sekunden", vermeldete der Computer. Er hatte recht.

Zum Glück war die Mitara nicht mehr sehr schnell gewesen, andernfalls hätte es ein böses Ende genommen. Die Abschwächer des Schiffes verhinderten das Schlimmste. Die Mitara hatte sich in flachem Winkel in das Hauptlandedeck gebohrt, die beiden sich dort bereits befindenden Schiffe wurden aus der Verankerung gerissen und in den Raum geschleudert. Die Struktur der Mitara erlitt schwere Schäden. Rechts hinter uns klaffte ein langer Spalt in der Wand, Technik aller Art quoll daraus hervor. Mehr konnte ich im Notlicht nicht erkennen, sämtliche Elektrik und Elektronik war ausgefallen. Ich hatte nur noch einen Gedanken.

"Raus, los, raus", schrie ich Serge an. Wieso kommt mir diese Szene so bekannt vor? Ich hatte keine Zeit, darüber nachzudenken. Ich packte Serge, der mit weit aufgerissenen Augen in seinem Sessel hing. Ich zerrte ihn hinter mir her, zur nächsten NotLuke. Wider Erwarten ging sie problemlos auf.

"Verdammt", entfuhr es mir. Die Mitara steckte tatsächlich im Landedeck. Ich sah auf ein Knäuel zerfetzten Metalls und zerstörter Aggregate. Eine Hydraulikleitung war direkt vor mir gerissen. Der nadelfeine Ölstrahl bohrte sich gerade durch die Außenhaut der Mitara. Oben leuchtete ein kleiner heller Spalt, das Landedeck. Ein scharfer Luftstrom pfiff durch den Spalt hindurch. Wahrscheinlich war der Feldgenerator zerstört. Die künstliche Atmosphäre auf dem Landedeck würde sich langsam verflüchtigen. Jeinarseidank hatten wir die Raumanzüge angezogen.

Ich warf die Luke wieder zu und wandte mich dem rückwärtigen Teils der Mitara zu. In den Wohnräumen gab es auch NotLuken. Serge hatte sich soweit erholt, daß er selbständig gehen konnte. In einer der hinteren Kabinen fanden wir eine NotLuke, die etwa zwei Meter über dem Niveau des Landedecks lag. Mit einem Sprung verließ ich das Schiff und kam genau neben Serge auf, der überraschender Weise nicht einmal den Versuch gemacht hatte, sich zu weigern aus zwei Meter Höhe herunter zu springen.

Ich sah mich um. Vor mir erhob sich das Stationsgebäude. Rechts und links erkannte ich die beiden Schiffe von Giorgos, beide wiesen erhebliche Beschädigungen auf, langsam drifteten sie von der Station davon. Die Lufthülle begann sich zu verflüchtigen, das Barometer meines Anzuges wies bereits einen Druck auf, wie er in 10 000 m Höhe auf der Erde herrschte. Serge wandte sich mir zu:
"Das hast du ganz toll gemacht, Peter-Cliff, ganz toll. Ich hätte es nicht besser gekonnt."
"Stimmt, du hättest es gar nicht gekonnt."
"Auf deinen Humor pfeife ich, du Ar..."
Er verkniff sich das Wort im letzten Moment.
"Hey, es tut mir leid. Ich weiß nicht was eigentlich schiefgegangen ist", rief ich. So wütend hatte ich ihn noch nie erlebt. Oder war er nur enttäuscht. Er hatte sich so nah bei den Jungs gewähnt und jetzt.
"Was sollen wir denn jetzt machen", rief Serge verzweifelt.
"Wir klopfen an und bitten um Einlaß."
"Und dann."
"Lassen wir uns überraschen, vielleicht ist gar niemand wichtiges da und mir fällt eine gute Ausrede ein."
Serge schüttelte den Kopf und lief in Richtung Kante des Landedecks davon. Ich setzte ihm nach und packte ihn an der Schulter:
"Wir werden jetzt da rein gehen und wenn sie uns abmurksen wollen, dann werden wir erhobenen Hauptes sterben, ist das klar?"
Serge reagierte gar nicht. Ich drehte ihn herum und schob vor mir her über das Landedeck. Nach zweihundert Metern Fußmarsch erreichten wir das Haupttor. Aus Sicherheitsgründen bestand es aus einer normalen Schleuse. An der rechten Seite hing eine Kodiereinrichtung für die man eine besondere Karte benötigte. Eine Sprechanlage war auch vorhanden. Bevor ich auf den Knopf drücken konnte, knurrte eine mir unbekannte Stimme:
"Kommen Sie rein."
Die Tür schob sich mit einem leisen Seufzer zur Seite. Wir betraten die Schleuse und nach erfolgtem Druckausgleich konnten wir das Innere der Station betreten. Zwei Männer vom Typ Gorilla erwarteten uns. Ich nahm den Helm ab und sagte freundlich:
"Guten Tag. Mein Name ist ..."
Weiter kam ich nicht. Einer der beiden packte mich grob am Arm.

"Maul halten, ausziehen und mitkommen."
Ich nehme den Gorilla zurück. Eine Beleidigung für das Tier. Serge und
ich legten unsere Raumanzüge ab und ließen uns von den beiden
Fleischbergen in das Innere der Station führen. An Widerstand hatte ich
erst gar nicht gedacht. Ich versuchte mich nur zu sammeln, denn so oder
so, wir standen vor einer Entscheidung.
"Los, da rein", schnauzte einer der beiden Wachen und stieß mich durch
eine Tür. Der Raum war für eine Raumstation relativ groß und unschwer
als Konferenzraum zu identifizieren. In der Mitte stand ein großer Tisch
aus edlen Hölzern um den herum bequeme Ledersessel etwa zwanzig
Personen Platz boten. Die gegenüberliegende Wand hatte ein großes
Fenster, welches einen Blick auf das Landedeck erlaubte. Das
Landedeck sah aus wie ein Schlachtfeld. Grotesk verrenkte Metallträger,
Trümmer aller Art und große Kunststoffteile lagen wahllos verstreut
herum. Aus dem Loch, in dem die Mitara in einem Winkel von etwa
dreißig Grad steckte, stieg Dampf auf. Zusammen mit dem rötlichen
Licht der Sonne des Axus-Systems, die hoch über der Station stand,
wirkte die Szene geradezu unheimlich. Unterhalb des Fensters standen
zwei weitere Leibwächter. Plötzlich stieß Serge einen Schrei aus und
stürmte los. In Zweien der Ledersessel saßen Pat und Tim, die einen
verschüchterten Eindruck machten. Neben ihnen saß ein Mann, auf den
die Beschreibung von Giorgos, die van Haregem gegeben hatte, paßte.
Der Ledersessel neben Giorgos, von dem ich bisher nur die Rückenlehne
gesehen hatte, drehte sich plötzlich und eine Stimme sagte:
"Willkommen."

-- Kapitel Sechs ---

Mitch Brandon starrte mich an.
"Da haben wir uns solche Mühe gegeben, Sie zu finden und jetzt kommt
der Herr Geheimagent persönlich vorbei. Das ist aber eine Freude."
Geheimagent? Wollte er mich auf den Arm nehmen, oder wußte er
etwas, was ich nicht wußte? Oder ging er von falschen Voraussetzungen
aus? Konnte man das ausnutzen? Zahlreiche Gedanken schossen mir
durch den Kopf. Direkt überrascht Brandon hier zu treffen war ich
eigentlich nicht. Serge hatte die Jungs erreicht, sie fielen sich in die

Arme. Ich erhielt einen Stoß ins Kreuz.

"Los, weiter."

Ich beschloß, zunächst einmal nichts zu sagen, sondern zuzuhören. Vielleicht konnte man noch einen Ausweg finden. Auf dem Weg zu Brandons Sessel sank mir allerdings der Mut. Was sollte ich denn ausrichten? Brandon, Giorgos und vier Monster standen mir gegenüber und von Serge und den Jungs konnte ich nicht viel Hilfe erwarten. Ich wollte mich bei Brandon hinsetzen, aber eine Hand hielt mich fest.

"Stehenbleiben", knurrte der Wächter hinter mir. So stand ich also wie der arme Sünder vor dem Richter. Brandon grinste mich an.

"Wir waren gerade dabei über die Zukunft der beiden jungen Leute hier zu entscheiden. Nun, haben Sie etwas zu sagen?"

Ich schaute dem Wächter hinter mir ins Gesicht und sagte:

"Sind das die Flaschen, die ständig versucht haben mich umzubringen."

Als ich wieder zu mir kam, zerrte mich der Wächter gerade am Kragen und stellte mich wieder auf die Füße. Ich hatte doch beschlossen den Mund zu halten. Heftig rieb ich mir den schmerzenden Unterkiefer.

"Sie haben ein sehr loses Mundwerk, mein Freund", sagte Brandon, ein falsches Grinsen im Gesicht, "in Ihrer Situation..."

Er ließ den Satz im Raum hängen. Ich zuckte die Schultern.

"Ich will ja nicht unhöflich sein und Ihre Frage beantworten", nahm Brandon das Gespräch wieder auf, "die Flaschen, wie Sie sich ausdrückten, sind nicht hier. Beruhigt Sie das?"

"Ungemein."

"Das ist schön. Ich möchte nicht, daß Sie beunruhigt sind. Möchten Sie sich nicht setzen?"

"Gerne."

Ich ließ mich in den nächsten Sessel fallen. War Brandon nicht ganz bei Trost oder war das seine Art Triumphe auszukosten? Ich wurde aus ihm nicht schlau. Ich beschloß ihm Gelegenheit zur Selbstdarstellung zu geben:

"Sie könnten mir eine Frage beantworten. Warum haben Sie mich nicht gleich nach der Episode auf Cypres 6 aus dem Verkehr gezogen?"

Brandon lächelte großzügig.

"Da haben wir einen Fehler gemacht, wir haben Sie einfach unterschätzt. Auf dem Kriegsschiff hatten Sie einfach Glück, denn unser Mann, der auf Sie angesetzt war, ist als einer der ersten abgehauen. Er hat es bereut. Einer der Polizisten auf Helena war einer unserer Informanten. Dumm von dem Beamten bei der Paßbehörde, daß er versuchte sich unseren Leuten zu widersetzen. Aber wir machen alle mal Fehler, nicht wahr."

Seine onkelhafte Art begann mich aufzuregen. Aber ich beherrschte mich. Brandon redete weiter.

"Sie hätten es fast geschafft, mich zu erwischen. Vielleicht tröstet es Sie, daß Sie wesentlich näher dran waren, als dieser Battaglia, der nur am Geld interessiert war. Eigentlich müssen Sie alles gewußt haben, oder?"

"Sie meinen ihr Nullrisikogeschäft, das entweder Geld und Macht oder nur Geld eingebracht hätte?"

"Genau. Clever, nicht wahr?"

"Sehr clever. Und fast nicht mehr zu beweisen. Aber wir kriegen Sie schon noch."

"Wer ist wir?", fragte Brandon und die onkelhaften Züge verschwanden schlagartig, "meinen Sie Schneider? Alexander Schneider? Ist er eigentlich Ihr Chef?" Sein Ton wurde fordernd.

"Nein", sagte ich betont kleinlaut, "er wurde von meinem Chef instruiert, mich zu unterstützen. Wir dachten, wir könnten Sie so täuschen."

Brandon lachte auf. Ich mußte verdammt aufpassen, was ich sagte, durfte mich auf keinen Fall in Widersprüche verwickeln. Ich sah zu Serge hinüber. Er saß mit den Jungs zusammen und hörte uns nicht zu. Giorgos beobachtete stumm die Szene.

"Wie heißt denn Ihr Chef?", fragte er mit falscher Freundlichkeit.

"Ich kenne nur seinen Decknamen, er ist der Kormoran."

"Aber Sie müssen Ihn doch irgendwo erreichen können."

"Er meldet sich immer bei mir."

"Und was machen Sie in Notfällen?"

"Mein Chef ist gut informiert. Er weiß immer, wo ich bin und was ich tue."

Brandons Züge verfinsterten sich etwas. Er schien zu überlegen.

"Gut, dann müssen wir verschwinden. Brick, können wir eines der Raumschiffe noch benutzen."

Einer der Leibwächter am Fenster trat vor.

"Nein, das da", er wies auf die Mitara, "ist nur noch ein Schrotthaufen und die anderen beiden sind nicht mehr zu sehen."

"Dann rufen Sie uns Hilfe."

"Jawohl" Der Mann verließ eiligen Schritts den Raum.

Ich wunderte mich, daß Brandon noch nicht aufgefallen war, daß seine Sendeanlage auch nicht mehr benutzbar war. Nach einer Weile leuchtete vor Brandon eine Lampe im Tisch auf. Auf Knopfdruck hob sich eine Abdeckung. Brandon drückte eine weiteren Knopf und sagte:

"Ja."

"Herr Brandon, das Funkgerät geht nicht", meldete sich der Wächter über Interkom.

"Was soll das heißen?"

"Ich kann nicht senden und nicht empfangen."

"Dann nehmen Sie das Redundanzgerät, zum Teufel."

"Habe ich probiert, aber da muß es einen Kurzschluß gegeben haben."

Brandon sah mich an.

"Das ist doch Ihr Werk", sagte er scharf. Jetzt war es an mir, ihn freundlich anzugrinsen. Einen Moment sah es aus, als wollte er mich schlagen, aber er beherrschte sich, auch wenn es ihm sichtlich schwerfiel.

"Kommen Sie wieder her", befahl er barsch. Knallend schloß er die Abdeckung.

"Unsere Freunde werden uns sicher vermissen und uns abholen", sagte er zu Giorgos gewandt. Der verzog keine Miene. Ich lachte:

"Aber mein lieber Brandon, Sie werden doch bestimmt beide jemanden kennen, der gerne Ihren Platz hätte und sich diese Chance nicht entgehen läßt."

Diesmal dauerte es etwas länger, bis ich wieder zu mir kam. Dafür tat jetzt die andere Seite meines Unterkiefers weh. Serge hing im Griff eines der Leibwächter und stieß wütende Beschimpfungen in Richtung Brandon aus. Ich genoß den wütenden Gesichtsausdruck von Brandon, da ließen die Schmerzen fast sofort wieder nach.

"Meine Frau wird mich schon abholen", sagte er nach einer Weile.

"Wußten Sie schon", begann ich, "daß man Sie gelinkt hat. Ich bin in Wirklichkeit Privatdetektiv und arbeite im Auftrag der Gräfin Delonay."

Brandon stand wie vom Donner gerührt. Es schien ihm etwas zu dämmern.

"Sperrt Sie ein", schrie er die Wächter an, "ich kann sie nicht mehr sehen. Oh dieses Miststück, dieses jeinarverdammte Miststück."

Die Wächter packten mich, Serge und die Jungs und zerrten uns aus dem Raum. Brandon schimpfte unaufhörlich weiter, es war offensichtlich die Gräfin gegen die sich sein Zorn richtete. Im Hintergrund hörte sich Giorgos sagen, er war das erste Mal, daß er überhaupt etwas sagte:
"Setzen Sie sich und halten Sie endlich den Mund."
Seine Stimme klang kalt und hart.

Unsanft wurden wir ein Zimmer unweit des Konferenzsaales gestoßen. Ein hydraulischer Riegel schloß sich mit einem leisen Seufzer. Pat begann als erster:
"Du bist Cliff? Das gibt's doch gar nicht."
"Doch Jungs, ich war Cliff. Cliff Stanton ist tot."
"Mann, das ist schwer zu verdauen."
"Wie geht's euch denn?"
"Schlecht", sagte Tim, "wir haben uns wie kleine Kinder reinlegen lassen und jetzt sitzt ihr auch noch mit drin."
Ich legte ihm den Arm auf die Schulter.
"Uns wird schon noch etwas einfallen", sagte ich. Wenn ich nur gewußt hätte, was. Ich sah mich in dem Zimmer um. Ein gewöhnlicher Wohn- und Schlafraum. Ein Bett, ein Schrank, ein Tischchen und an der der Tür gegenüberliegenden Schmalseite ein großes Fenster mit einem Ausblick ins All. Nach einer kurzen Durchsuchung stand fest, daß wir keine Werkzeuge hatten. Serge war mit den Nerven zu Ende.
"Uns fällt schon was ein, was?", schrie er mich an, "wie willst du Schlauberger denn die Tür aufmachen. Mit den bloßen Händen." Er versetzte der Tür einen kräftigen Stoß. Zu unserer aller Überraschung schwang die Tür auf. Serge starrte verblüfft auf seine Hände.
Ich ging zur Tür und sah den Gang hinauf und hinunter. Niemand zu sehen, dafür hörte ich ferne Rufe. Sie klangen aufgeregt. Ich untersuchte den Riegel an der Tür. Man konnte ihn mit den Fingern bewegen. Das Hydrauliksystem hatte offensichtlich keinen Druck mehr. Da war etwas faul, ich schauderte. Die Gefahr lag regelrecht in der Luft.
"Wir müssen verschwinden. Eine kleine Chance haben wir noch", rief ins Zimmer, wo die anderen immer noch wie versteinert standen.
"Und die wäre?", wollte Serge wissen.
"Es gibt bei einer Mitara die Möglichkeit, ein Beiboot dazuzukaufen. Es taugt nicht für Landungen in einer Atmosphäre, es ist mehr so zum

Herumflitzen gedacht. Unsere Mitara hatte fast alle Zusatzausstattungen, wenn wir Glück haben, vielleicht auch diese."

Serge schüttelte den Kopf. Ich packte ihn am Kragen.

"Wenn du noch mal den Kopf schüttelst, reiße ich ihn dir ab."

Ich zerrte ihn aus dem Zimmer. Die Jungs folgten. Auf dem Gang, der drei Ebenen über dem Landedeck lag, war niemand zu sehen. Wir wandten uns nach links, zum Konferenzsaal hin. Nach ein paar Schritten, wir hatten den inzwischen leeren Konferenzsaal passiert, erreichten wir die Aufzüge. Serge wollte einen Aufzug anfordern, aber ich versetzte ihm einen Stoß.

"Bist du verrückt, in einem Aufzug ist man wehrlos."

Direkt neben dem Aufzug lagen die Nottreppen. Hintereinander schlichen wir die Treppen hinunter.

Plötzlich begann Tim zu schnuppern.

"Riecht ihr nichts?", flüsterte er aufgeregt.

"Was denn?"

"Rauch."

Tatsächlich, jetzt roch ich es auch. Deswegen war das Hydrauliksystem ausgefallen, auf der Station brannte es irgendwo, wahrscheinlich im Servicebereich.

"Es kommt jemand von unten", rief Pat leise. In aller Eile rannte wir die paar Stufen zur nächsten Ebene zurück, stürzten durch die Tür und warfen sie hinter uns zu.

"Er muß uns gehört haben", keuchte Serge.

"Da rein", rief ich. Wir stürzten durch eine Tür. Der Schaltraum für den großen Hangar, der sich von der Landeebene aus zwei Ebenen hoch erhob. Der Schaltraum lag eine Ebene über dem Landedeck. Man hatte einen guten Überblick über die Hangarhalle. Sie war leer. Ein aufgeregter Wächter rannte quer durch die Halle. Er war rußgeschwärzt.

"Die automatische Löschanlage ist auch ausgefallen", stellte Tim fest. Er hatte recht. Es sah aus, als versuchten Brandons und Giorgos Wächter verzweifelt das Feuer selber zu löschen.

"Kein Wunder, bei den Schlägen, die Wal und Cliff der Station verpaßt haben", antwortete Pat. In diesem Moment fiel das Licht aus.

"Sch..." Ich unterdrückte einen Fluch. Wir mußten jetzt schnell handeln. Das Feuer mußte größer sein, als ich zunächst angenommen hatte. Feuer im All zählte mit zu den furchtbarsten Katastrophen, die einem im

Weltraum passieren konnten. Ich bekam Angst. Mit aller Kraft versuchte ich einen Panikanfall zu verhindern. Die anderen hatten den Ernst der Lage wohl nicht erfaßt, Serge wäre kaum so ruhig geblieben.

"Los, raus", sagte ich und schob die anderen vor mir aus dem Schaltraum. Der Gang war leer, vereinzelt brannte eine Notbeleuchtung. Über die Treppe brachten wir das eine Stockwerk hinter uns, das uns noch von der Landedeckebene trennte. Unbehelligt erreichten wir die Hauptschleuse. Direkt über der Tür brannte ein Notlicht. In der fahlen Beleuchtung konnten wir unsere Raumanzüge sehen, sie lagen noch am Boden, so wie wir sie ausgezogen hatten.

"Ihr zieht die Raumanzüge an, geht in die Schleuse, damit euch keiner sieht", sagte ich zu den Jungs.

"Was ist mit euch?", fragte Pat mit weit aufgerissenen Augen.

"Wir besorgen uns noch zwei andere. Wenn ihr die Anzüge überprüft habt, geht ihr vor zu der Mitara und schaut euch um, ob überhaupt ein Beiboot vorhanden ist, und wenn ja, macht ihr es startklar. Verstanden?" Beide nickten.

"Dann ab." Die Jungs verschwanden mit den Raumanzügen in der Schleuse. Serge war bis jetzt ruhig dagestanden. Ich herrschte ihn an.

"Steh' nicht rum, fang an zu suchen. Wir haben nicht viel Zeit." Augenblicklich begann er Wandschranktüren aufzureißen. 'Hoffentlich sind die Wächter noch beschäftigt', dachte ich, während ich die andere Seite absuchte. Nichts. Das konnte nicht sein, irgendwo mußten im Eingangsbereich doch Raumanzüge aufgehoben sein. Ich öffnete eine Tür. Sie führte auf das Hangardeck. Es war völlig dunkel. Dort zu suchen hatte keinen Sinn. Plötzlich rief eine leise Stimme:

"Pete, komm schnell"

Ich rannte zurück. Direkt neben der Hauptschleuse stand eine Türe offen, auch hier war es dunkel. In dem durch die Tür scheinenden Licht sah ich, wie Serge sich in einen Raumanzug zwängte. Ich betrat den Raum und schloß die Tür so weit, daß man gerade noch etwas erkennen konnte. Ich half Serge in den Anzug. Die Schränke in dem kleinen Raum waren voll mit Modellen in allen Größen. Schnell zog ich mir einen Anzug an. Serge stand an der Tür und spähte auf den Gang. Plötzlich zuckte er zurück und schloß die Tür.

"Brandon", flüsterte er. Durch die Tür konnten wir seine Stimme hören.

"Keine Chance das Feuer zu löschen. In die Raumanzüge, wir

verschwinden."

Ich stand direkt hinter Wal. Reflexartig zog ich ihn von der Türe weg, in den Schrank hinein, aus dem ich meinen Anzug geholt hatte. Ich zog die Tür zu. Keine Sekunde zu früh.

Zwei Paar Füße betraten die Kammer. Eine Schranktür klappte, Raumanzüge raschelten. Ich wagte kaum zu atmen. Immer noch hatte ich die Arme um Serge gelegt. Ich spürte, wie er bebte. Aber er verhielt sich ruhig.

"Was machen wir, wenn wir draußen sind?", fragte eine Stimme, die unzweifelhaft zu Giorgos gehörte.

"Wir versuchen eines der Schiffe zu erreichen und setzen einen Notruf ab." Das war Brandon. Er klang kühl und berechnend und war doch nur eine reine Verzweiflungstat. Ich hoffte nur, daß keiner auf die Idee mit dem Beiboot kam. Gab es das Beiboot überhaupt? Was, wenn die Jungs bereits wieder auf dem Rückweg waren und den beiden in die Hände liefen? Ich wagte nicht daran zu denken. Oder noch schlimmer, die beiden Verbrecher würden die Jungs bei den Startvorbereitungen entdecken und sich das Beiboot nehmen. Wieder überkam mich panikartige Angst, mühsam versuchte ich mich zu beherrschen.

"Los jetzt", sagte Brandon. Er klang dumpf, er hatte wohl den Helm bereits aufgesetzt. Die Zimmertür klappte. Man hörte wie sich die Schleuse wieder mit Luft füllte. Das mußte ihnen doch auffallen, daß die Kammer leer gewesen war. Die äußere Schleusentür ging auf und wieder zu.

"Laß mich endlich los", flüsterte Serge. In meiner Angst hatte ich immer fester zugepackt. Ich löste den Griff, schnell bereiteten wir die Schleuse für unseren Ausstieg vor. Zischend strömte die Luft in die Kammer. Ein grünes Licht zeigte den Druckausgleich an. Eiligst betraten wir die Schleuse. Ein Wunder, daß sie noch funktionierte. Hier waren wohl mehrfache Sicherungen eingebaut worden. Zischend entwich die Luft ins All. Ich spähte durch die Sichtluke nach draußen. Die beiden Gestalten waren nach links abgebogen, sie wollten offensichtlich so schnell wie möglich den Rand des Landedecks erreichen. Ein bißchen atmete ich auf. Ein weiteres Licht zeigte an, daß nun in der Schleusenkammer Vakuum herrschte. Die Vordertür begann sich langsam zur Seite zu schieben. Mit einem häßlichen Geräusch hielt die Tür an. Nur ein schmaler Spalt führte nach draußen.

"Das ist zu eng, das ist zu eng", kreischte Serge. Ich schüttelte ihn, trotz meiner panischen Angst versuchte ich einen klaren Kopf zu haben.
"Jetzt noch nicht, flippe nachher aus, bitte."
Mit meiner ganzen Kraft stemmte ich mich gegen die Tür. Millimeter um Millimeter rückte sie zur Seite.
"Das reicht", rief Serge, wieder einigermaßen bei Sinnen.
Wir stürmten aus der Schleuse und hetzten über das Landedeck. Giorgos und Brandon standen an der Kante und wollten gerade ins Leere springen. Da hob eine der Gestalten den Arm und zeigte auf uns. Verdammt, sie hatten uns entdeckt. Ich lief noch schneller. Die beiden waren etwa dreihundert Meter entfernt, wir hatten noch fünfzig Meter zur Mitara. Ich betete zu Jeinar, daß die Jungs das Beiboot startklar gemacht hatten. Plötzlich winkte vor uns ein weißer Arm aus einer Luke in der Mitara.
"Die Jungs, sie haben es geschafft", rief Serge. Egal, wenn deswegen schneller lief, konnte er glauben, was er wollte. Wir stürmten durch die Luke. Tim erwartete uns:
"Es gibt kein Beiboot", sagte er kurz.
"Nichts wie los, Brandon und Giorgos sind hinter uns her", drängte Serge, er hatte offensichtlich nicht zugehört.
"Seht doch selbst."
Tim führte uns durch das Wrack der Mitara. Im hinteren Bereich des Schiffes lag der Miniaturhangar für das Beiboot, das vier Personen Platz bot, vorgesehen. Die Befestigungslaschen waren leer. Pat hatte die Klappe in der Bordwand geöffnet, es hätte kaum Probleme gegeben. Der hintere Teil der Mitara ragte aus dem Landedeck der Station, das Landedeck lag knapp unter der Unterkante der Bordklappe. Durch die Helmscheibe hindurch konnte ich die Enttäuschung in Pats Gesicht stehen, der neben der Klappe stand. Wir hätten es geschafft. Rund um den Hangar lief ein Gitterrost, der etwas höher als der Boden lag. Auf ihm ging ich zu Pat hinüber und legte meine Hand auf seine Schulter. Durch die Klappe schien die rötliche Sonne des Sonnensystems.
"Wir haben es versucht", sagte ich tröstend. Pat nickte.
Zwei weitere Gestalten in Raumanzügen kamen in den Hangar gerannt. Brandon und Giorgos. Brandon hatte schnell seine Selbstsicherheit wiedergewonnen.
"Nun, Herr Strehlau-Stanton, Sie Superschnüffler, nun sitzen sie

endgültig in der Klemme."

"Da haben wir ja etwas gemeinsam."

"Trotzdem, Sie werden vor mir sterben, ich werde ihnen jetzt den Raumanzug ausziehen, das wird meine letzte Genugtuung sein, bevor dieser Metallklumpen endgültig in die Luft fliegt."

Er hatte zu viele schlechte Filme gesehen. Brennende Raumstationen explodieren nicht vollständig, dafür enthalten sie nicht genug Sauerstoff. Vielleicht würde es einige lokale Explosionen im Servicebereich geben, aber der Rest der Station würde als ausgebranntes Gerippe für alle Zeiten um die Sonne kreisen. Mit der Hand schlug ich mir auf den Helm. War ich noch normal? Er wollte mich umbringen und ich dachte belehrende Texte. Brandon kam auf mich zu, krampfhaft überlegte ich meinen nächsten Schritt. Da verdunkelte ein Schatten die Sonne. Brandon hielt schlagartig inne, ich drehte mich um. Ein kleines wendiges Raumschiff hatte eine Schleife über dem Landedeck gedreht und direkt vor der Bordklappe der Mitara aufgesetzt. Brandon hatte alle Mordpläne zunächst zurückgestellt und beobachtete fasziniert, wie eine kleine Gestalt behende aus dem Schiff kletterte und auf die Klappe zulief. Mit einem Sprung hüpfte die Gestalt in den Hangar und sagte:

"Hallo zusammen."

Meine Kinnlade klappte nach unten. Die Gestalt entpuppte sich als Hardy.

Brandon erkannte seine Chance.

"Bringen Sie uns hier raus", schrie er und rannte auf Hardy zu, "die Station wird bald explodieren."

Hardy zauberte eine Apo hervor und brachte Brandon damit abrupt zum Stillstand.

"Sie bleiben hier. Gehen Sie zurück zu Giorgos, und ihr", sein Arm zeigte auf mich, "kommt alle hinter mich, aber bleibt mir aus der Schußlinie."

Vorsichtig kletterten wir um Hardy herum, während Brandon Schritt für Schritt rückwärts ging, Hardy nicht aus den Augen lassend. Seine Gesichtszüge waren hart. Er ahnte, daß er verloren hatte, aber er würde sich nicht kampflos ergeben.

"Wer sind Sie?", stieß er hervor.

"Erzählen Sie mir, was Sie über Andrea Carnoro wissen?"

Er muß übergeschnappt sein, dachte ich. Auch Brandon mußte das gedacht haben, denn er kniff die Augen zusammen und drehte an seinem Funkgerät:

"Wie?"

"Erzählen Sie mir, was Sie über Andrea Carnoro wissen?"

"Nie gehört den Namen."

"Dann fragen Sie Giorgos."

Brandon drehte sich nicht um.

"Weißt du etwas?"

"Nein", kam die einsilbige Antwort.

Geräuschlos löste sich die Wand hinter Giorgos auf. Von der Hitzewelle im Rücken gepeinigt, sprang er nach vorne. Hardys Apo brachte ihn zum sprechen:

"Was gibt es da zu sagen. Carnoro ist tot. Er war mein Nachrichtenagent, einer der besten. Ein echter Experte auf dem Gebiet der Nachrichtenakquisition. Er wurde vor zehn Jahren bei einem Feuergefecht getötet."

"Falsch", sagte Hardy, "Sie haben ihn beseitigen lassen, weil er Ihnen zuviel wußte."

"Was ist das?", fuhr Brandon ungehalten dazwischen, "eine Quizsendung?"

Hardy schmunzelte.

"Vielleicht. Wer hat den Befehl gegeben, Carnoros Sohn durch die Lupe zu ziehen, um Carnoros Aufenthaltsort zu erfahren."

"Davon weiß ich nichts."

Diesmal schmolz Hardy den Boden vor Giorgos Füßen. Mit einem Sprung brachte sich der in Sicherheit. Die Hitze ließ ihn aufstöhnen.

"Nun?"

"Es war Arkonas Idee. Wieso wollen Sie das wissen?"

"Ich bin Carnoro."

Giorgos riß die Augen auf. Meine Kinnlade klappte noch weiter nach unten als vorhin. Hardy ein Ex-Mitglied der CYSTRA. Ein Nachrichtenexperte. Deswegen war er immer so gut informiert gewesen, deswegen besaß er einen Not-Vorangschlüssel für die Magnetbahnen, deswegen besaß er gleich mehrere Apos. Er hatte zehn Jahre auf der Flucht gelebt, hatte vorsichtig sein müssen, mit wem er sprach, wem er sich anvertraute. Das war nun seine Stunde.

"Tja, Peter-Cliff, wir sind also Leidensgenossen. Auch ich schleppe eine

unbewältigte Vergangenheit mit mir herum. Und jetzt werden wir beide uns davon befreien."
Er steckte die Apo ein und drehte sich herum. Brandon trat einen Schritt vor.
"Halt, warten Sie, Ihr Problem ist Giorgos, nehmen Sie mich mit, ich werde Sie großzügig entlohnen."
"Sie sind seine unbewältigte Vergangenheit", sagte Hardy ohne sich umzudrehen und zeigte auf mich, "auch er wird sich jetzt davon befreien."
Brandon rannte hinter Hardy her. Der drehte sich um und feuerte mit der Apo in den Boden. Der Gitterrost löste sich auf und Brandon stürzte einen Meter tief hinunter. Giorgos stand wie versteinert.
"Gehen wir", sagte Hardy.
Unbehelligt erreichten wir Hardys Raumschiff. Es war ein einfacher, kleiner Raumer aus der Zepter-Klasse, ein kleiner Verwandter der zerstörten Mitara. Wir mußten uns regelrecht hineinquetschen. Ich übernahm den Knüppel, Hardy schien es recht zu sein. Ich stellte fest, das das Schiff mit einem für die diese Klasse ungewöhnlich leistungsfähigen Radar ausgerüstet. So hatte er uns also folgen können, mein Gefühl hatte mich nicht getrogen. Die Triebwerke sprangen an. Ich hob ab und ließ das Schiff über dem Landedeck schweben. Giorgos und Brandon kamen aus der Mitara geklettert, sie waren gut zu unterscheiden, weil Brandon stark humpelte. Die beiden winkten und brüllten in ihre Funkgeräte. Hardy stellte den Funk ab. Aus dem Stationsgebäude stieg Rauch auf. Hinter einigen Fenstern in den unteren Stockwerken fackelte ein unruhiges orangerotes Licht, das sofort erstarb, wenn die Scheibe zerplatzte und die Luft schlagartig in den Weltraum entwich.
"Fliegen wir", sagte Hardy.

-- Epilog ---

Wir konnten gerade noch erkennen, wie Brandon und Giorgos, die Angst im Nacken, von der Kante des Landedecks in den Raum hinaussprangen. Ich flog das Raumschiff und verspürte nicht den leisesten Impuls zu wenden und die beiden aufzugabeln. Serge und die Jungs waren ausgelassener Stimmung, sie alberten herum und tauschten ihre Erlebnisse der letzten Wochen aus. Hardy ging es wie mir, er war in sich gekehrt und hing seinen Gedanken nach.
"War das Recht?", fragte ich ihn.
"Nein, Recht war es nicht. Es war Selbsterhaltungstrieb."
"War deine Identität denn in Gefahr?"
"Ja, wegen dir."
"Und jetzt?"
"Leben wir wieder wie früher."
"Wirklich wie früher?"
Hardy schwieg. Ich versuchte mir vorstellen, was Brandon und Giorgos erwartete. Kein irdischer Richter würde ihre Schandtaten je sühnen. Einsam und allein im Weltall zu schweben, ohne Aussicht auf Rettung, darauf wartend, daß die Sauerstoff- oder die Nahrungsreserven zu Ende gehen, daß würde ihre Strafe sein. Sie würden für alle Zeiten um die rötliche Sonne von Axus kreisen. Niemand würde die beiden Leichname je finden, denn selbst die besten Radargeräte lösen nur Objekte von wenigstens zehn Metern Größe auf und der Weltraum ist groß genug, um Zufälle auszuschließen.
Was war mit mir? Als Detektiv würde ich nicht mehr arbeiten können, nicht mehr arbeiten wollen. Wal war versorgt, er hatte seine Jungs. Sie waren seine Familie. Er hatte eine gute Ausbildung, er würde schnell eine andere Arbeit finden. Und ich? Das einzige, was ich wirklich gut konnte, war fliegen. Ich mußte lächeln. Warum eigentlich nicht? Aber zunächst würde ich auf Axus noch ein Versprechen einlösen.

Ich habe meinen Frieden wieder, aber ich bin nicht mehr derselbe.